非舟
——"和平方舟"号医院船援非纪实

时代出版传媒股份有限公司
安徽文艺出版社

金 毅 ◎ 著

金毅，毕业于海军潜艇学院，2015年于国防大学战役指挥班深造。曾任海军上海保障基地政委、海军上海水警区政委等职；曾长期在《人民海军》报社工作，历任编辑、处长、副社长、海军政委刘晓江上将秘书；参加过汶川抗震救灾救援行动；2017年作为指挥员率领"和平方舟"号医院船为非洲10多个国家提供人道主义医疗服务。在《人民日报》、《解放军报》、《人民海军报》、《星星》诗刊、《解放军文艺》等报纸杂志发表诗歌、散文、新闻报道、报告文学等百余万字，出版有《蓝色腹地》《樯风帆影》《胸中有颗星》等多部作品。

国家出版基金项目

非舟

——"和平方舟"号医院船援非纪实

金 毅 ◎ 著

时代出版传媒股份有限公司
安徽文艺出版社

图书在版编目（CIP）数据

非舟："和平方舟"号援非纪实/金毅著. --合肥：安徽文艺出版社,2021.12
 ISBN 978-7-5396-7218-2

Ⅰ. ①非… Ⅱ. ①金… Ⅲ. ①散文集－中国－当代 Ⅳ. ①I267

中国版本图书馆 CIP 数据核字(2021)第 114504 号

出 版 人：姚 巍
责任编辑：汪爱武　　张星航　　装帧设计：张诚鑫
....
出版发行：时代出版传媒股份有限公司　www.press-mart.com
　　　　　安徽文艺出版社　　　www.awpub.com
地　　址：合肥市翡翠路 1118 号　　邮政编码：230071
营 销 部：(0551)63533889
印　　制：安徽新华印刷股份有限公司　　(0551)65859551
....
开本：710×1010　1/16　印张：18.25　字数：300 千字
版次：2021 年 12 月第 1 版
印次：2021 年 12 月第 1 次印刷
定价：69.00 元
....

（如发现印装质量问题，影响阅读，请与出版社联系调换）
版权所有，侵权必究

目　录

序章 / 001

第一章　迈出中国海
启航 / 001
台风走，我也走 / 007
航行的青春 / 010
美国在南海吹"黑哨" / 015
南门口的海 / 018
今天是个好日子 / 025

第二章　航行在郑和的帆影里
海峡岂止风光好 / 032
你好，科伦坡 / 035
科伦坡一瞥 / 040
吉祥"三宝" / 045
打满"补丁"的加勒城堡 / 051
会师亚丁湾 / 055
浪尖上巡诊 / 059
浪花里飞出欢乐的歌 / 062

第三章　播撒仁爱的种子

吉布提印象 / 068

"花开二度" / 077

荒野有尽头 / 084

不红的红海 / 090

穿过古老的运河 / 092

与埃及擦肩而过 / 097

月圆地中海 / 099

第四章　海路千万里

太阳海岸 / 104

毕加索故里 / 114

天空之城 / 117

过直布罗陀海峡随想 / 121

都是失眠惹的祸 / 124

海风吹不起我的头发 / 129

海路千万里 / 132

今天没啥好写的 / 136

第五章　踏上西非的土地

西非的"肚脐眼" / 141

弗里敦沸腾的大街 / 146

奔跑吧,兄弟 / 153

大西洋上的黑珍珠 / 158

这厢有礼 / 166

佳节"喜相逢" / 172

可怜的"信号" / 177

靠港罗安达 / 182

山顶上的军事博物馆 / 187
哇，猴面包树 / 191

第六章　友谊之树常青

晕船的滋味 / 197
夜泊马普托湾 / 202
讲中国话的大桥 / 206
微笑的马普托 / 209
朋从远方来 / 216

第七章　青春在航路上闪光

流动的营房有趣的兵 / 222
舌尖上的和平方舟 / 230
想家的日子 / 234
今天是你的生日 / 244
一棵草，安静地离去 / 247
在退潮的海滩上"淘宝" / 250
咖啡王国 / 254
甲板招待会 / 260
丢失一个秋天 / 266

附："和谐使命—2017"赋 / 272

后记 / 275

序　章

千帆看尽，一路有爱。

湛蓝的天，白云朵朵；浩瀚的海，浪花飞扬。

有人说，人的一生，要有一次触及灵魂的旅行。

我说，军人也在"旅行"，是军旅壮行。军装在身，戎马生涯，静时枕戈待旦，守望祖国山河的日出与日落；动时要有一次刻骨铭心的为国奔赴，或近或远，或苦或累，或边疆或战场，或凯旋或不复返，成就最壮美的人生。

7月26日上午，浙江舟山某军港，中国海军"和平方舟"号医院船执行"和谐使命—2017"任务欢送仪式现场

——"和平方舟"号医院船援非纪实

2017年7月26日,农历丁酉年闰六月初四,很普通的一天,什么节日都不是,却让我们刻骨铭心。

一声令下,海军381名官兵集结舟山。这一天,和平方舟从舟山母港起锚,执行"和谐使命—2017"任务。

这不是一次说走就走的旅行,没那么轻松、随意和任性。

码头上军乐催征,和平方舟万里走单骑,为非洲多国以及亚洲的东帝汶提供人道主义医疗服务。

海茫茫,路漫漫,情依依。381名官兵挥手与亲人告别,同时抬起双脚,替中国海军、替祖国在非洲大地上留下一串爱的脚印。

(一)

有人问:"环非的日子很辛苦吧?"

我说:"很辛苦,但我们幸运地拥有了这个吃苦的机会。"人往往在特别辛苦的时候,收获也特别巨大。军人有吃苦的准备,但没有吃苦的瘾头。军人只是不把苦当作难咽的滋味,苦就成了一种生命的状态,成为军旅生涯中的应有之味。

军人,如果习惯于过一种平静的生活,习惯于拥有一段波澜不惊的岁月,习惯于走一条平坦宽阔的大道,习惯于在没有艰难与紧张、恐惧与危机、挑战与应变的环境下的安逸,那么他就不是一名合格的军人。

所有接受磨炼的日子都是黄金一般的日子。和平方舟上除了战士们,他们朝气蓬勃、青春焕发,其他人大部分已经不再处于黄金般的年龄。但环非之行的日子,是全体官兵精神世界里最有价值的黄金般的日子。

因为这是一段用苦与爱共同熔铸成的黄金日子。

人生的价值从来不在于它的长度,而在于它的高度。

"和平方舟"号上的医护人员正在进行后送"伤员"

（二）

和平方舟与众不同。

她是军舰吗？是的。她姓军，船上大部分人员都身着军装，只是不携带武器，甲板上也没有安装火炮和导弹，船身像月光一样洁白。

她携带着一群可爱可敬的白衣天使，有男有女，有老有少，去为病人服务，为不同种族和肤色的各国病人服务。尽管这些人与自己没有任何血缘关系，与自己不讲同一种语言，与自己不在同一大陆板块上生活，甚至有一些人原本对中国还抱有不同程度的偏见。

和平方舟的名字能很好地说明一切，战时，她为和平奔赴海战场，救死扶伤；和平时期，她如挪亚方舟，为民祛病驱疾。

她像一位抱仁怀德、横跨国界巡诊天下的军医。

以己之小仁，成就国之大义。

非舟
——"和平方舟"号医院船援非纪实

达累斯萨拉姆港,坦桑尼亚总统马古富力参观"和平方舟"号医院船

(三)

孟子云:"穷则独善其身,达则兼济天下。"

中国很富裕吗?不。

目前,中国与世界富国、强国比,还不够发达,仍然属于发展中国家,仍有一些病人需要救治。那么,和平方舟为什么还要经历如此长时间、忍受如此多辛苦、携带如此高技术、抽调如此强的人员跨国出诊呢?答案十分简单:慈善,不是富人的专利。

我给你的这一碗饭,是自己匀出的口粮。

大德无言,大仁无界,大爱无疆。

中国早在先秦时期,儒家就主张"协和万邦,和衷共济,四海一家"。乐善好施,帮人于患难,救民于水火,已成为中华民族的潜意识。

（四）

一名老华侨问："你们看病一分钱都不收？"

我说："和平方舟上的医生只看病，不看钱包。"

与我们的医生、护士近距离接触半年，你会发现他们是一群心里有光的人。

头顶有光，是仙人，是佛陀，盘坐在我们遥不可及的天界仙境，俯视苍生，可谁也没见过他们真的在救苦救难。

而医生、护士把灯点亮在心里，以一双回春妙手，以一颗济世仁心，给病患以光明和希望。而他们是凡人，食人间烟火，就在你我身边，如王阳明先生所说："此心光明，亦复何言？"

在他们心里，疾病无国籍，全都远在天边、近在心间。

每次看到前来看病的非洲百姓在码头上排起长长的队伍，我都觉得我们所做的只是尽了一点绵薄之力；每次看到我们的医护人员饿着肚子、汗流浃背，还可能因语言不通而调动全部肢体语言，耐心细致、不厌其烦地为非洲百姓诊治，把体力和医疗技术都发挥到了极致，我又觉得我们已经竭尽全力。

我们低估了非洲人民对医疗援助的海量需求和强烈渴望。

格瓦拉曾说，我怎能在别人的苦难面前转过脸去？

我们的医护人员挺身而出，与肆虐在非洲的疾病抗争。

在非洲民众的人生岁月中，接受我们诊疗的时间，短暂得像是惊鸿一现，如同阳光冲出云层。但就是这么瞬间的照耀，让他们看到了来自东方大国人性的光芒，感受到了仁爱的温暖，他们会永生铭记。正如坦桑尼亚总统亲自到码头为和平方舟送行时，当着台下成千上万的民众的面，深情地回忆说："小时候，中国医疗队到村里为老百姓免费治病，我也是受益者，至今记忆犹新，并毕生难忘。"

在航渡期间，我曾用笔记本电脑看《阿甘正传》，其中有一个镜头让我印象深刻：一片洁白的羽毛在天上飘飘荡荡，最后降落在阿甘的脚下，被他小心翼翼地捡起来，郑重地夹进书本里。我们的医疗服务就如同一片洁白的羽毛，轻如飞舞的柳絮，但千里送鸿毛，我想也会被非洲民众捡拾起来，永久珍藏在人生的书本中。

（五）

非洲是一方人间的非常之洲，却因为贫穷和落后，现在仍非生命绿洲。

尤其是西非，基本上不会被人们列为旅游目的地。

那是一块19世纪、20世纪和21世纪的基础设施、机构设立、技术劳作以及生活状态同时存在的大陆。

那是人类的起源地，人类共同的祖先曾在此茹毛饮血、钻木取火，现在是最迫切需要摆脱贫穷、落后、动荡和疾病的地方。

二战后，尽管许多非洲国家纷纷独立，相继摆脱了西方的殖民统治，但整体上依然相对贫困。尤其是医疗资源匮乏，缺医少药与病疫肆虐的巨大矛盾，造成对生命的担忧加重，导致家庭问题和社会焦虑，致使生产力低下，迟迟无法脱困。

走在一些贫穷国家的大街上，很少能看见苍老的面孔，原因让人痛心，他们在未苍老之前就已死去。在我们早已不把"人生七十古来稀"当长寿的今天，非洲人民还在把能活上七十岁当作高远的生命目标。

和平方舟在全程5个月的时间里，用了60多个工作日为非洲和亚洲的东帝汶民众提供人道主义医疗服务，百余名经验丰富的医护人员上阵，几千种先进医疗仪器运转，上百张清洁病床开放，8间手术室全部启用……诊疗民众6万余人次，帮助无数患者战胜了死神。

驾非常之舟，行非常之洲，做非常之事。

扶危济困，让世界充满爱。

吉布提多哈雷村的小朋友在树下玩耍

（六）

习近平主席大力倡导"人类命运共同体"的理念，我们送去的不仅仅是药品和医术，还送去了这一人类核心理念。"老吾老，以及人之老；幼吾幼，以及人之幼。"这句话就是这一核心理念的有力注脚。

儒家"己所不欲，勿施于人"的理念已为西方所接受，被称为黄金法则，并被认为其优于基督教"以牙还牙，以眼还眼"的白银法则。

你可以不善良，但不可以恶毒。

语言能说明一切，非洲许多国家至今的官方语言还是英语、法语、西班牙语、葡萄牙语等。官方是什么？官方代表统治者，说明非洲人民是被统治者。什么语言在世界上流行，表明使用该语言的母体国家文化和实力的强大。英国曾经是世界最大的霸主，到处留下了殖民者的脚印，也留下了英语。

非洲没有一个国家的官方语言是汉语，现在讲汉语的人来了，我们送来人道,而非霸道;送来福,而非祸。

和平方舟坚硬的钢铁船舱里,装满了柔软的仁心与慈爱。

(七)

哲学家罗素说:"不同文明之间的交流,过去已经多次证明是人类文明发展的里程碑。"

"殊声而合响,异翮而同飞。"尊重多样文明,谋求共同发展。儒家倡导"和而不同",宣扬"大道之行也,天下为公"。

在联合国教科文组织总部大楼前的石碑上,用多种语言镌刻着这样一句话:"战争起源于人之思想,故务需于人之思想中筑起保卫和平之屏障。"思想是行动的先导,想和平得和平,想战争得战争,就像我国俗语所说:"种瓜得瓜,种豆得豆。"

追溯到2000多年前,春秋战国时期,齐宣王问孟子:"交邻国有道乎?"孟子答:"惟仁者为能以大事小,惟智者为能以小事大。"就是说,大国要仁慈,小国要有智慧。

再看600多年前,郑和率领当时世界上最强大的船队,7次远航西太平洋和印度洋,到访了30多个国家和地区,包括东非一些国家。他们没有占领一寸土地,相反,他们带去了中华先进的农业、制造业。西方的恺撒雄才大略,"我来了,我看见了,我征服了",身后是一路鲜血;而郑和和邦亲善,广送薄进,"我来了,我看见了,我离开了",身后是一路鲜花。这就是殖民文化与和平文化的区别,前者在掠夺和流血中为所欲为,后者在友好的交流中播种文明。

和平方舟是郑和船队的继承者、跟进者,所走的路,代表中国海军走的路,也代表中国走的路。

习近平主席精辟地指出,海洋对人类社会生存和发展具有重要意义。海洋孕育了生命、联通了世界、促进了发展。我们人类居住的这个蓝色星球,不是被海洋分割成了各个孤岛,而是被海洋连接成了命运共同体,各国人民安危与共。

"一带一路"倡议就是这一论述的具体注释。

陶渊明诗云:"春秋多佳日,登高赋新诗。"在国家描摹的"一带一路"宏图画卷中,我们也添上了自己淡淡的一笔。

我们与世界人民同冷热。

(八)

当我的白皮鞋踏上码头的这一刻,一路悬挂在船舷的心之锚也随之重重落下。

航行在大洋之上的"和平方舟"号医院船

我们的医护人员,在医院里工作久了,身上消毒水的味道挥之不去;出海近半年,变成了真正的水兵,身上多了一股阳光的味道。

一路走来,一路艰辛,一路历练,一路收获。

从此,天不算宽,海不算大,浪不算高,天涯不算远,所有的困难不算难,所有的艰苦不算苦。

从茫茫大海回到茫茫人海,那些山、那些路、那些水、那些人、那些天空,都退进记忆,大家又回归自己原先的工作岗位,生活依旧,环境依旧,但人生的理念将被重置,对生命意义的理解更加达观和深刻。

  人生这部书,我们都没有写完,今后的章节相信会书写得更加刚劲有力。

  而我的这本书,只是为了给381名官兵留下在非洲的背影。

第一章 迈出中国海

启 航

和平方舟汽笛长鸣,准备解缆远航。

> 迎着朝阳乘风破浪,
> 我驾驶着巨轮出海去远航……

这是20世纪70年代红遍大江南北的经典老歌《远航》中的歌词。歌曲热烈欢快,高亢激越,浪漫抒情,很有感染力,把那一代的热血青年,哪怕是住在黄土高坡阴暗的窑洞内、深山老林漏雨的茅屋里,从不知道大海长成啥模样的人,都鼓动得想当一回穿海魂衫的水手。国外也有类似题材的歌曲,粗犷豪迈,在有白帆银鸥、樯橹码头的酒吧里流行。这充分说明远航在男人们的心目中,是神圣的旅程,是勇敢者的事业,是男子汉的豪迈梦想。

当然,虽说生活如歌,可以把生活写成歌,但生活毕竟不是歌。真正的老水兵知道,远航的生活可不是一首轻松舒缓的歌,出海是脚前头的事,需要体力而很少需要喉咙,唱得再余音绕梁也不如意志坚强管用;加上陪伴波涛白云的时间比陪伴家人的时间还要多,日子苦寂,新鲜感早被海水淡化,浪漫被海风卷走,连胃都被海浪千磨万炼得像礁石一般坚硬。因此,老水兵不会因为一次远航,便激情澎湃地唱着意气风发的歌,迎着漫天海风将其当作人生中惊天动地的壮举。

他们对于离港,如收回的缆绳那般现实,该盘的盘着,该卷的卷着,心里波澜不惊。远航对于他们,无非是出一次普通的长差,无惊喜也无忧惧,甚至多少会觉得有些乏味。行囊是早已收拾好的,一年365天,随时待命出征,军令一下,提起来拔腿便走,只是掏出手机给家人打个电话,告诉他们自己出海去了,没有多余的话。军人外出执行任务,经常不允许有多余的话,云淡风轻,就像上班族吃过早餐,拎起小包,随手砰的一声把门带上,头也不回地扬长而去。只是,上班族把自己融进城市早高峰湍急的人流,而他们则把自己融进杳无人迹的波涛深处。

近年来,负责解缆系缆的码头班战士越来越忙,海军舰艇出岛链、跨远海、涉大洋的频次骤升。水兵们脚不沾地,是因为无地可沾,他们为了确保中国海无虞无恙,穿迷彩服的背影渐渐消失在遥远的天水线上。

作为非作战舰艇的和平方舟,行程透明,对外公开,各种闻风而动的媒体早已向社会广而告之。官兵们也不必藏着掖着,可以坦率地告诉家人自己所去何方,要访问的是哪些国家,需要历时多久才能回国。部队也表现出一定的人性化,热忱且真诚地欢迎官兵的亲人朋友、战友老乡在启航时到码头上送别。

在舰艇部队,这是独一无二的优待。其他战斗舰艇出海执行任务,事关军事机密,必须对外封锁消息,更不许走漏半点风声,此乃不可触碰的纪律红线。流行在潜艇部队的一首歌唱道:"不要问我在哪里,问我也不能告诉你……"这是官兵对军事行动守口如瓶的真实写照。启航也寂寥冷清,码头上空空荡荡,没有热烈的场面,没有欢送的人群,没有鲜花掌声,没有军乐队,去也悄无声息,回也悄无声息,比流星还神秘。

为国匿影,这大概是世上最光荣可敬的集体"失踪"。

"大海为家,港岸做客",频繁地与陆地说"再见",在茫茫大海上四处漂泊。水兵的日子,被一段又一段航迹串在一起,浪花凝结成盐霜,飘散着咸腥的味道。新水兵在成长为老水兵之前,品尝这种动荡的日子,舌头往往像舔舐海水一样,又涩又苦又腥,咽一口都是刻骨铭心的考验,眉头蹙得像小山包。老水兵已经适应,早已品不出滋味,长时间不出海反倒会让他们心神不宁,心里头空落落的,日子过得百无聊赖。

如果把岁月比喻成一根不断拉长的绳子,启航与靠港,便很自然地被编进水兵的生命中,像原始人用绳子做记号一样,打上一个又一个"结",老兵"结"多,新兵"结"少,可他们都不想结束。我们今天启航去非洲访问,"结"多的老兵若无其事,淡定地盘点出海物资,无非出一趟远门;而"结"少的新兵小脸通红,刚挂上列兵军衔就被赋予出国"访问权限",风光无限,脑门上的"青春痘"一颗颗冒出来,眼睛里闪烁着掩饰不住的兴奋,对远方充满蓬勃的幻想;当被老兵吆喝着跑前跑后、干这干那时,他却把活干得丢三落四。我们这次任务中最小的兵才18岁,下巴像光溜溜的船舱钢板,没有被剃须刀奔驰过的迹象,体态如春风杨柳,站在甲板上被强劲的海风一吹,身高还有再向天空拔节的可能。说他们"乳臭未干"也不算贬损,毕竟,稚嫩的小脸还没被阳光晒透,皮肤还没有被海风刮硬,平坦的胸肌还没有被海浪揉结实。这样的年龄,还应是别人替他操心的时候,而穿上军装,生活中的一切要自己操心,工作中的一切也要自己操心,无论面对的是阳光还是风雨,从此就要体会什么叫坚强、什么叫责任、什么叫担当。

"结"多"结"少,可不仅仅是经历,它既反映出一个水兵内心的坚硬程度,也垫起了人生的高度。说得文艺一点,他们用青春岁月换来祖国的四海波平。这些真实的付出和资本,不是勋章,也不是红彤彤的证书,难以书写的功绩不能体现在履历表中。若论得失,有点委屈了这些在海里滚了一身浪花的兵。

水兵的生活不像诗人写的那般美妙,其实极其无趣无味,但神秘感强,像海底世界一样扑朔迷离。因为不是所有人都能看得到,或者了解得到,这就难免经常不被常人理解。他们长期出没在波谷浪尖,钢铁甲板比水泥路还要坚硬,接触鱼类比接触人类要多;听到鸥鸣比听到人语更容易;看云识天气是强项,但在人际关系中察言观色是弱项,在待人接物上显得呆板,甚至不知所措。真心希望在我们的老水兵们不再头枕波涛,掉转头"回到祖国母亲的怀抱"寻找就业机会时,社会能够原谅他们身上顽固的弱项,多给他们一点理解、宽容和温暖。因为在这些水兵的人生旅程中,身后翻滚的浪涛要比弥漫的汽车尾气和飞扬的尘土多得多。

党的十九大后，国家成立了专门的退役军人服务机构，退役军人有了自己的"娘家"。这要感谢党中央和习主席对军人真切的关怀与关爱，这项决策，开天辟地，史无前例，深得兵心，给人民军队的发展史添上了浓墨重彩的一笔。相信没有了后顾之忧，老水兵们告别陆地再出发时将更加果敢、更加坚毅、更加义无反顾。

给我们送行的队伍已经在码头上列队。我在船上走了一圈，看看大家是否都做好了启航的准备。当看到官兵们一张张黝黑的脸，我找到了老水兵的感觉，却没找到老水兵的骄傲。我当兵34年，兵龄比和平方舟上绝大部分官兵的年龄都大，看他们的眼神就不自觉地带上点慈爱，有点长辈看晚辈的意思。可是很惭愧，我有很长一段时间趴在机关的桌子上组装文字，能接触到水的地方也是"尿酸"很高的游泳池，体会"启航"的机会就少得可怜，"结"肯定没有船上的老兵多。这对于肩膀上扛着海军大校军衔的人来说，不是什么光彩的事。由此，我对皮肤晒得黝黑的兵难免心生敬意，觉得只有这种肤色才配得上海军雪白的制服，就像农民手上坚硬的老茧才配得上金黄的谷穗。

和平方舟的兵，黑黑乎乎的好找，白白净净的难寻。就是花朵般年轻的女兵，脸上的色泽也比陆地上的女孩子要红润许多。这不是她们故意赶时髦，而是和平方舟每年要执行长航任务。出海是阳光下的事业，当然要接受漫天紫外线粗鲁的"化妆"。

今天启航的时间选得不错，上午9时整，阳光已经铺天盖地，看大家身上还没有冒汗，知道温度还没上升到炙烤的程度。这几天，舟山地区一直像个蒸笼，一个个馒头似的群岛被蒸得热气腾腾，正午气温有时飙到38摄氏度，电视上气象播报员告诉各位观众，这是舟山几十年来最热的几天。

我们无法庆幸自己马上要离开这么炎热的舟山，因为我们要去的是比这里还要炎热的地方。

9时整，码头一片安静，欢送仪式开始。

指挥员管柏林和我跑下舷梯，向海军副政委丁海春中将敬礼并请示启航。这时，我感到汗水从大檐帽里像虫子一样一条条钻出来，在脸上肆意爬行。本来管柏林报告完自己的名字，轮到我报告"政治委员金毅"时，我还没来得及张

7月26日上午，浙江舟山某军港，中国海军"和平方舟"号医院船执行"和谐使命——2017"任务欢送仪式现场

7月26日上午，浙江舟山某军港，官兵军属欢送"和平方舟"号医院船起航

口，丁副政委已经下达了"启航"的命令。可能是首长考虑到天气炎热，太阳底下少晒一秒钟也是对官兵们的体谅吧。

组织者把启航的时间选得好。如果选在中午启航，两列长长的整齐划一地排列在獭山码头、穿着雪白军装的兵，就会像两排正在融化的奶油冰淇淋，扬起的手臂宛如插在冰淇淋上的塑料小勺柄,若有人坚持不住中暑倒下来,就是首先被"融化"了的那一筒。

起航仪式只持续了20分钟。汗流得不算多,只是我的内衣湿透了。军队这座大熔炉,总能把软弱锻造得刚强,士兵们都坚如磐石,这说明他们基本功扎实。新兵入伍,由民转到兵,直线豆腐块,嗓门变粗,唱歌基本靠吼,骨头变硬,军姿挺拔,"软包装"变成"硬包装",扫除一切弱不禁风,包括有些炊事员能把面包做得可以在墙上敲钉子。

在我和管柏林登上和平方舟5层甲板的指挥平台时,船长下达了"解缆"口令。船缓缓离开码头,螺旋桨搅起的海底泥沙翻上水面,一片混浊。

一群海鸥俯冲下来寻找被搅上水面的小鱼小虾。我们出海,它们集体会餐,海鸥是水兵永远的朋友。可想而知,它们是多么希望我们出海,尤其在肚子饿了的时候。我不关注海鸥吃饱没有,我关注的是码头上的糟糠之妻孙虹,她一直没有朝我挥手,而是在不停地擦眼泪。不止她一个,许多前来送行的家属都在擦眼睛,未来5个月将无问西东,"相去万余里,各在天一涯",前路迢递,吉凶未卜。

在这种以伤心为主基调的离别场合,只要不用催泪弹,我就不会轻易掉眼泪。这样不知应景,让我好生惭愧。不是我生就一副铁石心肠,可能是与妻子不同,我的汗腺比泪腺发达。这都是我当新兵时队长、指导员的功劳,开展的经常性思想教育富有成效。那时候,我17岁,营门与家门相距上千千米,空闲时间的主要任务是想家,想着想着就不由自主地掉眼泪,掉着掉着不知怎的就招来了嗅觉灵敏的队长、指导员,他们和蔼可亲地与我谈心:"男儿有泪不轻弹!"于是我服从命令,严格认真地照他们的话执行。忍的次数多了,也就不容易落泪了,现在似乎比鳄鱼的眼泪还要少。

在大家手臂都快要挥酸的时候,和平方舟拉出一声长长的汽笛,仿佛是替我们朝岸上的人群大吼一声:"我走了——"站坡的官兵们放下手臂,撤下站位。那些码头上没有亲人送行的官兵,了无牵挂,兔子似的蹿进了早被空调吹得很凉快的舱室。

海军是国际性军种,"洋"味浓厚,步步有礼仪,处处见规矩。登舰前先向军旗敬礼,登上舰向值勤官敬礼,下了舰还得转过身向军旗敬礼。而启航仪式是海军礼仪中极有代表性的一种。舰艇离开码头,无论是上午出去训练下午回港,还是今天出去明天回港,水兵都要背手跨立站坡,以这种无声的姿势向陆地告别,向领导战友告别,向亲朋好友告别。仪式十分庄严,当然也带着些许悲壮,大海茫茫,谁也不能肯定出去了就一定能回港。

靠海吃饭的渔民把出海称作"闯海",有去蹈刀山、赴火海的意思,连吃鱼都不敢拿筷子将鱼翻过身来。他们以海为生,却又对海无限敬畏。现在虽有了天气预报,有了卫星导航,船材也由木头换成了钢板。但意外总还存在,隐藏在浪涛下面的危险永远不会撤退。

7月26日上午,浙江舟山某军港,"和平方舟"号医院船缓缓驶离码头

和平方舟一共装了381人,其中115名是医护人员。就这样,我有幸与他们,于2017年7月26日上午9时20分离开舟山港——启航了。

前方是遥远的天水线,是风雨万里、波涛万顷。

足迹换成航迹,把家留在后方,走向海角天涯。

台风走,我也走

大海航行,经常与船过不去的当数台风。不知道它潜伏在哪个地方,不知道它什么时候突然出现,不知道它有多大威力。它是船的天敌。

船与台风对抗了几千年,海底累累沉船作证,船的胜算很小。

"和平方舟"号医院船气象预报员吴静在讲授气象基础知识

对吨位过万的船舶来说,台风只要不超强,掀起的浪头不是很高,一般就构不成威胁。当然,迎头碰到小台风也不让人开心,海面经不起一点风的挑唆,很容易动荡狂躁,难以控制。当然,和平方舟不惧怕这些,14000多吨,钢铸铁打,一般的风力休想掀翻她。

第一天运气不错,风平浪静,我们站在甲板上,跟站在自家的阳台上一样,自在而稳当。极目千里,碧波汪洋,海天一色,看波浪优雅地起伏,就像农民看自家田里稻浪翻滚,丰收在望,心里甜蜜蜜、美滋滋的,对美好生活充满憧憬。

可是,我们高兴得太早了。

昨晚交班,气象预报员吴静指着卫星云图上太平洋上空乱作一团的云雾报告:今年第9号热带气旋"纳沙",已经在菲律宾洋面上生成,最高风力达到13~15级,将正面袭击台湾岛。

又是菲律宾洋面。那儿像是台风的老巢,许多台风生成于彼。每年的第三季度是台风的旺季,生成速度快,也很频繁,跟母鸡下蛋似的,接二连三;更可气的是,有时候还生"双胞胎",太平洋上刚冒出一个,南海又长出一个。人类目前没有手段和办法对其实施"计划生育"。

我们盯着显示屏,看卫星图上旋转成一团的白色云层,心情怏怏。指挥所已下令将所有物资用绳索牢牢固定住,防止它们自由漂移,全船上下如临大敌。

台风有很多名字,也叫热带风暴,在北大西洋、北太平洋中部和东北太平洋,则叫飓风;可是到了南太平洋和印度洋,它又被称为气旋风暴或旋风。美国人在任何事情上都不甘寂寞,在气象领域也不例外。他们这样规定:最弱的热带气旋被称为热带低气压,如果低气压区增强,使最大持续风速达到每小时63千米,则热带气旋将成为热带风暴;一旦热带气旋最大持续风速达到每小时119千米,它就被归类为飓风、台风或旋风。

马上要和我们见面的"纳沙",这个名字是从联合国世界气象组织命名表里摇号出来的。这个组织有140个台风命名表,名字由处在台风地区的国家提供,比如中国、朝鲜、日本、越南等14个沿海国家和地区,每个国家和地区提供10个名字,在台风生成的时候根据该表摇出来使用。

虽然从云图的路径预测,"纳沙"对我舰航路无大的影响,可她由着自己的性子跟陀螺一样旋着走,卷起的滔天巨浪范围大、影响广,还经常像跳舞一样不走直线。大海波连波、浪打浪,我们的航路就在这周边。

不开心的时候,可以寻找开心,这是乐观主义。大家拿气象预报员吴静的名字开玩笑,说这名字起得与我们对气象的要求与期望南辕北辙。那些一有风吹浪动就晕船的人,尤其要找个出气口,煞有介事地与她严肃认真地探讨这个问题。可她不但不承认,还不肯深刻认识问题的"严重性",说要是这样,我们的副指挥员叫孙涛、一名参谋叫张江波,还有什么"风"、什么"潮"的就更多了,都是"同犯"。显然她不愿意单独背这个"黑锅",找出了好几个人来垫背。

出海前,真没注意到有这么多"招风引浪"的名字。调侃归调侃,这也提醒我们,此次出访时间长,要经过复杂陌生的海域多,务必要做好"战狂风、斗恶浪"的思想准备,一丝不可麻痹和懈怠!

风是恶之首,只有它能无端地激怒大海。暴风与暴君的行事作风没什么两样,从不讲道理。和平方舟抗风能力强,装备能支持得了,人却不一定能撑得住,特别是没出过海的白衣天使们。他们在海上左摇右晃、颠上颠下,接受风吹浪打的考验,这难免会让他们走路不稳,晕头转向,难受是肯定的,说不定还会狼狈不堪,痛苦地躺倒一大片。舰艇部队很多新兵刚上舰时,"治疗"晕船的方法简单粗暴,把垃圾袋挂在脖子上呕吐,该值班还要值班,该吃饭还要吃饭,不过"疗效"显著。很多人就是这样硬闯过来的,从此顶天立地,像南海的抗风桐一样强悍。眼下,如果我们也这样简单粗暴地对待平生第一次出海的医护人员,会有损他们的身体,毕竟他们中有些人已不年轻了。

气象小组经过分析讨论,建议绕过台风走。

不走直线,意味着要多航行4个多小时,多耗些油料。海上航行,气象小组代表着严谨的科学,他们通过卫星俯瞰全球,风云变幻尽收眼底。因此,他们相当有权威,像海里的向导,他们的建议值得重视。

指挥组纳谏如流,毫不犹豫地修改了航线。有时候人类与大自然对抗,也讲究惹不起躲得起,不能针尖对麦芒,不能硬碰硬,主动让步不失为明智的选择,这时候需要采取"打得过就打,打不过就跑"的战术。我们不是堂吉诃德,无须举根长矛与风车斗个高低。

军人向来不服输,英勇无畏是品质。但在执行特定任务时,需要勇气,也需要智慧,必须根据战场态势决定下一步的行动。我们绕开那个大风暴,就是让鸡蛋绕开石头。

果然,我们贴近海岸线走是正确的,在台风掀起巨浪前,我们穿过了台湾海峡,抵达海南岛外海,一路没遇到高过2米的浪。

想想人生也不过如此,看到了前头荆棘遍地、障碍重重,硬闯的结果注定是碰壁受伤,有时候改变前进的路径,却能收获"山重水复疑无路,柳暗花明又一村"的惊喜。

能成功避险,为大智慧。

航行的青春

海军的脚步,行无止境,近年更是抬腿就是千万里。

《西游记》的主题曲有句词:"敢问路在何方?路在脚下。"我们也往西走,但不取经,也不走旱路,没有白龙马,倒有一艘白色医疗船,一群人不穿袈裟穿白大褂,是去西非进行医疗服务,笑称"西服"。

山重水复,路途遥远,我们任务官兵中的大部分人,这辈子还没有为了一个目的地,要跋涉这么远的路。

我们每天都在走路,像《一个人的朝圣》里说的,"把一只脚放在另一只脚的前面",每天都赶赴与昨天相同或者不相同的目的地。

从救护直升机鸟瞰"和平方舟"号医院船在大海中航行

人的一生,要走的路有千万条。有些路走过来,印象深刻,一辈子都不会忘记。比如我,上小学时走的那条青石路,我希望它无限延长,总也走不到学校;放学时又希望它无限缩短,三两步就到家,而它总满足不了我的愿望,使我幼小的心灵充满惆怅,于是我记住了它;还有一位邻居家门口的那条路,一次,突然窜出一条双眼血红的狼狗,吓得我胆战心惊、落荒而逃,那条路我也牢牢地记在脑海里。

人生山一程水一程,总是在不断地出发。对于我们每一个人,最需要认准的是前方的路,可能有许多艰难险阻,可能有意想不到的风景,也可能有意想不到的挑战,需要我们走快走稳走好。现在展现在和平方舟面前的这条路,毫无疑问,将是我们生命中独特而全新的征程。

这条水路的方向,是我国伟大的航海家郑和率领的船队前行的方向,也就是说，早在 600 多年前，他就一马当先，把路踩过了、探好了，只是没有我们今天走得更远。踏着前人的足迹，只是追随；延伸前人的足迹，才是超越。

新时代阳光普照，我们将以航行的青春，在追随中超越。

有必要介绍一下我们规划的路径。和平方舟从舟山港启航，沿福建沿海南下，穿过台湾海峡，跨越南海，通过马六甲海峡进入印度洋，然后到达斯里兰卡，再横穿印度洋，驶向亚丁湾，沿红海北上，驶入大西洋，绕非洲大陆一周，再回到亚洲的东帝汶，经过太平洋，然后抵达舟山港，回到祖国温暖的怀抱，与牵肠挂肚、望眼欲穿的家人团圆。若用笔在地图上画出航线，只需几秒钟，而我们实际要走上 5 个月。

近些年，随着中国海军的快速强大，出访频率越来越高，与外国海军"大洋握手"，舰艇的底部，结满了四大洋的藤壶与海蛎子。但是，有些特定的地方，对我们来说还属于陌生海域，尤其是西非一些国家的领海和港口。这条航线，有三分之二郑和没走过，中国海军驱逐舰没走过，和平方舟没走过，我们更没走过。和平方舟越洋到这些国家造访，可以说是中国海军"大姑娘坐花轿——头一回"。

以文明交流打破国与国之间的隔阂，以提供人道主义援助促进双边的了解、合作与互信，这是我们的真章本意。

作为个体，我们每个人都有大期待，播撒友谊的种子，完成海军赋予的使命任务；小期待也有，领略一下西部非洲的旖旎风光，吹一吹大西洋的浪漫海风，沐浴一下那里的灿烂阳光，附带品尝一下异国异海的小海鲜。

我们既是行路者，也是探路者、先行者。这就足以让人憧憬，足以让人兴奋，足以让人骄傲。对我来说，一生中，让我骄傲的事儿不多，虽然前路烟涛渺茫，但能为国担一份使命而勇闯天涯，也足够开心愉快。

我对随舰出访并不陌生，2006 年曾跟随 113 舰访问过美国、加拿大、菲律宾，那是往东走，横穿浩瀚的太平洋。这次是向西走，要去拥抱印度洋和大西洋。这里用"拥抱"一词，说明我对进入"两洋"带有浓厚的感情色彩，并且期待已久。与海军其他军官的爱好大致相同，我喜欢把地图当作办公室的标配，百看不厌，觉得比任何画作都耐赏，常常看得眼睛发花，还饶有兴味地寻找并牢记那些小如针眼的岛,希望在自己的军旅生涯里能实现去那里一探究竟的愿望。作为一名海军军人,潜意识里总藏着一些民族情感,血液里也免不了流动着英雄主义情愫,把四大洋踩在脚下,有血性中的征服,也有责任中的荣耀。

完成使命,首先要热爱使命。

写到这里,指挥室报告和平方舟已进入南中国海。

可抢先迎接我们的又是台风。这个台风名字叫"海棠",听上去温柔而又美丽,让人脑海里浮现出那种粉红娇艳的小花,并不由自主地想起李清照那一句"却道海棠依旧"。但是,此"海棠"非彼"海棠",与美丽温柔没有半毛钱关系。透过舷窗,能看到天空已经阴沉着脸,乱云飞渡;太阳躲起来了,不肯露面;海面上波涛涌起,浪花朵朵盛开。

这时搁在桌子上的手机突然收到信息,我还以为是哪个友人的信号系统如此强大,把祝福送到了大海深处。打开一看,原来是外交部领保中心发来的温馨提示,让进入越南的中国公民们遵守当地法律,防盗抢、防骗婚等等。

"和平方舟"号医院船在大风浪中航行

信息一定是发给即将进入越南领海的船只的。我们贴着越南领海走,自然也接收到了。外交部细心周到且十分给力,时刻关注着身处异国他乡同胞的生命财产安全。

我们这次出访,当一回穿军装的"外交官",是"当代郑和",是"和平使者",肩负着传播友谊、传播和平、传播文明的重任。

和平方舟越过领海线,走向深蓝远海,光明磊落地向世界展示中国海军的硬实力。

也许,在和平方舟的后面,将有几十艘、上百艘悬挂中国人民海军旗帜的舰艇,浩浩荡荡地驶向非洲,以及世界各地,传递和平的火种。

开动和平方舟这台仁爱与友谊的播种机,就是用我们的脚步,沿着一条古老的海上"丝绸之路",走出一条全新的海上"丝绸之路"。

早在1877年,德国人李希霍芬提出了"丝绸之路"这个名称,到今天,已140余年。这中间,我国历尽磨难,"丝绸之路"荒芜,几乎被人遗忘。

我们要重新拾起前人的火把,把这条路走得家喻户晓,走得花团锦簇,走得流光溢彩。

"雄关漫道真如铁,而今迈步从头越。"不要小看了"走路",伟大的事业总是与"走路"相关。郦道元在荒野僻壤、人烟缥缈处步步惊心,走出了《水经注》;徐弘祖在崇山峻岭、荆棘塞途处孤行苦旅,走出了《徐霞客游记》……地球上有条"红飘带",便是惊天地泣鬼神的二万五千里长征。中国工农红军用脚走出了困境,走向了胜利。无论出于何种动机,无论希望达到何种目的,也无论在什么样的时代背景之下,事业总是成就于勇于拼搏、不屈不挠、永不止步的精神。

新时代的远征,更需要我们每个人去努力,十几亿人向前迈出的每一小步,积累起来就是国家的一大步。开拓与创造美好的明天,需要众人在人生旅途中,怀抱探求未知,走向未来的决心、智慧和勇气,迈出最精彩的那几步。

国家在崛起的过程中,在强国路上,最精彩的往往也只有几步。现在,我国全面开放,活力四射,如同"拆破玉笼飞彩凤,抟开金锁走蛟龙",我们正深切体会着这种英明与伟大。

和平方舟是跟随在我国浩浩荡荡大船队中的一艘小船。

此刻,我们已行至南沙,在这碧如绸缎的海域,不知道能不能用望远镜看到我们日渐长大长高的岛礁。

我坚信，遇到春天，什么东西都可以嗖嗖地迎风拔节。

美国在南海吹"黑哨"

船行南海，必然会想到美国，他们经常大老远来这里进行所谓的"航行自由"。

美国为这个地球真是"操碎了心"！

勇于大包大揽，"古道热肠"，"感动"地球，一群"国际主义战士"在白宫和国会山辛勤地工作着。他们下达了很多任务，有些交给军队，有些交给中央情报局、国家安全局、联邦调查局……连站在纽约哈得逊河口的自由女神像，都被他们委以重任，让她手里的火炬务必照亮世界的每一个角落。只是女神的火炬是铜铸的，从来没有真的熊熊燃烧过。唯一"火"过的那一次是旁边丙烷爆炸，差一点让女神在"烈火中永生"。

南海这片中国的海，离美国本土"十万八千里"。对于美国海军来说，军舰开足马力要驶上十天半月。尽管用时漫长，但他们为了捣乱，从来不怕路途遥远。

无非是想把南海变成"一半是海水，一半是火焰"。

美军很忙，上管天，下管地，中间管空气。1949年以来美军只有14年没打仗，这些年来更是四处出兵，拳打伊拉克，脚踢阿富汗，腰斩南联盟，暗算叙利亚……让世界瞠目结舌。美军确实厉害，久经沙场，打起仗来摧枯拉朽，如入无人之境，打得伊拉克等国毫无招架之力，好像能够迎风尿十里。可待"沙漠风暴"尘埃落定，仔细一看，世界再次瞠目结舌，以这几个国家的实力，美军当了一回恃强凌弱的"大侠"！

其实，让人看出来的是美国的霸道。

这嘴脸，非常的帝国主义！

世界各国主权是平等的，这是数百年来国与国规范彼此关系最重要的准则，也是联合国及其他国际组织、机构共同遵循的首要原则。主权平等的真谛在于国家不分大小、强弱、贫富，主权和尊严必须得到尊重，内政不容干涉，各国都有权自主选择社会制度和发展道路。

可美国不这么认为,为了便于对看不顺眼的国家下手,就宣称人权高于主权。因为主权上不好找毛病,而人权上容易找碴儿,有事实要打,没有事实编造事实也要打;只是打人的理由常常不够充分,预先虚构的故事不够严谨,漏洞百出,能被好莱坞编剧甩出好几条街。

当然,这不影响那些倒霉的国家无缘无故地挨揍。人家本来是"平"的,老百姓平安度日,平静生活,其乐融融。美国兵一来,把"平"的打"不平"了,制造了大量的孤儿和寡妇。

联合国很生气,但也只能干瞪眼。

再看看我们的南海。有时候我天真地想,如果自己有美国总统或者国务卿的手机号码,一定会发条信息劝劝他们,心里装的事多了会太累,容易吃饱了撑着的,南海的事就不要管了。这里是中国的领海,自古以来都平安无事,你这连考古都是浪费时间,才两百多年历史的国家却插手要管,就像幼儿园一名少不更事的孩子,硬要到足球场上当裁判,不懂球场规则不说,可能连起码的公平、公正都做不到。裁判的哨子可不是吹着玩的,弄不好就是"黑哨"。

美国在南海吹的就是"黑哨"。

我在这里只想告诉美国,为什么我们把海南岛以南的那片水域叫"南海",叫"南中国海",就是因为她是中国的。中国的海在北面叫北海,在东面叫东海,在南面当然叫南海。如果南海自古以来是别国的,就不会叫南海了。

中国老祖宗有个爱好,总是给自家的地方编神话故事,让后代记住这些地方是自家的,不能丢了。他们给南海编了许多故事,在《西游记》里,住在南海的龙王佛教名字叫"敖钦",负责兴云布雨;在《封神演义》里,他的道教名字叫"敖明",也是护佑人们在海上的平安。民间传说就更多了,海南岛建有许多他的神庙,中国老百姓对其长相非常熟悉,形象都差不多,"头顶王冠生龙角,赤发长髯,浓眉睿目,双耳垂肩,虎鼻朱唇,龙须横出,慈祥威严,身穿龙鳞金甲,肩披龙纹披风,手扶镇海宝剑,足践双蛇,迎风伟坐于海心浪涛之巅"。看看,都是中国式神话特征、中国式审美!

不属于中国的地方,我们老祖宗是犯不着去编的,比如北冰洋、大西洋,这些地方就没有中国神话；再比如伦敦、华盛顿，这些地方也没有中国传说。这都体现了中国人的安分，对不具所有权的东西没有非分之想。

现在南海让美国闹得浊浪翻滚，说是要"航行自由"，驱逐舰来了不算，航母也来，一拨一拨地进出，分明是明目张胆地挑衅。这么说，一点都不过分。

一切在南海打着"航行自由"旗号的挑衅都是耍流氓。

我们填了几个岛，美国抗议；我们在岛上装了几件防御性武器，他们还要抗议。

这可能与美国人狩猎的"天赋"有关。当初，他们在印第安人的土地上，群租了一片房屋，说好是耕种土地，可一看印第安人善良软弱，就开始拿出枪来狩猎，把几千万印第安土著当猎物狩得差不多绝了种。

美国有两副面孔，一副是"山姆大叔"，西装革履，喝着咖啡，和蔼可亲的样子，手里拿着"绿纸"，满世界买东西，让世界人民给他埋单。他还善于伪装，总是把自己打扮得像个"圣诞老人"，口袋里装满"自由""民主""平等""人权"等，都是一堆哄孩子玩的"布娃娃"。

美国有武力崇拜的传统，对枪炮的迷恋达到了痴癫的程度。派军舰来南海巡航，也是一个武力崇拜的极好例证。不过，小兵小卒拱得再凶，我有车马炮坐镇，谅你也掀不起什么大浪。

中国是苦大的，却不是吓大的；中国人爱好和平，可也决不惧怕战争。

听说有人正在把金庸的小说翻译到美国去，这是大好事。金庸的武侠小说不光好看，刀光剑影中还蕴含着许多邪不压正的哲理。有个故事值得玩味：西毒欧阳锋跑到桃花岛找黄药师，虽然黄药师不怎么好勇斗狠，但在他的地盘上寻衅滋事，他也不会忍气吞声，任你欧阳锋蛤蟆功厉害，要赢他也是很难的。美国的行为就像欧阳锋，疯疯癫癫，认为老子武功天下第一，在江湖上横着走，可上了桃花岛吃了大亏，偷鸡不成蚀把米。金庸的《倚天屠龙记》里《九阳真经》的口诀，也很有哲学味道："他强任他强，清风拂山冈；他横由他横，明月照大江；他自狠来他自恶，我自一口真气足。"中国现在好像就念着这句口诀，旁边放着一把屠龙刀，闪闪发光。

美国人喜欢讲战略，奥巴马的口头禅是"不做蠢事"。可从战略上看，巡航南海着实不是什么妙招,更不是什么绝招,其实是个烂招。美国觉得现在他赢了,实际上他把军舰开进南海那一刻就输了,让中国14亿人透过南海这个窗口,看清了太平洋并不太平,看清了对岸的国家并非"美丽之国"……

看清是最重要的。中国老百姓曾经糊涂过,被浮云遮住过双眼,觉得美国的一切都是最好的,孩子们热衷于喝可乐、吃肯德基、听摇滚乐、看好莱坞大片……美国的生活方式已经深深地影响到了我们的下一代。现在好了,美国的军舰来南海,美国人做梦都想不到,驱逐舰先驱逐了挡在中国老百姓眼前的烟雾,让他们看清了事情的真相和本质。中国人一旦"把你看透了",无论你说得再天花乱坠,也不再上当受骗,用东北话讲:"忽悠谁呀?滚犊子!"

南海冲突,表面上看是军与军的对峙,国与国的争斗,其实不然。这是战略上的斗争,是价值观上的斗争,是意识形态上的斗争,说到底是文化上的斗争。

中国遵循"王道",美国崇拜"霸道",正邪较量,可能是一场持久战。可无论世界怎么变,一时占上风,不是胜利者。归根结底,邪不压正,笑到最后的是正义的一方。

南海是中国的舞台、中国的场地。

领海、领土、领空事关国家的主权和尊严,想让中国在这个问题上忍气吞声,可能性为零。中国军人历来把肩负的使命看得比自己的生命还重,要想让他们在这个问题上畏惧退缩,可能性同样为零。

若要把南海当国际角斗场来比拼武力,那可错了,错了的后果会很严重。中国有句老话叫"兵来将挡,水来土掩"。老百姓有句狠话叫作"别以为我是吃素的"!中国人特别能吃苦,遇强则强,想把中国当软柿子捏,要当心捏在手里的是一把铁蒺藜。

沧海一声笑:你可以看不惯我,但你没有能耐干掉我!

南海有风险,进来须谨慎!

南门口的海

此时,和平方舟航速17节,这样不慌不忙、不疾不徐地走,需在南中国海

"信步"两整天。

从"和平方舟"号医院船驾驶室向船艏方向眺望,南海风起云涌

祖国家大业大,作为一名军人,一名海军军官,我感到开心的同时,也感到肩头的责任沉重。

医院船的白色身影,自下水起,每年都会出现在南海。她如同一只美丽的白天鹅,从北边飞来,降落在这片浩渺的海面上,从容不迫、自在舒畅地游弋。

从操纵室的巨大玻璃窗看出去,南海在平静地呼吸。风很干净,从操纵室的侧门吹进来,清爽地拂过我们的面颊。

以前我在飞机上俯瞰过南海,也在军舰上欣赏过南海,每次都举着望远镜都不舍得放下来。无论从哪个角度看,南海都是大自然的旷世杰作,美得惊心动魄。

南海,历史上与中国血脉相承。

这片一望无垠、风光无限的蓝色国土,波涛之下除了游动着的鱼之外,还有难以计数的沉睡着的中国船只,有渔船,有民船,有商船,还有少量的战船;当然还埋藏着丰富的石油和天然气,目前还钻探出了可燃冰,是一个名副其实的"聚宝盆"。

这片海域,自古以来就是我们祖先生活和劳作的地方。同时,船只的残骸也证明了这是我们的海上通道,一代又一代、一批又一批中国人,有的遇到风浪葬身于此，大部分人活着进入泰国、新加坡、马来西亚、印尼、菲律宾等国，成为华人华侨。这里是海南岛渔民的传统渔场，闪烁的渔火、连片的白帆，千百年来从未停止过撒网作业。那些星罗棋布的岛礁，也早已被中国的航海家和历代朝廷所命名。汉字镌刻的石碑，被海水砥砺得坚硬如铸，一个世纪又一个世纪，孤独而坚韧地守护着万顷波涛。

毫无疑问，这是我们伟大的祖先留给子孙的一片碧海，没有如果，没有也许，更没有问号。

当然，造成南海目前局面的原因，我们自己也应当深刻反思。

我国从神农氏首创并传播耕种开始，一部上下五千年的中华文明史，基本上是一部农民从土地里刨食的历史。

一个小家，守着一垄地，就守住了一家人的命根子；一个国家，解决了土地问题，就等于解决了国人的温饱问题。因此，中国历代的农业文明尤其灿烂辉煌。而商业文化在一些朝代被不断打压，造成严重滞后。"重农轻商"，甚至"重农抑商"，导致了"重陆轻海"，这种意识一直延续到第一次鸦片战争。

纵观历史，我国无数次战争，都是为争夺土地而爆发。所谓攻城略地，所谓寸土必争，所谓守土有责，所谓开疆扩土，还有所谓"普天之下，莫非王土"，都离不开一个"土"字。依赖土而看重土，看重土而争夺土，军队为土而生，为土而战，也为土而亡，"虏塞兵气连云屯，战场白骨缠草根"。

战争虽然残酷，但它是社会发展、科技进步、观念更新的最大动力之一，而我们偌大的海洋却被置身事外，独坐冷板凳，看不到烽火狼烟，听不见杀声震天，存在感不强，参与性几乎为零。

她的价值似乎只体现在文人墨客的想象力上，编几个神话故事，比如《八仙过海》《精卫填海》《哪吒闹海》《张羽煮海》等，都是法力无边的神仙在那里打打闹闹。作为凡人，靠海吃海的只是少数渔民，绝大多数都踏踏实实守着土地过安分的日子。

一个民族，眼睛只盯着脚下这片土地，注定是短视的。

可谁也不愿意放下锄头拿起桨。

身居庙堂之高的帝王将相们，对大海的认识几乎为零。在他们的意识里，大海有没有用,局限于能不能种庄稼上,不能生产和提供粮食的地方,就不是重要、必不可少,或者生死攸关的地方,万顷碧波的价值比不上千里沃野。而且,大海是天然的国门,自己出不去,别人进不来。

南海盛产珍珠,质量上乘,熠熠生辉。南海本身就像一颗明珠,本是价值连城的传家宝,却在一些朝代被遗弃在角落里。

让我们倍感欣慰的是,泱泱大中华,民间并不缺乏识货的专家,历代一些有识之士,他们在南海一些经意或者不经意的主动出手,功及千秋万代。

我们智慧的先人,谁是南海一马当先的开路先锋,已难以考证。但有史书记载,早在秦汉时期,我们的祖先就开始在南海活动,许多地方是他们命名的,比如把南海叫作"涨海崎头"。我国古代人把岛礁、滩、沙洲泛称为"崎头",非常口语化,像叫自己孩子的乳名一样亲切;还把南海绵延的珊瑚岛礁描述为"千里长沙、万里石塘",说明我们的航海家和渔民们不但常去南海,耕耘南海,还十分熟悉和喜爱南海。

家喻户晓的《三国演义》,魏、蜀、吴烽火连天,曹操、刘备、孙权为争夺天下打得不可开交。我国古代打仗都在内陆,"火烧赤壁"虽然在船上作战,可长江流域也属于内陆,战火没有烧到海上来。但陈寿的《三国志》和罗贯中的《三国演义》,都忽略了一个意义非凡的举动,就是在这金戈铁马、刀光剑影的峥嵘岁月里,吴国还派朱应和康泰远航南海,访问扶南国(柬埔寨),相当于我们和平方舟的出国外交访问活动。康泰在《扶南传》中提到,"涨海中,到珊瑚洲,洲底有磐石,珊瑚生其上也"。意思是南海这个地方,很多地方清澈见底,能看到美丽的珊瑚礁。

在我国的历史典籍中,记载南海的文献不说浩如烟海,也是卷帙浩繁,如《异物志》《南州异物志》《旧唐书》《岛夷志略》等,不胜枚举,记录得详尽而生动;还有许多我们先人绘制的南海地图、航海图,有画在纸上的,有刻在木片上的,有绘在羊皮牛皮上的,有手工的,有印刷的,更多的是装在海南岛渔民脑子里的,实谓"有图有真相",图文并茂,无不说明南海是我国最早发现、最早命名、最早开发利用的。铁一般的事实,证实着我国对南海拥有无可争议的主权。换句话说,西沙群岛、中沙群岛和南沙群岛,自古以来就是中国的近、远海群岛。

可惜的是，我们的主权，被我们自己束之高阁，长期埋在图书馆发黄的典籍里。

明永乐皇帝朱棣以他的开明果敢与远见卓识，成就了郑和七下西洋。

如果后来的皇帝也能如朱棣这般明智，历史能沿着郑和的足迹延续下去，中国就不是后来那样积贫积弱的中国了，南海也不会是现在这般风起云涌的南海了。朱棣驾崩之后，明朝廷鼠目寸光的大臣们，不知"外交"为何物，认为郑和等人好大喜功，下西洋是"烧钱"的活儿，几万人在国外吃香的喝辣的，浪费了大把的国库银两，相当于"公费旅游"，遂要求"废船队，绝海洋"。

郑和向仁宗皇帝慷慨陈词，一番话掷地有声："欲国家富强，不可置海洋于不顾。财富取之海洋，危险亦来自海上。……一旦他国之君夺得南洋，华夏危矣。我国船队战无不胜，可用之扩大经商，制服异域，使其不敢觊觎南洋也。"可见郑和确是一位出类拔萃的航海家，是一位有忧患、有胆识、有远见的军事家，甚至可以算是一位能够运筹帷幄、纵观天下风云的战略家。

600多年过去了，郑和这一席话，现在仍然振聋发聩，我们欠海洋一个认知、一个尊重、一个投入。一个民族在海洋权益上的觉醒，才是民族复兴伟大事业的真正希望。

郑和，这个世界大航海时代的开天辟地第一人一去，竟后无来者，连他积累下来的航海资料，以及无比珍贵的海图，都被付之一炬，甚至他后来去了哪里，葬在何处，都无人知晓。

伟大的海上"丝绸之路"，昙花一现。

近百年后，欧洲出了个哥伦布。这个人比郑和幸运，为了实现自己的航海梦想，哥伦布凭三寸不烂之舌鼓动一些国家的皇室资助，开始时四处碰壁，直到遇上西班牙女王。女王收留了这个有远大理想的热血流浪汉，拿出私房钱资助他造船出海。这个决定在现在看来是太英明了，哥伦布虽然油腔滑调、野蛮暴戾，端的是心狠手辣，乘坐的克瑞拉帆船也不比郑和的宝船和福船先进，可他有着征服海洋的惊人的能力。之后，这个哥伦布书写了他传奇的一生，为西班牙女王效命，驾着帆船走南闯北，征战陆地和海洋。当然他也没少在异国他乡烧杀抢掠，不但发现了新大陆，他掠夺来的土地、奴隶和财富，尤其是他丰富的航海经验和能力,为西班牙建立200年的海上帝国打下了厚实的基础。

郑和身后无郑和,哥伦布后面却跟着千万个哥伦布。这样的差别,造成了中国独领天下先的航海技术从此没落,被西方超越并拉大了距离。航海业的落后,不仅仅是某个行业的落后,而是代表着一个社会集体意识的落后。

别人在轰轰烈烈地推陈出新,我们却在冷冷清清地因循守旧。

不进则退,历史就这样无情地教训愚昧者。

清朝政府统治时期,满族这个游牧民族是骑马的好手,可能不用踩马镫都摔不下来,对海洋却是一个门外汉。中国的上空,从此弥漫着英国鸦片的毒烟、八国联军炮弹的啸鸣和圆明园上空的烈焰……

南海,成了各国列强给中国人输送苦难的通道。

我们常说"有海无防",这应该是我国近代最严重的战略失策。近代以来,我国国土沦陷基本上从海防失守开始。我国习惯于把国门设置在一万八千千米的海岸线上,而在领海上却无强军把守,即使有也是形同虚设、不堪一击。

有一种观念现在必须改变,我们有许多人对领海还不够重视,还把边防的概念压缩在海岸线上。其实,"边疆"的概念早就扩大化了,除了"陆边疆"外,还有"空边疆""海边疆""网边疆"。今天,我们的国家利益拓展遍及全球,实际上已经没有"边疆",如果要说有,那么国家利益的尽头才是我们防守和作战的真正"边疆"。

向海而兴,背海而衰,弃海而亡,中华民族用长期的苦难经历证实了这个真理。

在海洋上缺少进取心,国家命运的大船就难以起碇。

因为受到过侵略和屠杀,我们在情感上难免对邻居日本有恨。其实,日本有许多东西值得我们学习。

日本明治维新距今已150多年,这个当年落后的农业小岛国,勇于接受欧美近代文明成果,实行"殖产兴业",埋头富国强兵,经过励精图治、锐意变革,一跃成为亚洲强国。之后,日本吞并琉球,打赢甲午海战,战胜沙俄,跻身世界列强俱乐部,成了亚洲唯一一个能与欧美平起平坐的国家。日本经济学家总结出一个"雁阵模式",意思是日本是亚洲的经济领头雁,第二梯队是韩国、中国香港、新加坡、中国台湾"四小龙",中国大陆和东南亚国家位于第三梯队。

当然,那都是20年前的事了,现在的"雁阵",队形早已发生了变化。纵观日本由贫弱到强盛,就在于没有把目光专注于脚下的小岛,而是穿过海洋,将目光投向了世界,他们成功地在海上找到了一条通向强国的路。

而我国古代、近代,包括现代,很多人看海不见海,看不到海洋对一个国家的兴衰存亡有着何等重要的战略价值,导致资源没有得到利用,与世界交流的大门紧锁,海洋权益被严重侵占……我们看海的时间太少,我们爱海的感情太淡,我们耕海的愿望太弱,我们经略海洋的能力太低。海在前方,我们却视而不见,见而不管,管而不紧,等我们发现自己的海洋主权被别国蚕食时,虽痛心疾首,却无可奈何。

大洋落日,一艘巨轮在海上航行

最近的南海仲裁案裁决,人们义愤填膺,我们可以咬着牙说它是"一张废纸",但这张"废纸"不会因为我们"不接受、不参与、不承认"的立场而真的化为乌有,真的一文不值,真的能够堵上欧美媒体的嘴巴。这张"废纸"是一记结结实实的耳光,抽在我们脸上,痛彻肺腑。我们感受到了痛,感受到了屈辱,更要感受到海洋权益受到挑战的严峻、紧迫和残酷。

苦过、痛过、屈辱过,历史的教训反复证明,苍天不会因你泪流满面而心生怜悯,未来只能靠自强不息的双手来改变。这双手,可以抹去泪水,可以扶犁耕耘,也可以挥出拳头。

为什么国家一开放,沿海能先富?这说明奋起的路还是在海上。

海洋是我们成长中的烦恼,也是我们成长中不可或缺、强筋壮骨的营养。

邓小平同志说得好,发展才是硬道理。

现在,更有习近平主席的高瞻远瞩。他强调,要进一步关心海洋、认识海洋、经略海洋,推进海洋强国建设。

未来可以预期,未来掌握在我们手中。

在建设海洋时,永远别指望欧美对我们会像春天般温暖,倒要时刻提防它们对我们会像严冬般冷酷无情。

> 南海经年风雨多,水势遥迢叹蹉跎。
> 白帆渔家难逐寇,苦海无边奈若何。
> 而今岛礁飞将在,赤心可比骄阳灼。
> 扫尽阴霾如拂袖,定教浊浪换清波。

今天是个好日子

阳光灿烂,微风轻拂,今天是个好日子。

大海收起了桀骜不驯、嚣张跋扈的脾气,碧空万里,轻浪微波,表现得温情而友好,像邻家女孩那样安静。

海闹腾,我们就安静;海安静,我们就闹腾。

早上8点,北京时间上午9点,船上广播要求全体人员在甲板上集合,举行纪念中国人民解放军建军90周年升旗仪式。之后,集体参加宣誓和签名活动。

时间,从来无条件接受人的安排。实际上,后天才是"八一"建军节。但是,考虑到那时正航行在马六甲海峡,举行轰轰烈烈的纪念活动多有不便。国际航道各色船只穿梭来往,水窄路狭,两岸近在咫尺,所有活动都在别人的眼皮底

正在执行"和谐使命—2017"任务的"和平方舟"号医院船举行隆重的升旗仪式

下,在甲板上搞隆重的仪式显然不妥当,便提前到今天。

"和谐使命—2017"任务官兵在甲板上列队庄严宣誓

习主席在朱日和沙场阅兵,也是选在今天。我们搞完仪式,就组织大家收看电视直播。大家看得很认真,有些人甚至激动得流了泪。在特殊的地方过特殊的节日,想必大家感触更深。虽然,南海与朱日和相距遥远,他们在祖国的西陲,我们在祖国的南疆;他们在大漠深处,我们在大海天边,但我们的心是相通的。现代战争是联合作战,但无论军种如何融合,装备如何集合,指挥机构如何联合,全军将士上下同心同德才是联合作战取胜的关键。

庆祝建军节,就是庆祝军人自己的节日。节日过得欢乐而有意义、庄严而又难忘,是必须的。指挥所动了很多脑筋,安排了多项活动,希望让这重要的一天成为精彩的一天。

许多人,包括我在内,是第一次在大海上过建军节。

正在执行"和谐使命—2017"任务的官兵在撤离平台和飞行甲板里时,分别摆出"八一""九〇"字样,庆祝属于自己的节日

首先,我们组织大家在甲板上摆造型。身着雪白军装的官兵,精神抖擞地在撤离平台上摆"八一"字样,在直升机平台上摆"九〇"字样,然后直升机在甲板上腾空而起,载着江山和高奔等摄影、摄像员升空航拍,为军队这个大家庭添一张漂亮的纪念照。

这的确是个不错的创意,拍出来的照片非常有震撼力。刷着巨大红十字的和平方舟航行在碧海蓝天之中,船桅上鲜艳的五星红旗迎风飘扬,甲板上白色的"八一"与"九〇"格外醒目,代表着和平方舟全体官兵,向建军节献上一份自己的特殊礼物。

这展示了全体官兵的坚定决心:人民海军忠于党,舰行万里不迷航。

有效的仪式,与形式主义不沾边,而是一种独特的教育。军队尤其如此,比如宣誓誓师出师、授奖授勋授衔,都是激励士气的有效方式。任何一支强大的军队,都会把仪式与责任结合在一起,军旗指处,祖国至上,为祖国而战不旋踵。

下午,可就不是仪式了,而是组织医护人员进行实打实的直升机救护演练。习主席上午在朱日和的重要讲话犹在耳边,开展实兵演练是学习贯彻习主席讲话最实际的行动。习主席大漠沙场阅兵,我们大海疆场练兵。

全体演练人员都十分投入。头顶阳光强烈,甲板晒得滚烫,天气酷热难耐,人员"全副武装",汗水顺着大家晒得绯红的脸往下流。带兵人都知道,慈不掌兵,打造能战善战敢战的勇士,就不能把战士当作玻璃器皿轻拿轻放,天气越恶劣,练兵越管用。那些战败的军队无不提供这样一个教训,与其说是败在战场,不如说是败在平时的训练场。

我打心眼里佩服这些白衣天使,他们太让人刮目相看了。在茫茫大海上,骄阳似火,气浪灼人,他们一个个舔着干燥的嘴唇,汗流浃背地往直升机上爬。原以为他们像淡水鱼游进大海,得适应一段时间,没想到他们早就具备了"两栖"的潜力与素质。

护士队伍中,有几位是非现役文职人员,她们没有接受过正规的军事训练,今天却同样接受着与军人一样的考验。今后,军队医院会派出更多这样身份的护士执行各种任务,相信能在猎猎军旗下集合的人,稍加磨砺,都将是无所畏惧的兵。

国家利益至高无上。战场上,你是老百姓,也是一个兵。人民战争是我军制胜的法宝,今后仍将继续弘扬。

晚上就轻松多了,我们搞了出航后的第一台文艺联欢晚会。文娱活动在船上永远是最受欢迎的。在钢铁船舱里,舷外满目波涛,微信"无信",抖音"不音",电视难视,锻炼基本靠走,娱乐基本靠吼。

船上响起欢歌笑语。指挥所的人高兴,联欢会能够凝聚军心,激发士气,让团结友爱的"一家人"气氛变得浓烈;官兵们也高兴,联欢会能够消除疲劳,舒缓紧张情绪,让"远航综合征"的各种情绪,比如孤独寂寞、思亲思乡以及其他乱七八糟、莫名其妙的心绪等得以释放。官兵仗剑走天涯,义无反顾,可天涯毕竟遥

"和平方舟"号医院船举办"人民海军忠于党,舰行万里不迷航"主题文艺晚会,喜迎建军90周年

医护人员表演小合唱

远,一名有情怀的人,把国家利益高高举过头顶的同时,心里也满怀儿女情长。

从前,远航的官兵们排遣情绪用的是另一种方式,就是凑几个人在舱室里偷着喝酒。领导发现了也睁只眼闭只眼,因为远航的确艰苦,因为不良情绪的确需要排解,因为领导自己也是人不是钢铁。现在严禁在船上喝酒,出航前就已经三令五申,领导以身作则,没有私带一瓶酒上船。但情绪这东西的产生是严禁不了的,这就需要更多的文娱活动来调节。船上的联欢晚会虽然不是治疗一切"远航综合征"的灵丹妙药,但对缓解精神压力还是颇有效果的。

晚会在《欢聚一堂》的唢呐声中开始，一开场大家就情绪飞扬。随着节目的一个个上演，大家欢呼声不断。许多节目是官兵自己创作的，这让我大感意外。我们的年轻官兵真的不可小觑，仅两天时间就把小品都创作排练了出来，还都体现了满满的正能量，小舞台演绎出大文化。

这群脸被晒得黑乎乎的兄弟姐妹，还真不是头脑简单、四肢发达的大老粗，他们身上有的是文艺细胞，唱歌、舞蹈、魔术、小品、武术、诗歌朗诵等节目，激起甲板上掌声阵阵，笑语连连；他们技惊四座，人气爆棚。

我再次体会到，潜力在于挖掘。在还没有了解时，你真不知道这些年轻人的头脑里装着什么新奇的东西，你以为是石坑，其实是金矿。

我现在担心的是，以后在国外搞甲板招待会，该让谁上场，又让谁不上场呢？放眼四周，藏龙卧虎，人才济济，大家都是优秀的"潜力股"，舍谁都不忍，人才太多，竞争激烈，如一手好牌，不知该出哪一张。

军营文化不只是玩一玩、乐一乐，它是一个思想阵地，一面精神旗帜，涵养着尚武精神，积蓄着战斗力量。

一支伟大的军队，一定是一支有文化的军队。

执行"和谐使命—2017"任务的官兵们挥动军帽，为自己欢呼，为军队喝彩

和平方舟上的官兵群体,是军队的一个缩影。从他们身上,我不仅看到了多才多艺,更多的是看到了一股向上的朝气,一种无论在什么环境中都能迸发激情的青春活力。

左手才艺,右手武艺,新时代的官兵能文能武。

文化铸魂,锻造出无往而不胜的战斗力。

第二章　航行在郑和的帆影里

海峡岂止风光好

作者在"和平方舟"号医院船上眺望新加坡

出了南海,要进入印度洋,我们必经马六甲海峡。

早上7点多钟,站在甲板上,看到海面上远远地出现了一些影影绰绰的建筑。能看到建筑,低垂的天空突然变得高远,仿佛是被这些建筑像帐篷一样支了起来。

那应该是新加坡海军樟宜基地,天然深水港,可以停靠航母等大型舰艇。

美军于2000年受新加坡吴作栋政府之邀,派遣太平洋舰队部分兵力进驻此地。

能够扼控马六甲海峡,就像天上掉馅饼,砸在美国人的头上。我们必须从它的眼皮子底下进入新加坡海峡。这才是名副其实的咽喉要道、战略要地:向西可以迅速进入印度洋、阿拉伯海,直抵海湾地区;向东可以进入我南海腹地。他们扼守在这里,就像把一只钢爪放在南中国海南出口的"咽喉"上,有点风吹草动,可以随时捏紧这条生命通道。

远眺高楼林立的新加坡

8时左右,和平方舟进入海峡。我再次走上甲板时,已有许多医生、护士在拍照留影。几天航行在茫茫南海上,连只鸟都没看见,现在能见到陆地和楼房,虽然很远,像浮在水面上的海市蜃楼,陆地也只是淡淡的一抹黑色,楼房像儿童积木似的一根根杵着,无法真切欣赏到新加坡的都市雄姿,但对我们来说,毕竟比看着一个模样的、单调的、没有一丁点人情味的海水亲切。于是,"天使"们激动之情难抑,她们驻足眺望,叽叽喳喳,像第一次进城的村姑,可算开了眼界,满脸都是惊喜之色。

和平方舟上年龄稍长的官兵,周游过列国,见识过世面,对这些景象没有丝毫的兴趣。单是这个海峡他们就已走过无数次,比如现任船长郭保丰,马六甲海峡他已走过9次,比郑和还多2次。郑和船长已经不可能再有走第8次的机会了,郭船长年轻,肯定还要再走N次。

我感兴趣的是海峡里来来往往的船舶。但今天看不出这条黄金航道有多么繁忙,万吨级以上的油轮、集装箱货轮三三两两,不知道是不是与当下世界经济不景气有关。在我的想象中,这里应该是樯帆林立,百舸争流,汽笛声响成一片。当然,今天的船只也没有少到令航道冷落的地步,尤其是停泊在港口里的船舶,依然挤挤挨挨,他们在这里加油、加水、消费,足够让新加坡强盛起来。新加坡以据海峡之要立国,却并不完全依靠它,而是在科技、金融、服务上全面发展,处处体现出国家领导人的政治远见和治国智慧。

新加坡海峡不宽,只有16千米;也不长,从头到尾105千米。和平方舟下午就驶入马六甲海峡主段,水面倏然变得宽阔起来,船只也显得更加稀少。

我望着海峡出神。她像一条望不到头的蓝色跑道,波光粼粼,从眼前铺向天际,鸥鸟在空中飞翔,发出声声鸣叫。不时有飞鱼像闪电一般掠过水面,飞翔的距离有几十米,倏然跃出水面,又瞬间入水不见,构成一幅生动的海峡图。

海峡常年繁忙,船来船往,以集装箱船和油轮居多。我国要消耗掉全世界近四分之一的能源,80%的油轮都要经过这里。

在这条能源生命线上,却没有我们的一兵一卒。

这在军事上是十分不利的!和平时期大路朝天,战争时兵家必争,战事一开,"通衢道"变成"鬼门关"。

我国地理位置的天然隔断性,要想走出一条强国之路,走出一条繁荣富强的康庄大道,就必须走出国门,走向世界,这个海峡是我们海上西行的必经之地。要穿过别人家里,要路过别人门口,这条路注定十分艰难曲折,不可能安全快捷、一帆风顺,容易被人要挟。

新加坡海峡风景迷人

这条海峡连接太平洋与印度洋,位于马来半岛与苏门答腊岛之间,被日本人称作"海上生命线",二战时期被他们占领,布重兵严防死守。对于日本来说,这条通道也是他们的喉管,如果被切断,便不能动弹。

站在船头,我慨叹万千:马六甲,真是个要命的海峡!

海峡一会儿就被抛在身后。通过海峡的绝大部分是悬挂着中国国旗的商船。经略海洋通道,显然已迫在眉睫,可我们大部分中国人还没有走出观念中的"海峡"。

你好,科伦坡

海上的太阳有时候真不讨人喜欢,如赤龙喷火,热得赤裸裸、毒辣辣,一点不知含蓄和略作收敛。

太阳,银河系的"独子",骄横任性,地球上万物生长要靠它,没有它的光照,人类一年都活不下去,似乎蛮横一点可以理解。

咱们老祖宗也不是没有想法,依靠大自然,仰望着星空,编了好多故事。比如,创造了巨人夸父,一心要把讨厌可恶的太阳摘下来,他像一名偏执狂,铆足劲追赶太阳,结果"出师未捷身先死",渴毙在半道上,成为悲剧英雄。再比如说,太阳起初也不是天上的独子,是有9个兄弟的,他们调皮捣蛋,精力无穷,身上喷着万丈火焰,天天你追我赶地打闹,玩得忘乎所以,连天庭最高领导人都头痛,闹过头了就不像话了,烤得神州大地河枯树焦,惹怒了神箭手后羿,有9个太阳被他射了下来,大地从此凉快了不少。

如果真是这样,我们都要感谢后羿,否则地表都被烤成沙漠,人们的脚底一接触土地就吱吱冒烟,被烙成外焦里嫩的烧饼,只能住在凉快一点的山洞里,至今还是长相与猿猴差不多的"山顶洞人",拖了人类进化的后腿。更佩服后羿的箭法,比现在导弹厉害何止千倍,我们近年试验了一下导弹的技术水平,因为打掉了一颗卫星,西方媒体就一惊一乍。

他们真没见过世面,若告诉他们,咱老祖宗能用弓箭把太阳射下来,不知道他们信不信。

现在,不携带弓箭和导弹的和平方舟要靠港了。

刚刚,甲板被勤快的水兵们冲洗过,舰艇靠岸之前,水兵都要拖着长长的水管给舰体洗澡,把凝结在甲板和舰体上的盐渍冲刷掉。海军特别讲究仪态仪容,以此表示对受访国的尊重。

和平方舟开始减速,帆缆兵已将粗长的缆绳准备停当。前方是我们此次出访的第一站——斯里兰卡,这里被称为"东方的十字路口"。

8月6日上午10时许,船缓缓驶进斯里兰卡首都科伦坡的港口。

8月6日,中国海军"和平方舟"号医院船缓缓驶抵斯里兰卡科伦坡港码头

真想伸出一只手说:你好,科伦坡!

站在甲板上,码头迎面朝我们靠拢过来。与世界上所有的货运码头一样,科伦坡码头塔吊林立,停靠着大大小小的各国船只,集装箱在货场上堆积如山。科伦坡港地理位置优越,地处印度洋,连通太平洋、大西洋,年吞吐量600多万标箱,是标准的国际大港。

远处是科伦坡市,最醒目的是一座电视塔,其通体被涂成紫红色,像一朵开放的莲花高高地立在水面之上。它站在港口的建筑物中间,如同鹤立鸡群,感觉有点像东方明珠立在黄埔江畔。

航海长早把科伦坡码头情况了解清楚,这是他的必修课,包括码头上的标志性建筑。因此,我们知道,莲花是斯里兰卡的国花,这造型很自然地符合当地百姓的审美观。

8月6日,中国海军"和平方舟"号医院船缓缓驶进斯里兰卡科伦坡港时,医护人员在甲板列队站坡

这座电视塔是中国援建的。我觉得,咱们中国人这件事干得漂亮。电视塔像开放的国花,国花在老百姓心目中圣洁、美丽又庄严,无形中加深了两国人民的友谊。得人心者得朋友,中国人走在斯里兰卡的土地上倍感自豪。

在异国他乡,这座电视塔是沉默的外交官。她不动声色地用肢体语言告诉斯里兰卡人民:中国送来的友谊正在生根开花。

中国在对外交往中,像一位宽厚仁慈、中立公正的长者,更多的时候像国际"活雷锋",走到哪都要做好事。外国人不知道雷锋同志是干什么的,他们只知道做好事的人都是善良的人。这就够了,让我们无形中赢得了许多尊重。

耸立在科伦坡港口的电视塔,正看着我们的和平方舟慢慢靠港。

码头上,斯里兰卡海军军乐队正演奏着《歌唱祖国》。熟悉的旋律,让我们的血液一下子就热了起来,我们瞬间感受到斯方的友好。

——"和平方舟"号医院船援非纪实

8月6日,斯里兰卡科伦坡码头

8月6日,在斯里兰卡科伦坡码头,华人华侨举着五星红旗及和平方舟宣传手册兴奋地参观医院船

几百名华人华侨以及我国在斯里兰卡的劳务人员组成欢迎队伍,拉着巨大的欢迎横幅,手里挥舞着五星红旗……对华人华侨来说,我们代表远道而来的

亲人。

船靠稳后,按照礼仪程序,斯海军联络官也是礼仪官登船。上来的是一名帅哥,高高的个子,身材匀称,脚蹬高筒靴,腰挎礼仪指挥刀,仪表堂堂,英气逼人。他的脸有点黑,在一身雪白军装的衬托下,像雪山上露出的一块岩石,这让他显得更加威严。他代表斯里兰卡海军邀请我们下船。

我和指挥员管柏林,副指挥员于大鹏、孙涛走下舷梯,与前来迎接的我驻斯大使易先良及其夫人、武官许建伟、斯海军代表以及欢迎民众一一握手,并邀请他们上船。易大使等人到会议室看医院船的视频介绍片,民众则由船上官兵引导着参观医院船。

一切都按流程展开,一丝不苟。

斯方主流媒体记者都来了,把会议室挤得水泄不通。他们对医院船的一切都感到新奇,包括罩在椅子上绣有医院船标志的坐套,闪光灯闪个不停。

船长不失时机地推介医院船,送了他们每人一顶船帽,帽子上绣着"和平方舟"精致的图案。

我和坐在身旁的许建伟武官说,没想到斯海军不忌讳演奏我们的《歌唱祖国》,这在别国的土地上由别国的军乐队演奏出来,实属难得。许武官说,这是我方与斯方交涉的结果。开始他们也不太乐意,倒是没有意识形态上的顾虑,只是曲调陌生,对能否演奏好心里没底;但经过两天突击排练,他们越来越觉得这首歌旋律优美,节奏感强烈,演奏起来挺带劲;今天能演奏得这么好,是他们喜欢上了这首歌,是用心演奏的。

我们这次靠港属于技术性停靠,就是人员休整,上岸接接地气,给船补给油水及副食品,指挥员礼节性地拜会斯军方高层,不履行人道主义医疗服务。

但易大使是个资深外交官,有能力有眼光,具备从国家利益得失出发的战略思维,他敏锐地感觉到医院船停靠斯里兰卡是个绝好的机会,可以扩大中国海军的影响力,可以成为走进斯军方和民众心灵的一座桥梁。于是他给国内打报告,希望我们能提供医疗服务。海军立即批准了此建议,并给我们下达了任务。

这样,我们调整了计划,本来三天的休整延长了一天,中间两天,医疗平台要运转起来,为斯军方和民众诊疗。

虽然任务突然,我们没有做充分的准备,但我有预感,这会是一次非常成功的访问。

相信我们的医护人员,他们能够在任何时候、任何条件下圆满完成任务,如同《我和我的祖国》里的歌词那样:"无论我走到哪里,都留下一首赞歌……"

科伦坡一瞥

下午,约了几个伙伴去街上走走,认识一下斯里兰卡首都。

面包车是大使馆帮忙租的,100美元一天。司机是一个面容清瘦的小个子老头,60多岁,很诚实的样子,让人放心。他能讲夹带当地口音的英语,由于可疑的发音太多,需要调动想象力,这样就有点难为翻译。

斯里兰卡1818年就沦为英国殖民地,直到1948年才宣布独立。在英国统治的130年中,英语是其官方语言。

老司机问我们去哪里。对我们来说,第一次到访,两眼一抹黑,我们请他当向导。老司机皱纹纵横的脸笑成了菊花,没有目的地的游客是最省心的游客,没法子挑刺找碴,他可以自作主张实现"自由行"。

之前,我对斯里兰卡的认识仅限于地图,她的模样像摁在印度半岛南部顶端的一枚手指印。老司机似乎比我有文化得多,他说斯里兰卡是上帝落在印度洋上的一滴眼泪。这比喻富有感情色彩,告诉人们这里似乎发生过许多苦难,是一个让人伤感的地方。

车子在一条巷子里停下,我们下车一看,有一个"山"字形的建筑立在街边,墙上的雕像层层叠叠,气势恢宏。老司机说这是印度教神庙,据说是献给战神的寺庙。我抬头细看,庙门由六条青龙支撑着门楣,大量姿态各异的神像一层层直达庙顶,像一群袒胸露背的士兵,摆开一个天门阵,龇牙怒目,如临大敌。

今天是寺庙休息日,大门紧闭,无法进去一睹究竟。

斯里兰卡的邻居印度,创造的神与创造的人一样众多,而且特别喜欢建神庙,是不是神都先找块空地建个庙再说,比较符合先安居后乐业的人类幸福生活观。他们的逻辑是,时间久了,草木也成精,不是神也能修炼成神。反正对印度人民来说,有神祇要拜,没有神祇创造神祇也要拜,至今没有停下"发明创造"的脚步。于是,在一些地区,老鼠、猪都被他们供奉起来接受礼拜,结果出生于寺院的动物们成为幸运儿。天底下最幸福的老鼠,一定是在印度,一只只被养得身材魁梧,走路都费劲,不知让猫见到是否会大惊失色,上前单挑可能吃亏;而猪们膘肥体壮,不必为生命安全担惊受怕。

这绝不是我信口开河,胡说八道。有报道为证,在比哈尔邦的一座寺庙里,放着一个袋鼠形状的垃圾桶,信徒们见到后纳头便拜,这个袋鼠的"口袋"里每天都被投满了钱币。在印度神话里,象头神甘涅沙的坐骑便是老鼠的化身。

自由的宗教信仰,也是人类文明的内核,任何人都要尊重。

老司机又把我们拉到科伦坡著名的阿输迦拉马雅寺,这座寺庙坐落在市区南部,是市民心目中的佛教圣殿。

我们在船上,专门上了一堂关于斯里兰卡风俗习惯的课,大体了解了斯里兰卡的一些礼仪和禁忌。比如,点头表示否定,而摇头代表肯定,与我们正好相反,把头摆错了容易产生误会。如果老司机说:"咱们去印度吧?"我们习惯性地摇摇头,结果他以为同意了,一踩油门直接将我们送到了印度,还得麻烦驻印使馆把我们送回来;再比如他说:"你们中国人真好!"我们习惯性地点头,结果他以为我们对自己的同胞有意见。斯里兰卡人还有个讲究,左手不能传递东西,要用右手,否则是对人不敬,左撇子最好不要到此旅游,伸错了手也容易影响两国人民的真挚感情。进入寺庙要光脚,不能戴帽子;大多数斯里兰卡人都信奉佛教,僧侣非常受人尊敬,在与他们对话的时候,不管是站着还是坐着,都要注意将头设法低于僧侣的头部,以示谦恭。

行走间,我的眼睛一亮,阿输迦拉马雅寺门口赫然立着一尊高大的木雕关公像,丹凤眼、卧蚕眉,长髯垂胸,手握青龙偃月刀,威风凛凛,形象、神态与国内供奉的关公别无二致。他国遇老乡,虽然这个老乡已故去1000多年,但总是一件让人高兴的事。但我不明白赤面长须的武圣,一生逐鹿中原,最远去了成都,这会儿何以跑到国外寺庙里当起"门卫"来了?想想也不奇怪,中斯两国民间交流密切,"武圣"英名早为斯里兰卡人民熟知,他现在不代表蜀国,而是中国忠勇文化的"形象大使"。

我们脱下鞋依次进入寺庙。庙里金碧辉煌,佛祖释迦牟尼像庄严肃穆,端坐其中,座前参拜的虔诚信徒川流不息。

寺院内有一棵菩提树,躯干参天,虬枝横斜,绿叶茂密,旁边的木板台上放着许多小铝罐,可供人接水浇树祈福。

我不信神,看神庙只是为了看古迹,最感兴趣的还是寺内的陈列室,摆满了信众馈送的各种器物,琳琅满目。中国的物件也不少,尤其显眼的是青花瓷器,大部分是明清两朝的,现代的也有,但不多,主要是青花大盘和罐子。

这也说明我国明清两朝与斯里兰卡的交往已经很频繁。据说在此之前,唐代高僧玄奘在印度修学时所著的《大唐西域记》,就多次提到"僧伽罗国",即现在的斯里兰卡;在他之前200多年,晋代高僧法显在印度求法时,来过"僧伽罗国",还将这个国家的名称意译为"师(狮)子国"。

看了半天,我发现这里的寺庙与我国的寺庙还是有区别的。这里的佛堂不上香,不点蜡烛,佛前也不摆蔬果和鲜花。按说,斯里兰卡鲜花遍地,热带水果应有尽有,上好的沉香也不是稀罕物,贡献一些给佛祖是轻而易举、理所当然的事。

是斯里兰卡人太小气?不是,斯里兰卡人对佛祖可以倾其所有。那就另有原因,可请教了几个人,他们也不知究竟。这也算为一种文化差异吧。

从寺庙出来,老司机又将我们带到"独立广场"。这里建有一个四周无门的纪念厅,厅周围被形态各异的石狮环绕,大厅内部的屋顶上布满彩色浮雕,它们向人们讲述着斯里兰卡数千年的历史。

这个大厅是斯里兰卡人民的骄傲,为1948年脱离英国殖民统治而建造。据说,周末来此游玩的市民很多。我们来的时候不是周末,也不是节假日,因此,碰到的大部分是成群结队讲普通话的同胞。他们兴致勃勃,举着长长的自拍杆对着手机里的自己笑容可掬,有几位要合影,还让我代当摄影师。同胞们对照相的热情和兴趣,远远高于对这个大厅历史的关注。有几位女士非常开心地骑在石狮子上合影,我真想上前告诉她们,这里的每一只狮子都象征着斯里

独立广场上四周无门的纪念厅

兰卡历朝历代的一位国王,这样做有欠恭敬。

我们还去了外形像"小白宫"的科伦坡市政厅、中国援建的班达拉奈克国际会议大厦、以独立战争时国王母亲命名的维哈马哈德维公园等地方。总的印象是,这个首都的街道、建筑和环境,建设水平相当于我们国内的行政地级市。

市区交通方便,满大街的"蹦蹦车",如果一招手,估计能在你面前停下10辆。从楼房之间吭哧而过的火车,跟印度的火车一样没有车门。老司机说,高峰期能看到许多挤不进去的旅客挂在车外,密密麻麻,他们都习以为常了。

说到车,在科伦坡大街上跑着的轿车,基本上是日本车,首都如此,想来全国也是如此。

这里汽油很贵,斯里兰卡国民又不富裕,而精明的日本人,就看到了这个商机,把车身重量减下来,这样就省下许多油费。斯里兰卡人在选购车辆时,能省则省,因而日本车就占了市场优势。至于安全系数,日本人不会替别国考虑这些问题,市场份额最重要。

很遗憾,我基本上没见到咱们的国产车。如果有,肯定也没有几个世纪以前郑和送来的瓷器多,这似乎与我国汽车大国的地位不相匹配。斯里兰卡是"一带一路"的沿线国家,这就表明我们的汽车产业布局还有待完善,表明我们

中国援建的班达拉奈克国际会议大厦

开拓海外市场的力度还有限,也表明我们在某些领域内尚缺乏前瞻性、系统性和主动性。

看街上跑来跑去的车让人郁闷,不如看头顶上飞来飞去的鸟痛快。

给我印象最深的还是斯里兰卡的"国鸟""神鸟"——乌鸦。在我们看来,这简直有些不可思议,咱们见到乌鸦觉得不祥,非常不待见它,从前中国的老百姓咒骂地主老财、土豪劣绅、贪官污吏是"天下乌鸦一般黑"。民间还有"乌鸦叫凶"的说法,谚云"乌鸦头上过,无灾也有祸"。如果电影镜头里出现乌鸦,一般都是家破人亡了,它们站在乱坟岗的秃树枯枝上发出凄惨的叫声,制造恐怖气氛,让人不寒而栗、毛骨悚然。

斯里兰卡人却认为,乌鸦是神的使者,驱赶乌鸦就是亵渎神灵。于是,他们总是给乌鸦投喂食物。乌鸦在这个"人间天堂"里丰衣足食,它们成群结队翱翔于空中,栖息在房顶屋檐,蹒跚在草坪路边,没有它不能去的地方。它们幸福地徜徉在大街小巷,经常哇的一声从你眼前飞过,吓你一大跳。

如此厚待乌鸦,可能来自斯里兰卡的某个传说,也可能是出于他们的某种宗教信仰,我没有考证过。问老司机,全能的他居然也不知道。他只是告诉我们,乌鸦会向神祇报告人间谁做了好事谁做了坏事。

哦,原来乌鸦是空降人间的"巡视员"!

吉祥"三宝"

斯里兰卡物华天宝,特产丰富。

最受游客欢迎的是号称斯里兰卡的吉祥"三宝":宝石、红茶和手工面具。第一种纯天然,是从地里挖出来的;第二种半天然,是山上种出来的;第三种非天然,是作坊里手工做出来的。

疯狂的石头

先说贵得要死的宝石。

斯里兰卡的宝石品种繁多,光华璀璨,在国际上久负盛名,珠光宝气吸引人们趋之若鹜。在我国,由于奇货可居,这些"疯狂的石头"更是受到疯狂的追捧。北京人都知道,农展馆、民族文化宫三天两头举办的珠宝博览会,总少不了斯里兰卡的柜台,灯光下各种宝石颗颗光彩夺目,有蓝宝石、红宝石、祖母绿、紫水晶、星光蓝宝石、月光石、猫眼、欧泊等。

我万分纳闷,宝石为何如此厚待这个岛国,上帝为什么要把好石头都埋到这里来呢? 为什么不埋到咱中国农村老百姓的自留地里呢?!

据科学考证,早在亿万年前,斯里兰卡的地质开始发生改变,通过火山的喷发、地壳的裂变,山涧河川把岩石冲击到平原,形成了含宝石的底层。自此,斯里兰卡整个国家90%的国土都分布着出产宝石的母岩。这么说来,咱们完全可以想象,这个国家是建在宝石之上的,农民提一把锄头可以像刨地瓜、土豆一样刨宝石,不用播种即可收获。

经过当地人的不断开发,加上制作工艺的改良和大力的宣传,斯里兰卡每年的宝石出口贸易额可达5亿美元。这对于一个国民经济不甚发达的国家来说,无疑是丰厚的外汇收入。

同样是石头,身价不一样,同宗不同命。普通石头一钱不值,宝石就不一样,似乎有着无穷的魔力,价格都被炒到天上去了,现在还没有停下来的意思。

我听以前来过斯里兰卡的老兵说,10年前在这里买宝石,100美元能抓一把,一般找巴掌大的去购买;现在,100美元只能买玻璃珠大小的一粒,还是品质很一般的那种。

我对这类宝石半懂不懂,什么饱和度、色彩、净度、光泽、切工等,我在国内看过介绍斯里兰卡宝石的电视片,因此有点印象。记得宝石被挖出来后,要用火烧才能让蓝宝石净度更高。

老司机带我们去一家宝石店,服务员一见推门进来的是一群中国面孔,立即笑容满面,眼睛放出与宝石一样的光。我熟悉这样的笑容,小商贩看到冤大头莫不如此!她们蜂拥而上,心里一定是觉得今天的生意有着落了。一位美女善解人意,看我们抖着身上的衣服散热,连忙殷勤地端上冰镇饮料。有几名店员还能讲生硬的普通话,一边讲解一边努力地想词。由此可见,中国人是来这里购买宝石的主力军。

"先生,像您这么年轻的人应该戴10克拉以上的蓝宝石。"我吓了一跳,下巴都快惊掉到地上,简直有点不相信自己的耳朵。翻译看我的表情,又重复了一遍。确定无误,我当然明白,表扬我年轻,这是狡猾商家的恭维话,目的是让我一高兴就头脑发热,一旦发热就慷慨掏钱。可惜,我开心是开心了,但没有上当,把饮料喝个底朝天后,开门溜之大吉。

因为一些医护人员要在船上坚守岗位,武官就联系了一家中国珠宝店,让她们带上宝石到船上来,方便值班人员购买。我也去"围观"了一下,发现看宝石的也是女同志居多,她们一个个兴趣盎然、爱不释手。购物这种情绪也会传染,只要有一个人开始买,大家就跟起哄似的一起买。为什么在中国一些精明的卖家,卖东西经常要请几个托,把销售忽悠成抢购,就是这个原因,都是从众心理在作怪。

我问一名销售员,是不是这里有加工厂?可能是对军人的信任,她诚实地告诉我说,自己来自广州,老板也是广州人,他们在斯里兰卡采购好裸石,拿到广州加工,再带回原产地销售。好精明的商家!

神奇的树叶

红茶产业是斯里兰卡的又一经济支柱,这要感谢郑和,是他把这根"柱子"最早支起来的,将种茶技术无私地传授给斯里兰卡人民。没想到他的这一寻常善举,现在撑起了斯里兰卡经济的半边天。这个岛国也的确具备得天独厚的茶树自然生长条件,雨水充沛,阳光充足,高山多云雾,土壤呈酸性,这使得斯里兰卡成为世界第三大茶叶生产国。

还有郑和做梦都想不到的,现在的斯里兰卡,已经成为我国最主要的红茶出口竞争对手。

这里没有责怪郑和的意思,有竞争未必是坏事,垄断了才容易让人沾沾自喜,惰于变革,不谋发展,到头来产业裹足不前。

比如中医,咱们以为源远流长,世界上无与争锋,便有一搭没一搭地以师父带徒弟或家族口口相教的方式传承着。毋庸讳言,国人有躺在前人智慧上睡大觉的习惯,及至一觉醒来,才大吃一惊,名叫"汉方"的韩国、日本的中草药已异军突起,占领了世界中药市场的大半个江山,出口份额已遥遥领先。不仅如此,一些传统药丸配方也已落入他们之手,在许多新功能和新药品的开发上,他们的研究已领先于我国。

想想真是愧对神农、扁鹊、华佗、孙思邈、李时珍这些先辈,他们搭上半条命总结出来的珍贵"秘籍",许多已流落海外,不知道这都是谁的错。

中药如此,茶又何尝不是如此!现在的日本,把茶道搞得跟他们才是茶艺祖师爷似的,在中国到处教授。当穿着和服、脸上像刷着一层白油漆的日本女子,在茶桌上忙乎半天,又踮着小碎步把一杯茶捧给你时,不知道大家还能否品出茶的味道。师父与徒弟的辈分都颠倒了,让我们情何以堪。连传家宝都守不住,说是败家子一点都不冤枉。不过这样也好,让咱们多长点记性,祖宗留下来的许多东西不但要守得住,还要守得好,就是说要根据时代需要、科技发展,不断地推陈出新、发扬光大。草原上无狼,羚羊会自行灭绝;有狼,羚羊反而繁殖得更多。自然界相克相生的法则,在商界同样适用。

怕就怕狼来了,我们这头羊还睡得正香。

唐代陆羽写了一部《茶经》，他说："茶之为饮，发乎神农氏。"他的话有根据，《神农本草经》记载，"神农尝百草，一日遇七十二毒，得茶而解之"。《神农食经》也记载，"茶茗久服，令人悦志"。从茶的发现到茶的普及，再到茶的商业化，源头在中国。

不客气地说，我对咱们祖宗的眼光一直持怀疑态度，眼力可以，眼光不足。神农拿命发现茶这种神奇的树叶，眼力了不得！而后来者的眼光就差多了，之后古人喝得花样迭出，可他们只满足于自己一杯接一杯地喝得酣畅淋漓，赞美诗写了一箩筐，还闷在家里把茶与儒释道文化的哲学思想融合在一起，搞得玄之又玄、妙而又妙，却基本不管国境线以外的人怎么喝茶，就是说压根没有向外推广的意识，不知道用茶从异邦外族手里把钱赚回来，更不懂得利用茶把国家形象和中华文化传播出去。

相比古人，现代人的眼光似乎也好不到哪里去。神州大地，绿水青山处处茶，可既没有权威的评判标准，也没有能够行销全球的强势品牌。"商人重利轻别离，前月浮梁买茶去。"白居易的《琵琶行》，无意中道出了唐代就有买卖茶叶的集散地，说明茶在我国古代的商业中占有重要地位，而且已经蜚声海外。敦煌出土的《茶酒论》就有"浮梁歙州，万国来求"，只是国家没有让茶承载更多的政治、经济和文化影响力。

斯里兰卡人喝茶，喜欢在茶水里添加牛奶之类的东西，我推测，他们可能是从英国贵族那里学来的。那些成天装模作样，把胡子修剪得像老山羊，走在街上也要在胳肢窝里夹根文明杖的英国贵族，不但善于装范摆谱，还总是别出心裁，不这样的话，好像显示不出他是贵族，显示不出他家的农场里有成群的奶牛似的。

据说，17世纪60年代，英国在一次宫廷酒会上，来自葡萄牙的凯萨琳王后不喝酒，却喝着一杯产自中国的茶。王后嘛，热衷于引领时尚。一时间，喝茶风靡伦敦上层社交圈，英国下午茶文化迅速流行开来。英王查理二世脑子好使，尤其对于赚钱，有巨大的热忱，也有聪明的办法，用现在的话说有商业头脑，他立即将茶叶关税定为119%，从中大捞了一笔。后来因赚得太多，贵族有想法，群众有意见，他只能降低关税。老百姓也喝得起了，喝茶迅速在英国普及，并很快影响到法国、荷兰、俄罗斯等国。后来如英国东印度公司为转变购买茶叶等商品带来的贸易逆差,向中国走私鸦片,引发了中英鸦片战争。一片神奇的树叶,本是降火宁神之物,却点燃了战火,不但影响了中华文明的历史进程,还影响了近代世界格局。

看过电影《傲慢与偏见》的人都会记得,有一个女士们聚在一起喝下午茶的镜头,其实英国许多电影都有类似喝茶的镜头,把红茶放在壶里煮着喝,配上一些点心,优雅惬意,仪式感很强。英国历史学家约翰·戴维斯认为:"茶对过去100年英国人们的生活习惯,有着革命性的重大意义。"

我们给茶叶贴上的是消暑解渴的标签,活在舌尖;英国人给茶叶披上了高贵的衣裳,活成一种文化气质。

在一家不起眼的黑乎乎的小店里,我买了一些斯里兰卡红茶。店主是一名30多岁的男子,皮肤黝黑,会讲几句简单的汉语,词汇量相当于我国的3岁小朋友。他态度热情,又很有耐心,任凭我们挑来拣去。

往茶叶生产大国背茶叶,的确有点虐心,但这与爱国无关,纯粹是为了满足品尝异国味道的好奇心。

这个小茶叶店让我印象深刻,不是茶多茶好茶便宜,而是他的木质柜台、桌子、货架上刻满了大大小小的中国字,什么俏皮话都有。

店主见我留意这些"大作",以为我也想留下点"墨宝",居然递过一把小刀说"随便刻"。我摆手,指着其中一行"我×,这店真坑爹",问他,你明白意思吗?店主摇头,告诉我,刻的人说这是广告词,中国人看到这句话都会在这里大方掏钱买茶叶,能够生意兴隆。他又问我是什么意思。我心想这涉及本民族非文明文化遗产,于是笑而不语。

一些同胞,真够坑爹的!

怪异的面具

斯里兰卡的面具非常有特色,对于我们来说,充满异域风情。面具基本上是以各种木头为原料,雕刻精细,外涂釉彩,纯手工制作。

工艺品商店里热闹非凡,摩肩接踵的不是顾客,而是集市一样簇拥的"头颅",用"人头攒动"形容一点都不为过。地上堆成小山,货架上摆得层层叠叠,墙上挂得满满当当,各种"头颅"像叠罗汉,努力向天花板攀登。

世界上恐怕很少有这般"卖头"的场景。

一个个面具色彩鲜艳,线条流畅,形状千奇百怪,有点类似我们四川的"脸谱",但比脸谱种类多得多。人脸就有狰狞的、哭泣的、大笑的、愁苦的、如鬼似魅的等,动物的有猫的、鼠的、大象的、老虎的、狮子的等,还有植物以及纯属臆想出来的东西,似乎是妖魔鬼怪、飞禽走兽,反正世间万物都能成为面具。可见斯里兰卡的手艺人思路开阔,想象力尤其丰富,刀下也是无拘无束、精雕细刻,各具风格。

面具的价格不便宜,可能是手工制作耗时比较长的缘故。这种东西需要一刀一刀镂刻出来,难以交给流水线生产。导游建议我买几个回去,说挂在家里能避邪。我拒绝了,半夜把他们吓出个三长两短来该如何是好!

我对斯里兰卡的民族风情不甚了解,更无从探究这些面具的历史源头,也不知道它最初是用来做什么用的。不过,所谓面具,总是用来戴的,像欧洲的假面舞会,好好的脸上非要遮得严实,满场的妖魔鬼怪舞翩跹,可能面具能让年轻人寻找到更多的刺激和新奇,又或许仅仅是觉得好玩。斯里兰卡人没这么浪漫,或许其中有着不一般的历史因由。

说不定,小小的面具寄寓着一个民族的图腾,代表着敬畏、祈愿、祝福,以及我们无法理解的某种希望。

我国也有许多面具,已出土的一些商周时期的金面具、青铜面具,一般用来盖在死者的脸上,博物馆里能看到。藏族等部分少数民族也有很多抽象的面具,祭祀时戴着载歌载舞;有些地区只能由巫师戴在头上,据说这样可以通灵,与鬼神交流。在我国不少地方,保留着一种古老的民间艺术叫鳌头傩戏,台上的演员戴着各色各样的面具,演绎神话传说、民间故事、历史典故、民情风俗等,是我国西北高原的一项文化珍品。

由此看来,面具往往是一个民族的文化符号。

我不能不懂装懂,妄猜斯里兰卡面具的用途。

作为民间工艺,一种独具风格的夸张艺术,斯里兰卡面具能够成为一种民族文化瑰宝并享誉世界,这是一个奇迹。创造这个奇迹的是一代又一代民间普通手工劳动者,他们在上千年甚至几千年的岁月中默默无闻,却从未停止过传承,并在传承中发展,形成创意无限的文化遗产。他们的一笔一画、一斧一凿,融进了对自然的认识、对人生的理解,生动地诠释了"越是民族的就越是世界的"的道理。

有一种高贵,藏在卑微的姿态里。

打满"补丁"的加勒城堡

斯里兰卡四面环海,无论从哪个地方出发,坚定不移地朝一个方向走,走着走着就到了海边。

我们是从港口出发的,租了辆面包车,能塞下我们6个人,一天的租金是100多美元。司机看上去是个很憨厚的小伙子,皮肤像被红黑混合颜料浸染过的绸缎,未说话先微笑,露出一口雪白的牙齿,像一排碎玉,性格也开朗活泼。他说自己最喜欢中国人租车。这种话在旅游胜地是当不得真的,谁知道除了外星人,他有没有跟美国人、日本人甚至吉卜赛人说过,无非是让顾客开心,给小费不抠门。也许他说的是真心话,看这个人的面相,不像是个会说谎的人。不管真假,只要说中国人好,我心里就十分受用。

我们本打算去"狮子岩"的,那块形状如狮的岩石,被称为世界第八大奇迹,据说那里有着澳大利亚艾尔斯岩般的自然奇观。岩洞中有美人壁画,一个个都是"天使般的少女",墙上留着上千首诗作,每年都吸引着大批游客前去览胜。

码头上的一名志愿者,给我们泼了一瓢凉水。他说"狮子岩"太远,路上来回就要八个小时,对于时间紧张的我们来说,恐怕来不及。这个志愿者是中港集团驻斯里兰卡的工程师,已经把斯里兰卡当作自己的"第二故乡",熟悉此地环境。他说可以选择去南海岸的加勒,那里的古城堡值得一看,而且路程较短,来回方便。我们6个人立即统一思想,确立新目标,直奔加勒。

两小时后,我们坐在加勒海边的一家餐厅里大快朵颐。这家饭店的位置很好,餐厅一直延伸到距离大海只有几步远的地方。斯里兰卡人一般是下午2点吃午饭,我们到达时只有1点多钟,便毫不犹豫地占领了最靠近大海的一张餐桌。

餐厅是空地上搭起的顶篷,类似国内的大排档,四面通透无墙,没有任何东西遮挡视线,大海瓦蓝瓦蓝的,从眼前一直宽阔到海平线。沙滩就在我们脚边的台阶下面,也就2米多宽;海浪在我们的眼前层层叠叠地卷上海滩,发出哗哗的巨大声响。

真是美妙极了!要在国内,如此得天独厚的美丽地方,一定会被商业嗅觉灵敏的老板罩上落地玻璃,打造成海景房,起一个响亮得让人一辈子都忘不掉的名字,安排一名漂亮服务员,定出让普通顾客心惊肉跳的价格,好像自然景观是他家私人定制似的。

饭菜也不错,我们点了几个大盘,其中海鲜大盘货鲜量足,有鱼、大虾、螃蟹、小龙虾、鱿鱼等。坐在斯里兰卡南海岸,吹着清爽的海风,品尝着印度洋美味,享受着一种惬意与舒心。放箸结账,相当于600元人民币,平均每人吃了100元钱,便宜得让人无比开心,我们甚至怀疑是不是总台算错账了。

美景不可愧对,美食不可辜负。

我愉快地在印度洋海岸打了个饱嗝。

下午的时间都交给加勒城堡。城堡像一个坐在海边的老人,讲述着斯里兰卡被西方列强殖民的历史。

城堡始建于16世纪的葡萄牙殖民时期,后来殖民地易手荷兰。荷兰人不愧是筑墙的高手,在原有的基础上加以防护和扩建,构筑成一个岸防工事,大约4层楼高,风格与我们国内的城墙有很大不同。我们有箭垛雉堞,他们没有,可能更多的是用火枪火炮防御的缘故;我们建筑城墙的材料一般用砖头、泥土和米浆,他们是用石块和泥土垒成的。让人惊奇的是,2004年的南亚大海啸居然没有摧毁这道城墙,可见其相当坚固。但是,城墙虽然屹立未倒,却也伤痕累累,不知什么原因,当地政府也未做更多修缮,就这样保持原貌呈现在世人眼前。

其实这样也不错,历史本来就是沧桑的,没有沧桑的历史缺乏厚重,而人为地抹去沧桑使之成为一道亮丽的现代风景,是浅薄甚至愚蠢的。这又叫人想起国内的一些城市，为所谓的现代景观和市容大拆大建，率尔操觚，把历史的痕迹抹得一干二净。在他们的眼里，就是把什么东西都现代化，将沉淀千年的印记毫不留情地抹去，就像把古代残损的青铜器熔化，重新铸成现代工艺品一样，让人扼腕叹息。

在这方面，我比较喜欢南京：摩天大楼与明代城墙并肩而立，遗址寺庙、亭台楼阁与车水马龙、霓虹闪烁的大街交相辉映，自成和谐而又独特的风格，流金烁银的秦淮河，古韵悠长，站在岸边或者泛舟水上，都能让人听到历史的回音。

加勒城堡内的灯塔是加勒老城的标志性建筑

再看加勒这座靠海的城堡，矗立着一座高18米的灯塔，白色的塔身在蓝天碧海的映衬下分外耀眼。它建于1938年，年龄与城堡比不算长，但因为它是加勒老城的标志性建筑，十分受人喜欢，游客都要拍照留念，甚至加勒的各种纪念品上都会有它的身影。至今，它仍然灯光闪烁，没有风烛残年的模样，尽心尽责地为海上航行的船只履行导航的义务。

被游客喜欢的还有塔下的一棵合欢树，枝繁叶茂，繁花似锦，听说中国情侣来此必定要在树下合影。我看到一对斯里兰卡新人穿着婚纱在树下拍照，看来这种树在斯里兰卡也寓意甜甜蜜蜜、相濡以沫、白头偕老。

新城门是另一个老牌殖民帝国修建的。1873 年，英国军队把整个老城区用城墙围了起来，主城门对着陆地，以控制出入城区的人，这样当地人进出就要接受盘查。由此可见，统治者对城区老百姓的控制是十分严格的。这个主城门被当地人称作"新城门"，一直叫到现在。今天，新城门已老态龙钟，墙体已经斑驳，涂成黄色的墙面长年风吹日晒，陈旧得像锈蚀严重的铜皮，有些地方被白灰粉刷过，像黄布衣服上打着许多白补丁，给人以衣衫褴褛的感觉。英国人喜欢到处显示他们有文化，动不动在门楣上雕塑一些人物、怪兽之类的东西，这里也不例外，好像雕的是一个人头兽身的玩意儿，黑乎乎的，我端详了许久，也没有辨认出来雕的是什么。

我们专门走进国家海事博物馆参观。这个博物馆由城堡的仓库改建而成，馆内展品丰富，主要陈列着古代斯里兰卡与其他国家贸易时留下的文物，有独木舟、陶器、地图、火炮等，其中有两件是我国明代的青花罐，体形硕大，完整无缺，图案精美。近年来，常有国内的人到国外淘宝，老瓷器最受青睐，一些人就乘机作伪，把赝品运到国外销售。我凑近了看，这两件青花器，器形丰满古朴，胎体厚重，纹饰优美，青花发色蓝中偏灰，是明朝晚期作品，是真品无疑。

每一件馆藏，都如一位有故事的历史老人，这两只青花罐，讲述着中斯两国源远流长的交往史。

城堡的所有景点中，我最喜欢旗岩，一块在沿海城墙上突出的巨大岩石。岩石上面似乎修筑过工事，可能是个炮台。如果在这里放一尊大炮，可以居高临下，射击时 180°无死角，能让炮弹如下冰雹似的倾泻到来犯的敌船上。可惜现在只剩下一片残垣废墟，看不出实际用途。但是，站在这里欣赏海面风景倒是绝佳的位置，视野十分开阔。

海面上远远近近地散落着许多奇形怪状的礁石，似乎每一块石头都是被大自然精心安排放置的，如同一幅铺展开的油画。海浪在这里不甘示弱，像是在遥远的海面做了充分的酝酿，攒足了劲，然后澎湃着奔赴一生中唯一的使命，一拨接一拨地赶到这里，把积聚起来的所有能量，在撞上礁石的瞬间释放，伴随嘭的一声巨响，浪花飞溅，撼天动地，美不胜收。

马克·吐温曾说，斯里兰卡"除了雪，这里拥有一切"。站在旗岩上，观赏了这一幕海浪猛烈拍打礁石的无与伦比的景致,我想马克·吐温一定没有读过苏东坡的词句:"惊涛拍岸,卷起千堆雪。"虽然马"雪"非苏"雪",但溅起的白色浪花实在像极了漫天飞舞的雪花,只能说马克·吐温是现实主义者,而苏东坡是充满想象力的浪漫主义者。要我说,有了如雪的海浪花,斯里兰卡什么都不缺。

从加勒城堡回到驻地,夜色已慢慢降临,科伦坡港口华灯齐放。今晚,是我们访问斯里兰卡的最后一夜。

明天,我们又将启航,和平方舟再次驶进印度洋。

会师亚丁湾

亚丁湾的名声,近年来突然响亮起来。

亚丁湾声名鹊起,不是因为她是国际航运要道,也不是这片海域有曼德海峡这样充满传奇色彩的"鬼门关",海底沉船叠叠、尸骨累累,而是一伙索马里海盗让这里名闻天下。

海盗声名狼藉,不过狼藉的名声也是名声。

他们出没在浩渺烟波里,像来无影去无踪的"水上飞",明火执仗,杀人越货,疯狂地劫持商船,连谁都不敢招惹的美国商船,也照样下手。美国人尽管在什么事上都要显示出世界老大的样子,但对这些海盗也没多少脾气,放最狠的话也不济事,结果焦头烂额。

没人去收拾,海盗胆子越发壮起来,越闹越凶。联合国难得在这个问题上达成一致,专门开会讨论打击的办法。

商讨的结果是,派军舰去巡航打击。

如今,很难考证海盗在这个世界上存在了多少年,反正历史悠久,腓尼基人、希腊人、罗马人、迦太基人都有人做过海盗;后来,英国人、法国人、西班牙人、葡萄牙人也纷纷下海干起这种"无本生意"。在西方人眼里,海盗并不是低贱无良的行当,反倒被认为是"光荣的事业",是一门勇敢正当的营生,甚至有些古代国家的国王和王子手头紧了,也会召集胆大的水手,悄悄地干上几票。我们熟知的英国作家笛福写过《海盗船长》,斯蒂文森写过《金银岛》,这些小说脍炙人口，风靡世界，说明海盗不遭他们厌恶。我国在新中国成立之前，上海街头到处都卖英国的"老刀牌"香烟，烟壳上面就是海盗商标。

电影《加勒比海盗》风靡全球，我没记错的话，好像已经拍到了第五部。那个镶着金牙、浑身脏兮兮臭烘烘的杰克船长，像个滑稽而又魔邪、正义而又疯癫、聪明而又野性的活宝，在荧幕上耍酷，吸引了全世界亿万观众。

都说电影是现实的观照，可现实中的海盗没那么可爱，他们手里拿着的可不是"烧火棍"，是 AK47 或者火箭筒；而且采取"狼群"战术，对过路商船进行围追堵截；个体本领也不可小觑，像正规军一样训练有素、身手敏捷，能够毫不费力地攀爬船舷。商船如果被他们盯上，就像羊被狼群盯上，快艇一路追击，想甩掉可不容易。他们作案频频，不眨眼地抢劫、勒索、杀人，十分嚣张和凶残。

海盗开着玻璃纤维造的快艇，目标小、速度快，很难被海军舰艇上的雷达发现。来往亚丁湾的商船，都是他们垂涎的肥肉，谁被追上谁倒霉，不但要付几百万美金的赎款，被扣人员也会受尽皮肉之苦，吃不上饱饭，死了就往海里一扔喂鱼。因此，船老大和船员闻之都会胆战心惊、魂飞魄散，"防火防浪防海盗"成为共识，过亚丁湾就像过鬼门关。

我国的船只与船员也未能幸免，商船被劫持过，船员被扣留过，赎金也支付过，甚至有船员枉死在他们的枪下。

海盗不是突然从海底冒出来的。索马里在 1991 年内战开始后，国家经济就崩溃了，村庄和老百姓已经被洗劫过好几遍，再去打劫的话费力又没油水。一部分人便开始从事海盗的勾当，有组织地实施海上抢劫，毕竟捕商船比捕鱼来钱多、来钱快。海盗其实也是穷人，食不果腹，生命不值钱，抢不到钱就只能饿死。落草为盗的，一般都是被逼上梁山，也就是豁出去身家性命，其残忍程度不亚于恐怖分子。

我们今天与第 26 批护航编队会合的地点，就是这一片海盗经常出没的海域。

当然，对于我们的会师，海盗们就是吃了熊心豹子胆，也不敢来搅局。

就在今年（2017 年）3 月，图瓦卢籍散货船 OS35 号被海盗劫持，中国海军导弹护卫舰"玉林"奉命前去解救，特战队员在直升机的掩护下，不但成功解救出了 19 名船员，还抓获了 3 名海盗。其他国家在亚丁湾护航的海军都在旁边瞅着，对中国海军干净利索的行动，不知道他们心里是什么滋味，也不知道他们有什么感想。

2017 年 8 月 16 日 7 时许，中国海军"和平方舟"号医院船与正在执行第 26 批护航任务的扬州舰在亚丁湾东部海域会合

海盗们已经不止一次领教过中国海军的厉害，说他们是闻风丧胆一点都不过头，与中国海军过不去，无异于鸡蛋碰石头。损兵折将的海盗，现在不会让自己成为中国海军的活靶子。

亚丁湾的太阳用强烈的紫外线照射了这批护航编队官兵 4 个多月。他们很辛苦，主要不是物质生活，物资供应还是比较充足的，跟着 966 补给舰，就像跟着一座食品储备仓库，想吃什么基本都能从它的巨大冰库里掏出来。每过一个来月，舰艇还可以在国外港口停靠，补充一些淡水、油料和新鲜蔬菜、水果等。辛苦主要来自身心，一天到晚封闭在钢铁内部，兵舱窄小，走不远也看不远，一不小心就会把脑袋撞出个包、把脚踢掉块皮，就是到甲板上舒展一下筋骨，最宽阔的也只有直升机平台，直线走 30 步还可以，走 40 步就掉海里了。举目四望，天还是那片天，无非云多云少；海还是那片海，无非浪高浪低。没有商店可逛，没有公园可去，没有家人可聚，没有饭局可赴，没有微信可发……生活像被复印一样，几个月如一日地重复着。

重复的生活,感到枯燥是难免的,精神生活的贫乏可想而知。官兵们都很年轻,95后也不少,而年轻代表活泼、活跃、活力,生龙活虎,活蹦乱跳,精力旺盛,让他们没事的时候像老和尚那样盘腿静坐,进入无欲无我的状态,显然是不可能的。加上亚丁湾常年高温高盐高湿,钢铁都禁不住烈日暴晒、海水腐蚀,几个月就会出现斑斑锈迹,何况小伙子们都是肉体凡胎,意志再刚强,情绪上也会被单调寂寞的生活所侵蚀。因此,护航的时间越长,官兵的身心健康越需要调理。

这时候,和平方舟的到来,无疑是雪中送炭。

8月16日上午7时许,和平方舟与导弹护卫舰扬州舰,在亚丁湾东部海域会合。两艘中国海军舰艇在碧蓝的海面上慢慢靠近,像大草原上两匹白色的骏马,从两个方向驰骋而来,在看清对方后,放慢蹄速,颠着小步慢慢会合。

会师了,这是个激动人心的时刻。在远离祖国万里之外,在异国他乡的海域,在海盗猖獗的地方,两艘中国舰艇如同鹊桥相会般聚首。看似简单的相会,其中的意义无比深远:一艘是火力强大的现代化护卫舰,一艘是装备有先进医疗设备的医院船。这样的配置,相当于中国海军已具备兵力远程投送能力,今后在地球蓝色部分的任何一个角落打仗,都有了支援力量。

会师仪式比较简单,互相鸣笛敬礼后,便一前一后形成单纵队护卫队形,在亚丁湾上慢速巡航,恰似闲庭信步。

这情景,简直就像一对情侣在公园里漫步。

这样的景象,在我国南海完成,不觉得稀奇;在离我国较近的西太平洋完成,也不值得骄傲。但今天在远隔万里的印度洋的亚丁湾完成,看似轻而易举,看似简单无奇,看似信手拈来,看似一挥而就,却是中国海军多年建设和发展的一次厚积薄发。

这样的壮举所昭示出来的硬实力,在中国海军史册上,挥洒出走向深蓝、走向世界的浓墨重彩的一笔。

这样的场面,今后必将成为中国海军成长中的常态。在哪里会师,是在更加遥远的大西洋,还是在冰天雪地的南北极?不看天遥路远,也不看美欧脸色,只看中国海军自己是否愿意。

纵有千里波万重浪,中国海军走向远海深蓝的步伐都不可阻挡。

浪尖上巡诊

太阳很会捉弄人,一会儿工夫,就把湿漉漉的甲板晒干,把我们干燥的皮肤晒得湿漉漉。

海浪与热浪,亚丁湾袭人的两大浪,都需要大家用意志力对抗。

和平方舟派出的医疗小分队,乘坐登陆艇,去扬州舰巡诊。

这既是一次医疗服务,也是一次实打实的海上练兵。

站在驾驶室外的平台上,我举着望远镜,观察医疗队员攀爬登舰的情况。不是监督,也不是看风景,是因为心悬着,怕她们手忙脚乱爬不上去;这还不是最担心的,爬不上去还可以活蹦乱跳地回来,最担心的是爬到一半掉下来,头破血流地被抬着回来;如果掉进海里情况就更难说了,能不能找得着人都是个问题。

从小登陆艇攀登到扬州舰后甲板,舰舷有3米多高,队员顺着左右两侧不停晃荡的软梯爬上去,吃力又危险。

我最担心的便是这个环节,在波涛汹涌的海里爬高,软梯像打秋千一样,重心不稳定,双脚容易踩空,不像在陆地上翻墙头,地不动,墙也不晃,梯子固定,着力点牢靠,便于用力。

男同志手上有劲,说不定小时候调皮捣蛋,上树掏过鸟窝,下水逮过泥鳅,或者在月黑风高的夜晚偷过邻居的桃子,"庭前八月梨枣熟,一日上树能千回",心理素质相对稳定。女同志不一样,童年在祖国的大花园里乖巧地成长,胆子小,身体纤柔。现在,突然接受任务,要经受如此高难度的考验和挑战,谁都会替她们捏把汗。

还真别小看了我们这些军花,没过一会儿,她们都顺利攀爬上去了,没有畏怯,也不拖泥带水,如同一群"攀缘的凌霄花",确实巾帼不让须眉。我不知道网上自称"女汉子"的,是不是就是她们这样的人。她们在开心时大笑,露出洁白的牙齿,花枝乱颤;做事大胆泼辣,把头发往帽子里一塞,"安能辨我是雄雌"。

非舟
——"和平方舟"号医院船援非纪实

8月16日,"和平方舟"号医疗分队乘坐小艇前出到扬州舰巡诊

在男子汉的世界里,很多女军人不甘示弱,比如有许多人在军校里就小试过身手,男学员爬过围墙去喝酒,女学员翻过围栏去买零食。

我发觉一些国产烂片,尤其是被观众口诛笔伐的"抗战神剧"看多了,智力会严重走下坡路。比如有一个老掉牙的狗血剧情,凡有什么危险艰巨的任务,描眉画眼涂口红的女同志都会无所畏惧、自告奋勇去执行,去了基本上是麻烦制造者,必定要出点状况,在任务行将完成的撤退途中,总是娇喘吁吁、跌跌撞撞,总会脚脖子扭了或者被石子之类的东西绊倒,总要被追捕的敌人抓住,总要拖任务的后腿,让人既着急上火又倒胃口。被这种千篇一律的情节洗脑,固化成一种思维定式,现实中对于派女队员去执行重大的任务,会有一百个不放心。

现在看到女队员们不像想象中那么脆弱,那么不堪,我才发现自己原来的想法是错误的,就像我曾经认为所有电影导演都很聪明睿智是错误的一样。

指挥室接到报告,巡诊分队全部登舰,人员安然无恙。我放下望远镜,松了一口气。

8月21日,"和平方舟"号上的妇产科专家胡电(前中)为高邮湖舰女官兵进行健康知识授课

海上救护与陆上救护不一样,光会把呼吸器摁在伤员鼻子上不行,光能抬着担架猫着腰跑不行,还要习惯乘坐冲锋舟、橡皮艇、吊篮,经受风浪颠簸洗礼;还要能够爬梯攀舷,甚至敢于从直升机上滑降……像三栖动物一样能爬、能游、能飞。据说海军陆战旅的医生护士做起来是轻车熟路,其他医院的"白大褂"还差些火候。海军军医大学刚改制过来,第一次迈出海岸线,医护们以前认识的海洋生物基本来自大排档,波涛翻滚的海洋对他们来说跟外星球一样陌生,练就这一身海上救援的技能恐怕尚需时日。

海上救死扶伤,首先自己要有不畏惧死亡的精神。

热兵器时代的战争,不会让女人走开,像瑟曦·兰尼斯特说的那样,"我才应该穿盔甲,你该去穿连衣裙"的时代早已过时,各国的兵员结构都加大了女性的比重。

我们的女队员是好样的,没有心惊胆战、惊惶失措,没有在关键时掉链子。她们胸怀万丈雄心,在磨砺中成长,在吃苦中坚强。这是一生的功课,课堂在山川湖海、急流险滩,越是在艰险的地方历练,越能实现华丽的转变。

敢于直面挑战,才能超越自我,身上就会增加一种新的能力。挥剑只用一时,而磨剑须用十年。

她们平时不一定是身手敏捷的"野小子",却像我们的记者江山在新闻稿里写的那样,关键时刻是无所畏惧的"花木兰"。其实我们的女队员平时与不穿军装的女人一样,婆婆妈妈,洗衣煮饭,相夫教子,爱臭美,出个小差都不忘携带一整箱化妆品,明知徒劳无功,仍然坚定不移地与岁月做顽强的抗争;爱流眼泪,更爱吃零食,吃完零食就忘了刚才为什么流眼泪。只是她们在需要完成一项任务的时候,表现出了军人的沉着与果敢。女本柔弱,为兵则刚!

她们可能活得不够温柔、不够优雅、不够小资,但她们活得足够独立、足够坚强、足够漂亮。

不淋一头"昨夜雨",何以催开"今日花"?世上没有天生强大的人,只有不畏艰险、勇敢磨砺,才能收获属于自己的荣光,不管是男军人还是女军人。

军中儿女,其实都一样,总能够在特定的环境下,把生死置之度外,激发出个体无限的潜能。英雄就是这样产生的,平时看不出来,甚至会让连长、指导员头痛,经常被找去"谈心",但军营的生活已点滴积淀于他们的内心,形成一种无所畏惧的血性,在关键时刻能够舍生忘死、挺身而出,把所有积聚起来的能量在一瞬间爆发,成就可歌可泣的壮举。

心巍峨,才能克服精神上的"恐高症"。

浪花里飞出欢乐的歌

我们派出直升机和高速冲锋舟,把扬州舰的部分官兵接到船上体检诊疗。

看得出来,扬州舰的官兵们很兴奋,上了船就快活得大呼小叫,东瞅瞅西摸摸,对什么都觉得新鲜好奇。尤其是见到穿一样军装的战友,更是除了亲切还是亲切,不是亲人胜似亲人。

同是天涯卫国人,相逢何必曾相识。

这份感情,没有切身经历的人很难理解。这些小伙子长时间在亚丁湾护航,波峰浪谷中来来去去,陆地长什么样靠回忆,与亲人见一面靠做梦,醒过来发现外面还是一碧如洗的海水,啥都靠不住。今天过的日子与昨天、明天、后天

护航官兵通过小艇换乘到"和平方舟"号进行诊疗

过的日子像复制粘贴出来般相似,时刻盼望着能发生件新鲜事激动一下人心,事实却往往是什么也没发生,哪怕能见到一副陌生的面孔,也是一份难得的"福利"。今天来了和平方舟,从万里之遥的祖国远道而来,还载着300多张陌生面孔,能不像过年一样快活爆棚吗?就差鸣枪致敬了。

我们在亚丁湾会师,算是一次战友团聚,伙房专门给他们做了饭,比我们自己平时吃的要丰盛。

护航官兵个个是贵宾,各个诊室都为他们"开门营业"。医护人员耐心、细致、认真,还有意想不到的温暖,年龄稍长的护士还会给战士一个妈妈一样的拥抱,足够让这些半大不小的小伙子觉得羞赧,也异常走心,幸福来得太突然。号称每天生活在大海怀抱里的官兵,没想到能投进一个比大海温暖百倍的怀抱,大家热泪盈眶。

护航很艰苦,每天与海浪做伴、与星星为伍,跋涉在难言且无边的孤寂里,而且海上环境是高温、高盐、高湿,时间一长,机器就受不了,动不动闹"罢工",人体是肉做的,不长铁锈,可容易在颈腰椎、腿关节和口腔这些地方长病。按照计划,我们将在亚丁湾为官兵服务6天,有病治病,无病开健康知识讲座,提高一下官兵的自我防护能力。除此之外,我们启动备用医疗设备,打开病房,给平时工作特别辛苦繁忙的官兵提供疗养服务,包括健康体检、个性诊疗、理疗保健、心理辅导、营养膳食、文化联谊等。管柏林名堂多,美其名曰"六位一体"休养套餐,显得体贴备至。这些护航官兵还要在海上生活半年之久,护航舰的医疗条件非常有限,和平方舟把能想到的都想到,能做的都做到,尽最大能力为他们祛疾疗恙。

和平方舟上名医专家云集,别看在岸上想挂他们的一个号都困难,但在这里,无不显示出了心甘情愿为兵服务的军人本色。他们忙前忙后,竭尽全力。军人无处不战场,无论是头顶上子弹横飞,还是烈日炙烤,救护官兵的责任是永远的主旋律。

伴随护航途中,发生了一个故事。

8月18日,"和平方舟"号与黄冈舰并靠后,"和谐使命—2017"任务、第26批护航编队赠送物品仪式

8月17日,和平方舟与扬州舰分开后,又与黄冈舰在亚丁湾中部海域会合,联合为中国籍散货船"腾达"号实施伴随护航。一大早,"腾达"号火急火燎地发来救助信息:我船轮机长张春燕在保养装备时,一粒磨砂片铁锈溅入左眼,痛苦难耐,请求医院船派医生治疗。

"眼睛是什么时候受伤的?什么症状?"和平方舟眼科主治医师吴晋晖立即赶到驾驶室,通过甚高频对张春燕进行电话问诊。

"我13日保养装备时,角磨机打磨的铁锈飞入眼睛,同伴帮忙用眼药水和棉签往外拨,但没有弄出来,现左眼红肿,不断流泪,非常难受。"张春燕说,"船上没有医生,我计划抵达下一站埃及便改道回国处理,我担心那时眼睛要瞎了。"

在一艘货轮上,轮机长是船长最倚重的人物,照管着船的"心脏"部位,船在海里全靠动力,缺了他船长晚上睡觉都踏实不了。可眼睛容不下沙子,何况是铁锈,让他继续待在船上,船可以继续跑,但他的眼睛就有瞎掉的危险。时间不等人,任务指挥所派出海上医院院长孙涛、眼科主治医师吴晋晖等3人组成医疗分队,乘坐小艇前出至"腾达"号接收张春燕。

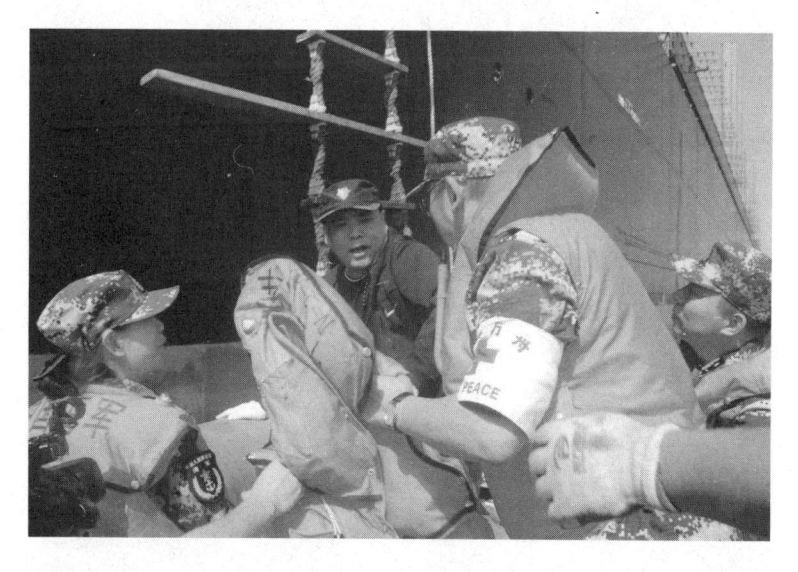

8月17日,"和平方舟"号医护人员将"腾达"号商船轮机长张春燕接到小艇

不一会儿,张春燕被接上和平方舟。在眼科诊室,吴晋晖仔细检查病情,经过麻醉、消毒、清创,很快将张春燕左眼里的铁锈成功取出。

"现在感觉怎么样?"取异物对眼科博士吴晋晖来说是张飞吃豆腐——小菜一碟,他指着取出的铁锈对张春燕说,"你看看,这是从你左眼取出的铁锈。这只眼睛的深层角膜已经感染,再不及时处理,就会出现严重的角膜溃疡,甚至失明。"

"现在明显感觉舒服多了。"张春燕很激动,对在场的医护人员说,"我已好几天痛得睡不着觉,觉得这次眼睛真保不住了,现在一块石头落了地,非常感谢你们!"

066 / 非舟
——"和平方舟"号医院船援非纪实

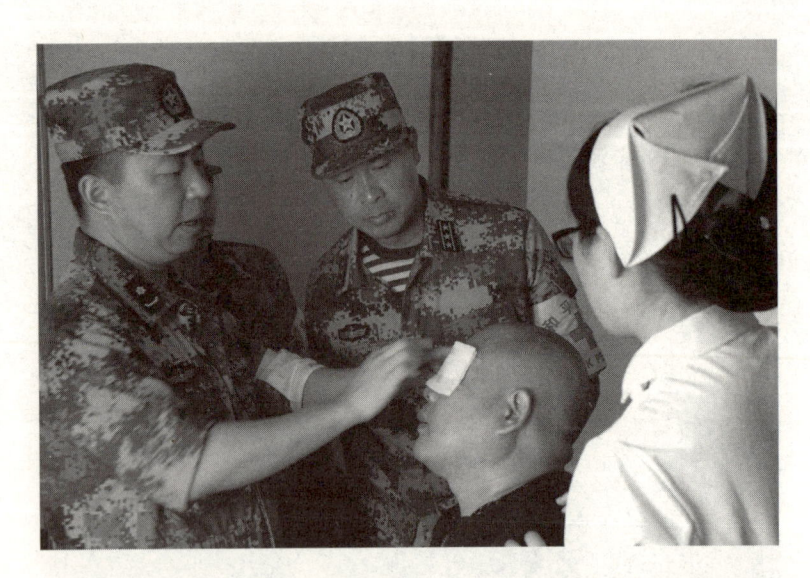

8月17日,"和平方舟"号眼科主治医师吴晋晖(左一)为张春燕受伤的眼睛进行包扎

"祖国伟大、感谢军医!"这是"腾达"号在脱离护航后,与和平方舟告别时在甲板上打出的巨幅标语。

8月17日,执行空中警戒任务的中国海军黄冈舰舰载直升机无意中拍摄到"腾达"号船员挥动国旗致敬的画面,他们身后的平台上,一行红色大字"祖国伟大、感谢军医"特别醒目

小故事,说明一个大道理:没有海军,船可能会被海盗劫走;没有和平方舟,张春燕的眼睛可能会失明;而海军是祖国的海军,国强兵才壮,兵壮人方安。

此时的张春燕,一只眼睛被纱布蒙着,但他心中一目了然,更清楚地看到了国家的硬实力。

第三章 播撒仁爱的种子

吉布提印象

8月23日,"和平方舟"号医院船缓缓驶抵吉布提共和国吉布提港

吉布提给我们的第一印象:热。

热得开门见山,热得肆无忌惮,热得蛮不讲理。

吉布提的雨水比油还要稀少。没有雨水的干涉,太阳每天在空中撒野,强烈的紫外线垄断了大气层。这个国家年平均气温近40摄氏度。

广大吉布提人民天天过着"阳光灿烂的日子"。

真担心我们雪白的和平方舟给晒黑了。

对吉布提的热,我早有耳闻,吉布提号称"沸腾的蒸锅"。现在感同身受,我们像"蒸锅"里无处可逃的鱼。船刚靠码头,热浪便从四面八方滚滚而来,我们站在钢铁甲板上,而甲板像刚刚在炉膛里冶炼过一样烫人。除了眼珠子,我们全身像布满泉眼一样汩汩冒汗,跟蒸桑拿没啥区别,仿佛站上10分钟便可以直接搓背,只是不要打肥皂,因为没有雨水可以冲洗。

我担心会有个别医生、护士扛不住热浪,他们平时在灯光比阳光充足的病房里工作,冷不丁被阳光暴晒,站坡时会被晒蔫了,或者中暑晕厥过去。于是为防万一,我让医院做好急救准备。

实际情况证明,我的担心是多余的。军人就是不一样,冬练三九,卧冰爬雪;夏练三伏,汗珠子摔八瓣,百炼成钢,意志力超强。无论是在战争年代,还是在救灾前线,军人都给人以这样的印象:在你认为可能会这样的时候,他们偏不这样;在你快要失去信心的时候,他们给你信心;在你觉得毫无希望的时候,他们又给你带来希望。

一切平安无事,他们站在骄阳下如挺拔的小白杨。

无比怀念"山舞银蛇,原驰蜡象"的冬天,也真希望阳光能够变凉,当然还有空调、西瓜之类,可这些想法都是异想天开。突然想起那个"勇闯天涯"的广告来,此时若有一瓶透心凉的冰镇"雪花"啤酒,该有多幸福!我们"勇闯天涯"了,而幸福没发生。

我们就这样顶着满脑门汗珠子,到了世界上最热的国家,时间是2017年8月23日上午10时。

和平方舟上硕大的红十字在阳光下熠熠生辉,她靠在吉布提港口的8号码头,像一个身着白衣的美丽女护士,佩戴着红十字袖章,一副英姿飒爽、亭亭玉立而又高傲不容侵犯的样子,光彩夺目,惊艳了整个港口。周围的码头上泊满了各色集装箱货船、黑色的拖船以及锈迹斑斑的渔船。

艳阳高照,锣鼓喧天,中、吉两国国旗在热辣辣的空气中飘飞。码头上聚集了前来欢迎的华人华侨和中资机构代表,中国驻吉布提大使符华强、吉布提国防参谋长塔希尔准将和海军司令阿卜杜拉曼上校来码头迎接。

070 / 非舟
——"和平方舟"号医院船援非纪实

塔希尔准将是个小个子,50来岁,有一张清瘦但棱角分明的脸,戴一顶橘红色贝雷帽,帽子大小像长在脑袋上那么合适,脚蹬作战靴,眼睛炯炯有神,一看就是一名标准、精明、干练、训练有素的职业军人。我估摸在他手下做事一定不容易,因为他看上去不好糊弄。他对中国充满好感,去过北京和上海,签署过中国援吉军事装备的计划,对中国的美丽和人民的友好印象深刻,并赞不绝口。

吉布提民众排队到"和平方舟"号医院船诊疗

今天的二号人物是海军司令阿卜杜拉曼上校,他个子很高,身材魁梧,笑容一直挂在脸上,是个和蔼可亲的人。他也去过上海,说上海是他此生去过的最美的地方。我告诉他,他去的那年,我在海军上海保障基地任政委,接待他的是基地参谋长。他立即像久别重逢的亲人,兴奋地把我的手握了很长时间,情绪激动,神采飞扬,滔滔不绝地说了足有一分多钟。我认真聆听,不过一句也没听懂。

不要小看吉布提的军队,虽然规模很小,但军人素质比较高,都会讲起码三种语言——当地语、法语和阿拉伯语,有的还能讲英语,这也表明吉布提的确是兵家必争之地,周遭聚集了世界各大国的军队。这里的少数军人还能讲汉语,那是一些在中国留过学的军人。

交谈中,准将不经意地告诉我们,希望自己的一个儿子能学习汉语,将来到中国留学。他说中国发展很快,未来的发展难以估量,懂汉语是以后就业的金饭碗。官至准将已是吉布提军队中的翘楚,在社会上也是当然的精英阶层,我想他应该有这个实力。

语言是文化传播和经济合作的内驱动力,交流的渠道畅通了,自有源头活水滚滚来。目前,非洲大部分国家的官方语言仍是殖民宗主国的语言。但近年来,"汉语热"方兴未艾,不过这是他们自愿学习汉语,而不是像当年殖民宗主国那样,强迫他们学习。

第二天,我去市区游览时,明显感觉到中国语言的气息已经飘荡在吉布提的上空。

我先去的是位于一条马路边的自由市场,与我国改革开放之初的北京秀水街有一比,尘土飞扬,铺位密密麻麻地一个紧挨一个,低档的衣服、鞋帽挂得满满当当、层层叠叠。顾客不多,店主懒洋洋地坐在小塑料凳子上,但对每一位路过的人都保持着业务上的警觉性。

少数几个卖工艺品的铺位,摆满了木雕、石刻、珠宝、面具等。店主见到我们下车,马上高举起他们的大手,热情洋溢地打招呼"你好,你好",见我们没有反应,马上又喊"蜜蜡,蜜蜡""便宜,便宜"。受不了这份热情,我们便走进一家铺子看看。店主变戏法似的拿出许多蜜蜡手串、木头手串、珠宝手串让我们挑选。我拿过一串蜜蜡告诉同伴是假的,摊主可能听懂了,满脸不高兴,又不知从哪里掏出个象牙手镯,悄悄告诉我们是"真的",我们摇头表示不要。见我们不感兴趣,他很失望,只是在他脸上看不出来。黑色把表情都掩盖了,就像夜晚漆黑一团的天空飘过几朵乌云,实在难以辨别。

看来中国人没少光临这个自由市场,也没少掏钱买蜜蜡和象牙,虽然大多数是假的。

购买象牙在很多国家都是违法的,因为美丽的背后,有可爱而又无辜的生命倒下。许多动物灭绝或濒临灭绝,不是由于土豪装X,就是因为吃货惹祸。

海边鱼市也是个很有意思的地方。

码头就是市场,空气里弥漫着浓烈刺鼻的鱼腥味。渔民兼做小贩,追着我

吉布提海滩是当地民众很喜欢去的地方之一

们的脚步走,在我们旁边不停唠叨"金枪鱼""带鱼""螃蟹","50块一公斤""20块一公斤"……可能在他们看来,长着一副中国人的脸,都是有钱的主儿,于是一步不落地跟在后面拉生意。

他们说的都是中文,有点生硬,但能听懂。

与我们农村集市相仿,地上铺块塑料布就是一个摊位,有二三十个;每个摊位的鱼不多,很整齐地摆成一排。鱼的数量也不多,几条或者几十条而已,这与他们的捕鱼方式比较原始有关。第一天坐着小木船把钩子放到海里,第二天去收钩,反正拉起多少算多少,全凭运气。渔民们不求大发横财,卖的钱够一家人吃饭就行,收入谈不上丰厚,平均每天5美元左右。

欲望简单,要求就简单,幸福也简单。

实际上吉布提的渔业资源非常丰富,预计捕捞潜力每年可达48万吨,但由于他们采取的是原始的手工作业捕鱼,因而年捕鱼量仅为1000吨。全国才1000多个渔民,而且还常常"三天打鱼,两天晒网"。可见,生长在吉布提沿海的鱼是幸福的,基本不用担心生命安全问题。

生长在咱们沿海的鱼就没有这般自在了,渔民们勤劳勇敢,开着大渔船,拖

由于天气实在太热，吉布提民众在浑浊的河水里降温

着比天网还要"疏而不漏"的大渔网，绞尽脑汁把满海的大鱼小鱼一网打尽，只差竭泽而渔。大海慷慨，馈赠丰厚，但是，以海为生者当取之有度。近年来，国家颁发禁渔令，让九死一生的鱼儿们得到短期的休养生息。

咱们沿海的鱼市场车水马龙，渔民打上来的鱼不愁销售，餐馆老板往往天不亮就等着，个个眼明手快。中国人的厨艺更是世界一流，经过五千年发展和实践，一只铁锅煮四海，一把小勺翻三江，红烧、清蒸、油炸、烧烤、炖汤……大有大的做法，小有小的吃法，把鱼做得美味的办法应有尽有。吉布提的人信奉伊斯兰教，不怎么吃鱼，也不像我们，把海鲜当作餐桌上的重要标配。

知道我国每年要消耗多少海鲜吗？6500万吨！占全球消耗总量的45%。捕捞显然不够，沿海还漂浮着上百万个养殖海产品的网箱。

鱼市的旁边有一座木板搭起来的码头，泊着许多小木船，船身比一张茶几大不了多少，是渔民出海打鱼用的。可以想象，这么小的船，活动范围也就2000米，出不了远海，也就抓不到大鱼。吉布提渔民适可而止、少欲寡求的心态由此可见一斑。

这样的小船，我们称作舢板，在我们国家现在基本上只在公园的人工湖里现身，供孩子们迎着明媚的春光，快活地"荡起双桨"。

买鱼是负责补给的后勤组同志的事，我看到几名"粮草官"，正蹲在地上面红耳赤地讨价还价。我们离开鱼市，带着满身腥味奔向一家法国超市。

这是吉布提最大的超市，法国人开的。吉布提原是法国的殖民地，连使用的货币都叫吉布提法郎，可见法国的影响力在这里根深叶茂，甚至波及吉布提的金融领域。车辆进入超市的大门口要接受测爆仪检查，人员进入超市还要进行安检，这也反映出吉布提对高档场所的安保非常严密。超市的规模与我们国内的一般超市差不多，东西不多，价格却比我们国内要高出许多。没办法，吉布提本地不生产任何日用品，全部依赖进口，要缴纳关税，价格便宜不下来。进入超市购物的顾客稀少，大部分是白人，有海员，有领事馆人员，还有驻扎在此地的美国、法国、德国、意大利、日本等国的军人，当然也有我国驻吉布提基地的海军官兵。本地人很少，有那么三两个也都衣着华丽，想必不是上层人物就是有钱人，普通老百姓不会进这么高大上的商店，因为消费不起这里的东西。

说实话，对于这样的超市，咱们船上的官兵在国内可能都懒得瞧上一眼，更别说兴致勃勃地进去逛了。但是，这里是吉布提，非洲不发达的国家之一，拥有东非最大的难民营，有这么一个超市，而且有空调吹，是件很了不起的事情了。

超市内有一个咖啡厅，出售咖啡和面包，几个欧洲人闲散地坐在椅子上喝咖啡，苍蝇在他们头顶欢快地盘旋。

吉布提好地方还是有的，凯宾斯基大饭店就是其中之一。这个吉布提唯一的米黄色五星级饭店，坐落在美丽的海边，视野极其开阔，能够眺望亚丁湾海域的潮起潮落、船来船往，是法国人开的。最难得的不是饭店的地理位置好，也不是它有多么富丽堂皇，而是院子内种着各种花木，绿草茵茵，成群的鸽子悠闲觅食，茂密的三角梅攀缘上房顶，花团锦簇。在四处光秃秃的吉布提，绿色是最稀缺的色彩，这样的景致着实难得一见。

吉布提对原有的历史风貌"保护"得很好，几十年前什么样，现在基本上还是什么样。于是，走在吉布提大街上，你能发现历史的车轮并不都在滚滚向前，吉布提成为它停下来休息的地方。在这里，给市政环境"整容"的确有困难，阳光强烈、风沙满天、雨水稀少，很少有草能在这里无忧无虑地生活下来，更别说茁壮成长为朝气蓬勃的草坪了。几株耐旱的芭蕉树垂头丧气的，可怜巴巴地充当着行道树，无精打采地站在隔离带上。

凯宾斯基大饭店是吉布提五星级饭店

国内的城市就像青春期的少年,迅速发育长高,三年不见可能就不认识了。走在街头,我们习惯了抬头走路,说不定旁边又冒出一座什么漂亮的建筑物。而在这里要低头走路,高温把多处柏油路的路面烤化了,挤成一道道丘陵,一不小心就会崴脚。蒙着灰尘的车辆,跳着"民族舞蹈"从你身边颠簸而过。

百姓确实贫穷,饥"热"交迫。作为首都,我推测吉布提基本用不着电梯,三层以上的建筑屈指可数,高楼大厦更是凤毛麟角。清真寺例外,无论是一层的平房,还是二三层的楼房,清真寺的外墙都粉刷得干净漂亮,而且总有一个造型美观独特的尖顶圆塔高高矗立,在居民区里十分醒目,成为标志性建筑。这也显示出吉布提民众虽然贫穷,但对宗教的信仰矢志不渝,对教会的建设不遗余力,对真主的虔诚坚如磐石。

吉布提的治安在非洲国家中算是比较好的,杀人越货、偷盗行窃、打架斗殴、恐怖袭击的现象不是很多,这也可能与他们的宗教信仰有关。常能看到行走在街头的人手里拿着一串念珠,神态自若,步子不疾不徐。这样的人,内心星光充盈,对社会有着良好平和的态度。

有所信,方有所畏;有所仰,才有所止。

当然，不是所有居民都心如止水、平静若素，吉布提居民与非洲其他民众一样，性格热情奔放。见到我们坐在车上，如果他们步行，会伸手跟我们打招呼；如果是坐在车里，他们会把大半个身体挂出窗外，也不怕相向而来的车辆，一边吆喝"中国，你好"，一边竖大拇指。最悬乎的是骑摩托的人，会撵着我们的车跑，一手扶车把一手竖大拇指。如果我们也朝他们竖大拇指，那可不得了，他们仿佛受到莫大的鼓励，车把也不扶了，双手都竖起大拇指，真让人担心他们的安全。

可见，中国人在吉布提是非常受欢迎的，我们近年来把一辆又一辆推土机、挖掘机开进来，给他们援建了体育场，修建了至埃塞俄比亚首都亚的斯亚贝巴的全长751千米的电气化跨国铁路，正在建设多哈雷多新港口，修建到埃塞俄比亚的引水工程，还有自贸区、公路、学校、定居点等，而援助医疗组长年在此工作服务。可以说，中国人民为他们所做的一桩桩都事关国计民生，一件件都连着扶贫解困，一滴滴都体现着深情厚谊。

老百姓不傻，他们真切感受到了中国才是吉布提的真朋友。

中国给吉布提的发展搬来了"梯子"。

吉布提郊外，中国元素更是随处可见，不少地方都有中文标识，尤其是在一些宏大的施工现场，隔离墙上"中远集团""中土集团""中港集团""中交建集团"等硕大的宋体字非常醒目，有着强烈的视觉冲击力。这么说吧，在吉布提看到的新的道路、新的建筑、新的工地、新的企业、新的码头等都在有意无意地述说着中国参与、中国建造、中国支援。

历史的车轮在吉布提的郊外隆隆向前。

最有前景的是"丝路投资银行"，目前人民币在吉布提还不能使用，不久的将来，在这里可以用人民币结算和融资，我们期望人民币早日"出海"。

银行落地，说明人落地、钱落地，还有什么不能落地？

而刚刚落成并驻军的中国海军吉布提基地，是我国历史上第一个海外军事基地，与美国基地、法国基地、日本基地、欧盟基地等形成鼎立之势，也说明中国海军日益外向。

如果说经贸是我国落在海外的脚步，那么军事基地则是我国在海外站稳的脚跟。

大国崛起,都有自己的战略利益,都要让自己的战略利益向全球拓展,而且都要用军队来保护自己不断延伸的战略利益,全球大国概莫能外。美国在海外拥有374个军事基地,分布在全球140多个国家和地区,像蜘蛛网一样把地球包裹了起来。

吉布提是穷乡而非僻壤,扼守红海的南大门,连接亚、非、欧三大洲,是可以"一剑封喉"的地方,被西方称为"石油通道上的哨兵",地理位置重要得让战略家的目光时不时要在这里扫上一眼。今天,我们终于派出全副武装的军人,也站上了他们的"岗楼"。

我们宏伟的"一带一路"倡议,从此有了保驾护航的带刀卫队,历史上绝无仅有,虽然力量仍显单薄。

这是中国海军跨出去的第一步,开始尽管艰难,但只要迈开了脚,就不会停步。

这一步单脚着地,却坚实有力,落在吉布提的土地上,震动了整个地球。

一步跨千年!

"花开二度"

和平方舟是第二次到访吉布提,"前度刘郎今又来"。

第一次是2010年9月,为期7天,是和平方舟下水之后在国际舞台上的首次亮相,毫无悬念地被各国媒体的镜头聚焦,赞许之声不绝于耳。即使是对赞美尤其吝啬的西方媒体,对和平方舟也没有过多挑剔。这艘满载人道主义的船,从此惊艳世界。

那时,管柏林还是大校,任海军后勤部卫生部部长,担任该次任务要做许多事却没多少话的副指挥员。而现在的副指挥员于大鹏,当时还是医院船的船长,他的脸色比现在白皙。7年来,他指挥着和平方舟满世界跑,皮肤里储存了世界各地的紫外线,让肤色与洁白的船体渐行渐远,形成鲜明的色差,远看就像一块黑乎乎的煤炭,我都担心他用打火机点烟时,会把自己的脸点着了。

078 / 非舟
——"和平方舟"号医院船援非纪实

8月25日,"和平方舟"号医院船巡诊队前出赴吉布提巴拉巴拉区多哈雷村义诊

和平方舟第一次来访就大受欢迎,给吉布提人民留下了美好印象,离开时,当地民众载歌载舞。现在听说又一次到访,吉布提的媒体记者蜂拥而至,进行铺天盖地的报道,"曾记否,和平方舟远涉重洋"。深情的文字,挑起了吉布提人民的美好记忆。

7年并不久远,弹指一挥间,友情未被时间的流水冲淡。

兄弟情深,何况疾病是人类共同的敌人,不论肤色,不论国界,不论贫富,共同守护生命。

朋友需要经常走动,好朋友才会派遣一艘巨船,再一次不计辛劳、不计成本,千里迢迢把医生、药品和手术刀送进国门。

路的距离不代表心的距离,人与人之间是这样,国与国之间也是这样,能建立友情是缘分,能守护友情是气度,能珍惜友情是格局。

有人说,国家之间只有永恒的利益。这话不能算错,但国家之间也需要友情,予人玫瑰,手有余香。国家之间也希望把利益输送给朋友,起码,负责任的大国是这样,而中国就是负责任的大国。

能够"花开二度",体现出两国关系春风浩荡,吉布提受到我们兄弟般的记

8月26日，当地民众正在排队等待"和平方舟"号医院船医护人员的免费送诊服务

挂与凝望。我们国家，做好事不凭一时心血来潮，而且是接茬赓续，从20世纪80年代开始就向吉布提派遣医疗队，至今不断。

医疗资源只有多与少的问题，不能归为够与缺的问题，因为再发达的国家，医疗资源也不可能完全满足需要；医疗水平只有高与低的区别，没有能与否的差异，因为再高明的医生也不能保证做到百分之百药到病除。吉布提的公共医疗体系建设较为落后，全国只有两家医院，不到100名正式医生，其中大部分还是外籍人员。全国人民的平均寿命只有60多岁，5岁以下的儿童死亡率高达5%。许多家庭"上无片瓦，下无寸土"，看不上病、看不起病、看不好病的问题十分严重。他们实行的是公费医疗，看病要预约，听上去很不错，但预约是要等候的，谁也不知道要"预"上多久。吉布提人自己开玩笑说，老婆要生孩子，打电话到医院预约，等到医院回电可以去的时候，孩子都能打酱油了。

情况往往就是这样，最热最穷的地方，是疾病最多发的地方，也是民众最需要医疗的地方。

而能够在最艰苦的地方施援，便是世间最宝贵的善良。

和平方舟来吉布提，无异于南丁格尔提着一盏灯来了。

病无贵贱之分,医无尊卑之别。和平方舟对高官开放,也对普通民众开放;对百姓开放,也对军警开放。

8月26日,作者与前来"和平方舟"号医院船就诊的吉布提儿童在一起

吉布提有一所军队医院,当然也是当地唯一一所正规的军医院,床位近120张,隶属于国防部。这家医院为军人和民众提供服务,军人和军属优先,经费来源70%依靠国防部拨款,30%通过为民众服务收取,弥补经费缺口,但往往杯水车薪。设备落后、人才不足、资金短缺,医院的困难总是相似的。

这种政策与我们的军队医院大致相同,只是我们军队医院收治的病人大部分是民众。

吉布提军人就诊的花销,有专门的保障机构予以报销,标准为军人每月工资的8%,但也不是什么都免费,挂号费得自己出,牙科和眼科等部分高级治疗也得自掏腰包。因此,来医院就诊的大部分是社会中高层人士。

实际上,看病的人多了医生也忙不过来,医院检查与治疗仪器比较少,每天运转得机身发烫,能看的病种相对单一,治疗手段也不多。关键还是医生人数不足,他们缺少自己的培训机构,大部分医务人员都是被送到中国、古巴、苏丹和俄罗斯这些国家去接受培训。我们利用短短的7天时间,为军队医院培训了几十名护士,并颁发证书。

能登上和平方舟的舷梯,对吉布提民众和军警来说是多么幸运。

我们的医护人员比在国内辛苦,全天诊疗,中午无休,吃饭都是匆匆扒两口就回到岗位。他们在与时间赛跑,排队候诊的人摩肩接踵,而且闻讯从全国各地赶过来的人依然源源不断,能多看一个是一个,宁可自己多受一点累,也要为病患减少一分痛苦。

作者与非洲小朋友在一起

语言不通是医患之间最大的沟通障碍。吉布提全国人口中伊萨族占一半,讲索马里语;阿法尔族占40%,讲阿法尔语;另有10%是阿拉伯人和欧洲人。虽然官方语言为法语和阿拉伯语,但民众多数是文盲,还是以讲本民族语言为主。这就给我们的医护人员出了很大的难题,必须有志愿者在旁边充当翻译。当志愿者也对当地语言半懂不懂时,那就只能靠手势比画了;还不明白,那就只能连蒙带猜。诊疗现场仿佛在进行哑谜比赛,注意力要非常集中,智力、体力、想象力都得充分调动起来,几个病人看下来,医生们常常汗流浃背。

此情此景,考验着我们这些医生的职业耐心,即便如此,医生们没有一人叫苦喊累。我们无比感佩地看到,这些累得腰都直不起来的人,低下的是头,俯下的是身,而灵魂端立在高处。

最辛苦的要数前出的医疗小分队,有时由副指挥员孙涛带队,更多的时候是由海上医院副院长钟海忠和政委马德茂率队。这几名带队者可以让我们放一百个心。孙涛是和平方舟海上医院的老院长,几乎每次和平方舟出访都有他,他敬业精业,经验丰富。钟海忠院长文质彬彬但精明强干,做起事来体现出南方人的认真细腻、一丝不苟,在医生中有很高的威信。他不但能不折不扣地完成任务,效果还总能超出我们的预期。马德茂政委是个做政治工作的行家里手,为人宽厚大度,做事思维缜密,掌大局、把方向、控节奏,应对外媒的能力超强。我经常看到他在甲板上散步,不紧不慢,每一步都走得稳当,如此谨慎踏实的人,不用担心他会在执行任务时出纰漏。

我自告奋勇去体会了一下前出医疗队的那种辛苦。

8月26日,作者赴多哈雷村察看医疗服务情况

小分队前出的村子叫多哈雷村,很美的名字,却没有小溪潺潺,没有炊烟袅袅,没有绿树成荫,没有鸟语花香。它建在一个土坡上,实际上用"建"字都显得奢侈,最多用个"垒"字就够了。所谓家,就是用几块石头一堆当墙,用几张纸板或者铁皮往上一遮当瓦,再用不知道从哪捡来的旧木板一掩当门,没有窗户,透气性和光线都不好,家家户户都是如此。路也不是铺出来的,而是靠双脚踩踏出来的,反正无水就无沟,踩着的都是坚实的大地,一个村庄就这样零零散散地落成了。

我走进村子转了转,头比房屋高,屋檐挡不住视线,可以一览无余,因此不必担心会迷路,倒是要提防脑门磕到房顶伸出来的铁皮或者残破的石棉瓦上。

我弯腰钻进一个窝棚,屋里没有家具,地上铺着一块已分不清颜色的花布,这是他们的床,上面胡乱地堆着花花绿绿的衣服,环顾四周,我没有发现别的什么东西。

医疗队员就是在这样的村子里出诊。村长非常重视,把全村最好的房子腾出来,方便队员们看病。这间房子是全村唯一有房顶的砖房,平时是学生上课的地方,门和窗没有安装任何东西,只是墙上的几个大洞而已,学生进出,走大门与爬窗户都一样方便。

不到吉布提不知道天气的炎热,40多摄氏度的气温把队员们的嗓子都蒸干了。

我相信他们一定非常怀念国内医院清凉舒适的空调房,没有苍蝇满天飞,没有蚊子袭击,没有风沙眯眼,更不会有突然跑进来的山羊蹭你的大腿……

村民们把小小的房间挤得水泄不通,人声嘈杂,热气腾腾,汗味刺鼻,简直让人喘不过气来。附近的村民还在源源不断地赶来,拄着拐的,抱着娃的,被人抬着、搀着或背着来的……大部分是来看病的,也有来看热闹的,场景像农村赶集。

十几个半大不小的孩子在房子外的空地上打闹,风一样卷来卷去,笑声散落在尘土中。更小的孩子挤不进房间,就学山羊的模样从大人的腿缝间爬进去。因此,我们的医生经常在诊疗的时候发现脚下有动静,不是一颗脏兮兮的山羊头颅,就是一张孩子天真无邪的小脸。

我们这些医护人员的身上真的是闪烁着人性的光辉,不说要面对高温、疲惫和干渴,中午船上送来餐饮,他们吃得也很少,经常只喝一点点水。他们不是不渴不饿,而是将有限的食物和水分给了那群饥饿的孩子。

吉布提94%的民众是穆斯林(逊尼派),他们信奉的伊斯兰教说,只有医生和教师可以不经审判直接上天堂。

我们的队员不会考虑自己今后是不是能进天堂,他们只考虑不让眼前的这些人过早地进天堂,不附带任何条件,不以此交换任何个人的愿望。

这才是医者仁心,大爱无疆!

荒野有尽头

吉布提的国土面积只有 2.3 万平方千米,相当于三分之二个海南岛,或者北京与天津面积相加。人口也只有 91 万,基本上与我国沿海地区一个县的人口总数相当,地不广,人很稀。

客观地说,吉布提是一个小国、一个穷国、一个弱国。

首都风光有限,像一个平淡无奇的村镇,看过一遍若要看第二遍,耐心不够。

到一个自己从没来过的新地方,总想多看看新鲜的事物,无论是人、景、物,都有它独一无二的拼图。但在这里,眼睛不是不够用,而是不敢多用,唯恐使用率太高,漫天风沙会损坏"心灵的窗户"。

于是,我们租了一辆面包车,去离首都 100 多千米的风景名胜——盐湖。

吉布提盐湖一角

出了吉布提市区,许多人的手机信号就丢了,消失得无影无踪,就像一位骄傲的城市人不愿意跟我们去乡下。

用华为手机比较有优势,捕捉信号不放过蛛丝马迹,其搜捕能力就是比苹果之类的洋品牌强,因此只有我的华为手机还一息尚存。我不是华为的推销员,但又不得不佩服华为手机的品质——手机中的战斗机。

道路两旁偶尔可见几丛灌木,几只瘦得可怜的山羊在认真啃食少得可怜的树叶。

到了吉布提,实话实说,我感觉外面的世界一点都不精彩。我终于亲眼看见什么叫难民营,什么叫贫民窟。老百姓居住的"家",就是几块残破的石棉瓦和铁皮围起来的小窝棚,无门无窗无家具,无锅无灶无电器。这种窝棚我在国内的贫困山区见过,不住人,是老百姓用于畜牧业生产的。

吉布提植物骆驼刺

司机边开车边告诉我们,有个窝棚的人已经是贫民窟里的中产阶级了,最穷的是那些连破铁皮都没有的人,他们只能找棵树,把人道主义援助组织派发的布往地上一铺,就是他们的家了。全家人围坐在一起,倒也其乐融融。树下为家,难道他们不怕下雨?吉布提常年雨水稀少,偶尔下点毛毛雨正好可以冲洗一下;刮风也不怕,吉布提本来就没有什么植被,风沙满天;比较讨厌的是那些羊,在垃圾堆里找不到吃的,就爬到树上吃树叶,经常给围坐在树下的人"施肥"。

路边,我看到成群结队的孩子,光着膀子,赤着脚,兴高采烈地玩耍,一张张天真无邪的脸上洋溢着无忧无虑的神采。他们是那么开心,笑容像阳光一样纯净而热烈,在他们的笑容面前,仿佛所有的忧虑、烦恼、悲哀都失去了免疫力。生活的贫困与艰辛,并没有侵蚀他们的童趣与童真。可能他们生于贫穷,长于贫穷,不知道优裕的生活是怎样的。

不知天堂,也就无所谓地狱。

他们生下来，就只为活下去努力。

在多哈雷村，一名10多岁的小男孩骄傲地向我展示他的"宝贝"——一副断了一条腿的墨镜，这可能是他最值钱的东西了。他戴着墨镜，镜片遮住了他大半张脸，因为肤色的问题，离远一点看很难发现他还戴着墨镜。他的脸上洋溢着抑制不住的欢乐。他们实在太穷了，如果能拥有一个能出声的小收音机、一个毛绒玩具、一支笔，那就是他们意外的小幸福。

都说贫穷会限制想象力。这些孩子没有离开过贫民窟，他们的梦里不可能有玉馔珍馐、宝马香车、豪宅大院、锦衣华服，他们更想象不到自己的明天会在哪里，北京？巴黎？华盛顿？这些地方都遥不可及。他们所能想到的是吃上一顿饱饭，这是他们的全部追求。

生活一简单，快乐就会像风一样源源不断地迎面吹来。

面包车一路向前，两边的景象越来越荒凉，如同被漫天大火烧焦的现场，邈远而神秘。火山喷发毁灭了这里的一切，只把大大小小、密密麻麻的黑色火山石留下来，一望无际。若往深处走，我猜想碰到外星人的可能性都要比碰到其他生物的可能性高。缺水、高温和盐碱让这里一片蛮荒，只有零星的几棵金合欢和骆驼刺，以与天地抗争的姿势，顽强地展示着它们无与伦比的生命力。

吉布提没有四季，只有热季和凉季，热季气温在40多摄氏度，凉季气温在

吉布提"火焰山"

30多摄氏度。这里的气候类似我国新疆吐鲁番,高温干旱,被称为"火焰山",全年降水量只有16毫米,而蒸发量却高达3000毫米,"火焰山"下的戈壁滩寸草不生。

吉布提全年干旱干燥,居民饮用水全部依赖海水淡化。我喝过他们的瓶装矿泉水,有点淡淡的咸味,口感不佳,微量元素不及地下水和山泉。目前,他们看到希望了,中国交建集团正在为他们建设引水工程,从雨量充沛的邻国埃塞俄比亚铺设管道过来,彻底解决吉布提民众的饮水问题。这才是真正惠及普通老百姓的千年大计,难怪这里的老百姓见到中国人就会竖大拇指,这是由衷的赞美与感恩。

此地实在不是人类宜居的地方,但我们仍然见到一些用石头垒起的矮墙,这说明还是有坚忍不拔的人在此居住。有时候还能见到几只羊和几头骆驼,都是瘦骨嶙峋的样子。这大概是世界上最神奇、最有本事的牧民了,靠几株金合欢,居然解决了牲畜的温饱问题。

金合欢在吉布提分布最广,数量也最多,它耐旱耐盐耐高温,与骆驼是天生的绝配。这里的金合欢也有其独特的形状,长不高,树冠成伞状向四周铺开,有的甚至显现整齐的平顶,像被园丁精心修剪过似的,一片片树叶犹如一张张小嘴,尽量多地吸吮珍贵的雨水和晨露。我们从中能看出,植物在千万年中以高超的生存智慧不断进化来适应恶劣的自然条件。

骆驼身躯高大,能轻易吃到树叶。它们是最坚忍顽强的生物,在茫茫沙漠和荒无人烟的戈壁滩,其他大型动物都无法坚守,老虎、狮子、狼等踪迹全无。因此,这里的骆驼没有天敌,它们以最低的生存标准,消耗最少的资源活下来并繁衍它们的后代。

这里驯养的都是单峰骆驼,用来食肉的。吉布提人也吃,但更多的是以此换钱维持生活。

我们的车子一路开过去,会遇到在路边走着的骆驼。这些意志坚强、生性温驯的朋友会停下脚步,扭头注视我们的车辆,并自觉地让开道路。骆驼的神态可爱极了,长长的睫毛,大眼睛非常美丽,闪动着一汪秋水,像两三岁的小姑娘睁着忽闪忽闪的大眼睛,天真无邪地看着你,带着点羞涩,又带着点好奇。

吉布提东非大裂谷

路上很少有车辆，荒野似乎没有尽头。在车行 1 个多小时后，路边出现了半个篮球场大小的一个土平台。司机告诉我们：东非大裂谷到了。

东非大裂谷是陆地上最大的断裂带，长度 6500 多千米，相当于地球赤道周长的 1/6，像是上帝在暴怒时抽出利刃，朝地球美丽的脸上猛砍了一刀，从此留下一道深及骨髓的刀痕。地球表面沟壑纵横，可能是比较调皮捣蛋，经常惹上帝生气，被砍得遍体鳞伤，只是都没有这道刀疤长。

我小心翼翼地靠近裂谷边缘，探头往下张望，谷底幽暗，目不能见底，起码有两三百米深，陡峭的悬崖上没有任何植物。放眼望去，一道巨大的沟壑在大地的胸膛上触目惊心地豁开，弯弯曲曲地奔向天际。个别断崖处，碎石形成陡坡。这些碎石颜色金黄，与周围的黑色岩石不同，像是刚刚开采完石料留下的。没人在这里开采过石料，我推测这是地壳仍在运动，裂谷仍在扩大，断崖上的石头仍在滚落造成的。

资料显示，这条形成于 3000 万年前的大裂谷，的确没有处于静止状态，裂痕依然在缓慢地扩张，有科学家说红海和亚丁湾就是裂谷分离的产物。如果没有哪个神奇的"医生"能将"伤口"缝上，再过 2 亿年，裂谷将"分娩"出新的大洋，地球将出现第八大洲——东非洲。

往前再走半个多小时就到了盐湖。首先映入眼帘的是"馒头山",一座像极了大馒头的岛屿凸立在湖水中,周围云雾缭绕,如同刚掀开的笼屉,"馒头"正冒出腾腾热气。

车子一拐弯,整个盐湖尽收眼底。碧蓝的湖水在太阳下荡漾,像一个美丽的少女离开闺房,找了个静谧之地、无人之处,大胆地裸露出自己的肌肤,神态平静安详。而对面若隐若现的山峰却像隐藏在雾霭里的偷窥者,正远远地欣赏着这幅图景,痴迷得不舍得离开。

四周荒无人烟,没有任何建筑物,也没有任何植被,小山丘像经历过一场残酷的战争,被"炮弹"狂轰滥炸得坑坑洼洼,满目狰狞。一条由我国帮助修建的柏油路延伸至此,戛然而止,前面已无路可走。

停车之后,我们纷纷卷起裤腿走下盐滩。

盐滩很结实,白花花的都是盐的结晶体。我们惊讶地看到上面还有汽车轮子的印迹,可能有胆大的司机把小型车辆直接开下来过。

我脱下鞋子,赤脚蹚进湖水,延伸进水里的湖滩很平缓,只是走了几步脚底就受不了,被硬邦邦的结晶盐硌得生疼。我龇牙咧嘴地回到岸上,亏得同事有经验,带了拖鞋,我立马换上。再蹚进湖里,脚底不痛了,我走出很远,直至湖水淹到大腿根才站住。

不站住不行了,谁知前面有没有湖底陡崖。

湖水非常纯净、透明,而且热乎乎的,人像泡在温泉中,舒服而惬意。湖面也是好景致,水势宽阔浩渺,波光粼粼,此时此处,我与湖水似乎融为一体。

一湖蓝水,醉了眼,也醉了心。

盐湖的大名叫"阿萨尔湖",位于吉布提中部,面积54平方千米。遗憾的是,因为湖面水位在水平面以下157米,是非洲最低点,只靠地下水浸透补充,补充量没有蒸发量大,这几年盐湖在不断萎缩。盐湖湖水的盐度高达34.8%,是地球上湖水盐度较高的湖泊之一,据说仅次于南极洲的唐胡安池。

我国也有很多盐湖,其中坐落在柴达木盆地的茶卡盐湖最大也最为有名,面积是阿萨尔湖的一倍,被想象力丰富的国人称作"天空之镜"。

盐湖边上的这条10多千米长的柏油路,就像一条延伸过来的商业触角,已经告诉来此观光的不多的游客：中国人来了！

距离盐湖不远处的海边，中国交建集团正在修建一个大型开发区，规模之大令人振奋，一大批推土机、挖掘机正在轰隆隆地施工。不久的将来，这里将崛起一座包括港口、物流、贸易、食盐加工等功能设施齐全的新城。

咱们中国人就是这样，干起活来不分昼夜，能把第一辆挖掘机开来的地方，马上变成一片开发的热土。

吉布提老百姓见证奇迹的时刻到了，在他们的心目中，中国人的确是十分神奇的魔术师。只要他们一来，就没有办不成的事，造物主可以把绿洲变成荒原，而中国人能把荒原变回绿洲。

相信荒野有尽头，吉布提人已经看到了荒野的尽头，是太阳一样冉冉升起的希望。

只要向中国敞开胸襟，一切皆有可能。

中国人来了，经济振兴还会远吗？！

不红的红海

红海不红，海水如一幅巨大的蓝色绸缎，在温暖的海风中优雅地起伏荡漾。

红海岸边的风景

船一进红海,我就像电影里没见过世面的傻根一样站在甲板上,极目四顾,仔细打量,努力搜寻红色的东西。

除了悬挂在舰桅上猎猎作响的红色国旗,其他什么都没有。

水不红,为啥叫"红海"?她的名字是从哪里来的?这颇为耐人寻味。

世界上有许多解不开的谜,不知道谁这么有诗意,给这片区隔亚非的海起了这么好听的名字;究竟是什么激发了他的灵感,以与海水完全不同的颜色命名?

我相信每一个名字都有她的原因和出处。

传说还是有的,只是无从考证,也不知真假。据说,这片海域会在某个时候,由于海水流动不畅,加上高热高盐,而出现大面积的红色藻类,泛滥成灾,让海水显示出红色故而有此名。还据说,因为红海位于欧、亚、非之间,沿岸国家为了争夺这里的控制权,曾爆发过数次残酷的战争,每次战争都打得十分惨烈,海水被士兵的鲜血染红,一名将军为纪念阵亡的将士而赐名为红海。

无论哪种说法是真的,有一点是肯定的,红海并不像她的名字那样浪漫,不是天灾造就,便是人祸所致。地名往往是历史传奇或者神话传说的承载者,云悠悠,海茫茫,浪卷岁月去,美丽的名字背后,总是藏着一张或灾或难、亦真亦幻的历史面孔。

铺开世界地图,凡是环境优美的地方,或者是地理位置重要的地方,都曾经上演过战争。如果用一个个战场拼接起一幅地图,我想这张地图能覆盖大半个地球。

红海当然不能例外。

如今,胜利者和失败者都已远去,海面上了无痕迹,都被时间抹去了,生命和鲜血也早已经被海水消解。战争的意义在哪里?海水里是寻找不到答案的,它会以另一种方式呈现,那就是国家权力,也即国家对红海航道的控制权。

迎着吹来的海风,仿佛有一股浓烈的血腥味钻进鼻腔,还隐约能听到剑戟的交鸣声。但不管怎样,硝烟散去,繁华登场,今天我们作为匆匆过客,能站在一个美丽的地方,有美丽的风景可以欣赏,有美丽的名字值得品味就足够了。

好几艘悬挂着中国国旗的商船从远处经过,我们相互鸣笛致敬。这一刻,我感到了一名海军军官肩头的责任,必须在世界各地的航道上,给这些商船提供安全,哪怕自己要成为提供这一安全的代价。

能在红海留下身影、留下足迹,就是一种宣告:我们来了!

好像有点晚,但能够在历史画卷上亲手书写一行文字,就像驾驶室航海日志上写着"×日×时和平方舟号通过红海",一切都不算晚。

我们不是第一个,也不会是最后一个。

和煦的朝晖洒在洁白的和平方舟上,一名身着海洋迷彩服的信号班战士,身手敏捷地攀上前主桅,在右舷升起埃及国旗,与左舷的五星红旗交相辉映。在他的身后,喷薄而出的太阳洒下万丈光芒,将他沐浴成如同从天而降的金甲武士。

9月3日早晨,我们进入了埃及领海。

船艏像锋利的刀片,剖开绸缎般的海水,红海随着飞溅的浪花一点点向后退去。前方就是苏伊士湾,她就像红海的腹部,让苏伊士运河如同自己的脐带一般,连着更加浩瀚的地中海。

真棒!我愉快地在红海的风中打了个响指。

穿过古老的运河

和平方舟是今天第一艘驶入苏伊士运河的船。这是国际规则,军舰有优先通行权。军人优先,世界共识。

9月4日,中国海军"和平方舟"号医院船缓缓通过横跨苏伊士运河的坎塔拉大桥

9月3日凌晨2时,运河管理局通知我们启航;凌晨3:30时,埃及引水员以及电工等专业人员登船;4时,明月高悬,大海一片寂静,我们作为首船,以间隔10链的距离,以每小时8节的航速,率领着其他商船,浩浩荡荡地驶入苏伊士运河。当"排头兵"的机会可不多,和平方舟领着一眼望不到头的商船队伍,渡过"面前一条弯弯的河"。

作者在"和平方舟"号医院船进入苏伊士运河前留影

苏伊士运河北起塞得港,南达陶菲克港,全长162千米,河面宽280—345米,平均有效宽度135米,水深23.5米。

当一轮朝阳冉冉升起时,苏伊士运河撩起神秘的面纱,两岸风光露出了真正的面目,让我们能有幸目睹这史上伟大工程的真容。

这是一条从沙漠中开挖出的河道,两岸从河道里挖掘出来的沙土堆积如山,石砌的河堤简单而坚固,足够有效防止沙土滑落淤积。修建坚固的运河堤岸是开挖运沙的重中之重,堤岸既要顶住来自沙山的压力,又要抗住来自河道水流的冲击力,每一艘船舶通过,河水都会向岸边挤压,而且现在的船舶动辄几万、十几万甚至几十万吨,岸堤所要经受的压力可想而知。现代人会用石块加水泥垒砌,而古代人只能依靠石块加工匠的智慧与技术。单看河堤就能发现,埃及工匠有着惊人的才智,他们能造就如此完美而且固若金汤的运河,建造神奇而且高耸入云的金字塔就不足为奇。

我国与古埃及同为文明古国,劳动人民的智慧与文明是相通的,隋朝时期开凿的京杭大运河,便是连接大半个中国的商业大动脉,也惠及了运河两岸的农业,从此一河兴国,千里沃野,福泽千秋。

劳动人民的智慧是无穷的,他们创造了多少人间奇迹!

南岸有一点生活的气息,有些地方建有楼房或者别墅,有成片的树木,时不时有成群的飞鸟在空中盘旋抑或在树梢上降落。但是,这里房屋大都是毛坯房,很多没有安装窗户,房前也未见人员走动,没有车辆停泊,看来目前尚无人居住。

这里可是地道的"河景房",如果居于此,每天看悬挂着世界各国国旗、各色各样的船舶来来去去,也是一帧帧流动的风景。

北岸就单调多了,除了沙山还是沙山,也没有房屋,看来是寸草不生的地方,连鸟都嫌弃,一只都没有,大概是它们做窝都找不到合适的场所,也就都聚集到南岸去安居乐业了。但是,满目黄沙的北岸也有独特的美,荒凉里所展现的沧桑,如同老人的额头,布满皱纹,纵横着岁月深刻的痕迹。

运河里有许多大小渡口,大渡口泊着大船,小渡口泊着小船,这就是连接着南北岸的交通工具。大船可以滚装,人员车辆可以一股脑地运过去;而小船只能装载三五个人,跟我们江南水乡里摇橹的木船大小差不多。我正好看到一艘小船快速地从我船与后船的间隙里横穿过去,没有橹没有桨也没有竹篙,可能用的是发动机。

河水十分清澈,成群的鱼在水面上游动,倏尔散开,倏尔聚集,自由地拼接各种图案。埃及引水员坐在驾驶室里得意地告诉我们,河里有很多鱼,百十斤重的鱼都不算大鱼,但运河禁止钓鱼,也不许乱扔垃圾,如果违反规定是要被判刑的。说完,他用手指了指北岸,我果然看到北岸的河堤公路上有一辆军用越野车,一直跟着我们的船,可能既是执法监督,也是巡视警卫。我用望远镜观察了那辆车很长时间,他们有时候会停在路边,下来几名身穿迷彩服的军人,活动活动手脚。运河这么长,而我们船的速度又慢,一路跟下来确实够辛苦的。

两岸河堤上也十分干净清洁,没有任何垃圾,更没有随风飘扬的塑料袋。

苏伊士运河沿岸战备设施

苏伊士运河岸边的伊斯梅利亚中东战争纪念碑

这得益于埃及政府不把运河作为旅游区,游人进不来,也就没有生活垃圾随地乱扔之患。埃及作为旅游大国,却没有在运河上动脑筋、想主意,而是严格约束自己,这一点非常难能可贵。

运河两岸隔一段距离,就会出现一排集装箱似的柜形东西,这可不是宿营地,也不是货运码头,这是舟桥集装箱。运河把埃及国土隔成两块。北边的约旦不可怕,可怕的是那个武装到牙齿的战争巨人以色列。虎踞卧榻之侧,让埃及没办法安睡,只能枕戈待旦。这些舟桥集装箱,可以在北部边界战争发起时,迅速连通运河两岸,坦克、大炮、部队能快速过河反击。

在战略家的眼里,河是雄关漫道,可以化水为兵、化岸为器。我国把河变成"神兵利器"最好的是秦朝,穆公时代,晋国遭遇灾荒,秦国假名运粮救灾,船队沿着渭河前进,在数百里的水路上浩浩荡荡,连绵不绝,史称"泛舟之役"。到了昭襄王时代,秦伐楚国,在巴蜀集合起万艘大船,载兵十万之众,携带粮食六百万斛,浮江而下,声势浩大,至猛至威,楚人望风披靡。在其他战役中,秦都把河水用到了出神入化的程度,鄢郢之役、灭魏之战,秦人用水如神,六国想不被灭都难。

长长的苏伊士运河上,处处美景如画,而小苦湖和大苦湖更是画中之巨画,景中之仙景。

我们行驶至运河的三分之一处,眼前豁然开朗,但见水面开阔,波光粼粼,鸥鸟飞翔,远处的湖岸和近处的湖心小岛上绿树成荫,如果添上一条小船一个渔夫撒网捕鱼,真是如诗如画。

过了小苦湖便是大苦湖,湖面更加辽阔。从这里单向航道变成双向航道,我们靠右航行。交通规则与我们的高速路一样,只是没有快车道、慢车道之分。当然,在这里超船是不允许的,跟在我们后边的轮船,动力再大也不能加速超越过去,以保持良好的通航秩序。

所有规则,都是为秩序制定的;一个没有规则的世界,会是一个无序的世界,一切都会乱套。

写到这里,文行一半,河过一半,郭保丰船长从驾驶室打来电话,说前面就是苏伊士运河大桥,赶快来看。我赶紧去一睹此横跨亚非大陆的大桥的风采。

既然路过，就不能错过，尤其是那些独一无二的风景。

与埃及擦肩而过

埃及是一个诱惑。

我无数次梦想去这个沙漠之国，旅游观光、友好访问都行。在高耸入云的金字塔前渺小地站立一会儿，冒着被沙砾硌牙的危险，品嚼古埃及"文明的盛宴"和"传统的味道"，但是，一直机未至、愿未遂，金字塔还在梦里耸立。

埃及金字塔

把梦想变成现实，但隔着辽阔的海洋。

现在，和平方舟像一只白天鹅，载着我们来了，遗憾的是，我们只是航行在苏伊士运河上。两岸是埃及的国土，近在咫尺，眼睛可以看到，但手摸不到，双脚踩不到泥土，更不能像游客一样，骑一匹身躯伟岸、"排量"超大的骆驼，一步一颠地深入旅行。

金字塔在望远镜的视距以外，遥不可及，如同诗依然在远方。

埃及这个神秘的国度，颇受幸运女神的垂青，被赐予了一块绝好的土地。虽然，沙漠有点大，风沙有点多。

埃及的地理优势是战略性的，东傍红海，北依地中海，但在此我想做通俗性理解比做政治意味浓厚的战略性理解更有趣。可以这么想象，抬脚往北一走就到了欧洲，往东一走就到了亚洲，往后一走又回到了非洲，四通八达，通衢要津，拎一袋土特产，去哪个洲"串门"都很方便。

交通的便利能够更好地促进文化交流，埃及就这样借助两海与欧洲和亚洲的通航便利，产生了沙漠之国的灿烂文明。金字塔、狮身人面像、古堡……埃及的古文明殿堂金碧辉煌。

一个国家坐落在风水宝地上，无疑是地球上的幸运儿。埃及的四大经济来源是旅游、石油、侨汇和苏伊士运河。单是苏伊士运河，就是真正意义上的"黄金水道"，每年收取的过河费在60亿美元左右。比如我们和平方舟，1.4万吨，需要交纳过河费20万美元，相当于130万元人民币。贵是贵一点，但也无可奈何。如果赌气耗上一周时间，开足马力轰轰隆隆地从好望角绕过去，却不划算，耗人耗油耗水耗设备，折算下来的花费比过苏伊士运河费还要高。

为了过河安全，埃及政府派引水员来到驾驶室。此人热情开朗，在指挥航行的同时，还当起义务导游，给我们介绍两岸风光。显然，他对自己伟大祖国源远流长的历史无比自豪。

有一个问题萦绕在脑际。埃及守着一条战略通道，也是"黄金水道"，快速强盛起来应该说是水到渠成的事。但是，现在的埃及，论影响力，某些方面还没超过新加坡。我想，这与埃及人的安于现状、坐享其成有一定关系。

想当年，图特摩斯三世何等雄才大略，挖通运河，埃及由此国力鼎盛、如日中天，征服了地中海东岸的迦南和叙利亚地区，把版图最大化，一个地域性王国扩张成洲际帝国。

可以想象，在古代，挖通运河、建造金字塔这样的浩大工程，除了需要人力外，更需要想象力和创造力，从而也可以断定，古埃及的创造力曾经独步天下。

国家的强盛离不开创造力，也就是现在所说的科技创新力，而满足于收过路费、卖旅游门票、出售石油资源，虽然也能富起来，但无论如何都强不起来。

我国与埃及一样，都是文明古国；我们与埃及不一样的地方是，我们已经意识到了科技强则国强。

月圆地中海

船出苏伊士运河,海面视野渐渐开阔起来,风由轻柔变得刚劲,波也变成了浪,似乎一切都突然间长大。

在甲板上想家

地中海就这样辽阔苍茫地铺展在我们的船舷。

与地中海相比,苏伊士运河不过像个襁褓中的孩子,被岸抱在怀里,仿佛一阵轻风吹动,都能让她阖眼睡去。

走过河再走进海里,人的视线就远得无处着落了。

与海为伴 30 多年,我深知,如果把海比作一部书的话,她就是一部深奥难懂的鸿篇巨制,我们尽其一生也读不完。

不懂海的人看海,时间长了就会腻烦,无非是满天的云、满海的浪、满目的蓝,一条天水线亘古不变地缥缈在远方。而爱海的人,不会目不转睛地盯着海看,而是像见到老朋友一样,不经意的一瞥,所有的喜怒哀乐便已心领神会。因此，真正的大海，不能只用眼睛看，而需要用心去读；眼睛看到的是一种海的景观，与照相机里的海无异；而用心品读到的是另一种海，有生命和精神，有性格和内涵，有爱恨和意气，阅尽千帆而又历尽苦难，平静时和颜悦色，发怒时拍天咆哮，这是海明威笔下的海，是活着的、力大无穷且永远打不垮的睿智巨人。

读海，最好是选一个特殊的时节，以便读出特殊的心境。读阳光下的海，能把人读得激情满怀；读月光下的海，能把人读得柔情似水。

巧合经常能够不期而至，给人以意外的惊喜。我们进入地中海的第一天，正是农历七月十五，在离家万里之遥的陌生海域，出其不意地遇上了个月圆之夜，如同漂泊在异国他乡的疲惫旅人，突然收到了一份散发着家乡味道的礼物，麻木的心弦被猛然拨动，精神便为之一振。

月亮照我去远航

晚饭后，我便驻足甲板，极目远眺，等待地中海为我们捧出一轮无与伦比的皓月。

壮丽的夕阳慢慢落下，漫天的彩霞也渐渐暗淡下去，天水线在一阵激烈的燃烧之后，归于沉沉暮霭，就像一片森林，经过一阵冲天大火的燃烧，余烬熄灭，四野沉寂。

海浪有节奏地拍打着船舷，发出的声音像是轻柔的催眠曲。此时的大海，仿佛要安睡了一样，轻轻地合上眼皮。

"明月几时有?把酒问青天。"苏东坡的吟唱,很适合放在此时。因为现在一点"海上生明月"的迹象都没有,只有海风阵阵,海浪丛丛,几颗星星在雾一般的天幕中时隐时现。

海上的气象变化万千,像小孩的脸,说变就变。刚刚还是晴空万里、阳光普照,说不定马上就有一团乌云漫卷而来,骤然间狂风暴雨掀起惊涛骇浪,把原本宁静明亮的海面搅得一片混沌狼藉。尤其是季节转换的时候,也是渔民们最心惊肉跳的时候,即使是经验丰富的气象专家,也难以准确预报变幻莫测的海况。

谁也不好说,今晚的圆月能不能如期而至。

世界上没有任何一个国家的人民,能像我们一样对一轮月亮倾注如此多的情感。比如偷吃不死药、又后悔吃错药的嫦娥,"碧海青天夜夜心",让人无比同情。人们为了让她与丈夫后羿破镜重圆,发明了月饼。还有捣药的玉兔、永远砍不倒的桂花树、厚道的伐木工兼酿酒师吴刚等,无论隐喻着大义至善抑或大爱至诚,都让人看见月亮便想起生活的美好。

东坡先生的一句"但愿人长久,千里共婵娟",把月亮变成了相思的寄托,让千年以来的国人,尤其是山水相隔、两地分离的人们,为月而思念,为月而歌哭,为月而悲欢,为月而无眠,耗费了无数的酒与泪,付出了难以计数的苦与酸,当然也照亮了人间的深情与真爱。

嫦娥的眼睛不知道见过多少人间的悲欢离合!

和平方舟上的军用电话,恰好在今天断了信号,因为我们进入了卫星覆盖不到的区域。

在船上,电话堪比精神的加油站,因为它是唯一能与国内亲人连通的桥梁、纽带。海上没有手机信号,微信短信系统瘫痪;接收不到电视信号,电视机一天到晚都不动声色;喋喋不休的广播也成了哑巴,谁都成不了播音员嘴里说的"各位听众";报纸就更不用提了,邮递员不是长翅膀的天使。在这单调的海上生活中,一条电话线是多么珍贵,能感受亲情,能传递关爱,能了解家里家外的情况,关心国内外大事的人,还能打探到一些不知道是真是假的消息。

船上的公用电话最受大家的欢迎,享受被人追捧的"明星"待遇。装着电话的地方总是很热闹,只要不是熄灯后不许打电话的时间,总会有人抱着话筒,旁若无人地与家人煲"电话粥",旁边也会经常有两三个人排队等候。男同志活得相对潦草,打电话一般比较利索,嗓门大,没有大事急事就说两句完事。女同志就不一样了,肩膀夹着话筒,柔声细语"说来话长",猜不透她们有多少事情需要详细汇报,也不知道她们有多少事情需要详细听取汇报;站累了倚着舱壁,倚累了蹲下来,蹲累了干脆坐地上,哪怕饭堂里菜都凉了,就是不放话筒,尤其是跟孩子或者妈妈通话,家长里短,天上地下,服装打折,猪肉涨价,邻居结婚,滔滔不绝,没有半个小时不画休止符。从她们拿起话筒到放下话筒,船能驶出十几海里。

现在没有电话可打了,大家也就没啥可惦记的了,于是许多人上甲板等月亮。月亮不能当电话用,光线不是电话线,但她"照着家乡也照着边关",是天空中一个可以共同凝视的点,是唯一能够让目光带着乡情亲情爱情热烈拥抱的地方。

圆月最能勾起人们的思乡之情,在我国星河般灿烂的古诗词里,寄情于月的珪璋诗句汗牛充栋,溢彩流光。皎皎明月,悠悠我心,我以前也涂过几句,写得不好,可能是出海久了,俗人都变成了诗人。

月亮不负众望,在晚上 8 点多的时候,悄悄地让天水线上的一片云朵逐渐亮了起来。这些薄薄的亮光,大概是她要闪亮登场而提前散布的消息吧。

地中海的波涛似乎也在等待着这一刻,停止了喧哗,却像仰卧的胸膛一样激动地起伏。天边的云朵越来越透明,变成几片飘动的轻纱。这时,一个小白点终于露了出来,萤火虫似的站在天水线上,微微弹跳着,却不肯飞走。接着,白点有了光晕,变成一粒珍珠,在海水的抚摸中慢慢长大。但是在珍珠的下面,似乎有一股神奇的力量在使劲,不是要把这颗珍珠托出海面,而是竭力地想让夜色的巨大黑蚌壳重新合上。可是,月亮也在奋力挣脱海水的束缚,让自己一点点地成长,变成一只破壳而出的淡黄色小雏鸡,探出头来,向海上好奇地张望,顽皮而又可爱。小雏鸡遇风见长,很快,月亮展现出了半张脸孔,如同小姑娘光洁的额头,明亮而细腻,但她还是羞涩地躲在大人的身后,不把她的明眸和全部面庞展现给陌生人看。然后,在人们的千呼万唤中,犹抱琵琶半遮面的月亮终于露出容颜,我们发现,短短几分钟,她便出落成一个美丽的少女,惊艳亮相。天幕全部拉开,月亮登上舞台,如同婚礼上身披婚纱的新娘,那么青春洋溢,那么容光焕发,那么雍容华贵,那么赏心悦目,那么一尘不染。

海面上,像撒满了银币,一片光芒闪烁;又像是聚集了无数畅游的银鱼,欢腾着、嬉逐着、喧闹着。

地中海,给了我们一轮美丽的圆月,给了我们一个动人心弦的夜晚。

涂诗一首以明志:

怅望渡鸟凭栏杆,旅波重洋远故园。
明月无心出水暖,沧海有情入秋寒。
云中谁寄锦书来?银光入怀乱且煊。
箫声一曲家万里,聊济思情付玉蟾。

第四章　海路千万里

太阳海岸

西班牙是个没落的帝国,日薄西山。但是,残阳如血,依然鲜红,曾经辉煌的痕迹未被时间清洗殆尽。

所谓瘦死的骆驼比马大,昔日的强国会比弱国留下更多的历史积淀,比如教堂、园林、堡垒等古老的建筑,虽然瓦砾堆积、壁残柱缺、青苔附体、荒草飘摇、野猫出没,但留到今天就是不可多得的名胜古迹,营造出独特的人文环境;还比如一些传统工艺等非物质文化遗产,传递着一种内涵丰盈的民族气质。

同是地中海沿岸国家,我有幸访问过希腊,蕴藏着灿烂的古代文明,雅典卫城的断壁残垣,依旧闪耀着残缺美,每一块雕刻的石板都可能沉淀着历史的足音。西班牙我是第一次到访,马拉加虽然不是首都,但也有悠久的历史,可以作为西班牙的缩影。

能够一探曾经的帝国领地,让人无比期待。

街头咖啡馆

我们靠泊的码头,离马拉加市中心很近,出了门岗就能漫步街头,非常便捷。

昨天,我们横穿了地中海,领教了地中海风浪;今天,上岸领略地中海风情。

好奇心人人有,到了一个陌生国家,即使是颈椎病患者,脖子也会情不自禁地伸长；眼神再不济，也会像四处搜索扫描的雷达，探头探脑，东张西望，还觉得不够用，陌生的总是新鲜的，新鲜的总是有趣的。我的颈椎和眼神都不太好，仍然希望在马拉加能够不断地伸长脖子，"雷达"也不舍得关机。

撞进我们眼皮底下的马拉加，被诺贝尔文学奖得主阿莱桑德雷冠以"天堂般的城市"之美名，并且以其美丽的风光、悠久的历史、发达的经济，号称"南欧之都"。

走过就不可以错过。我们虽不是旅游者，但休整时可以外出观光，观光本身就是一种身心的休整。

西班牙随处可见咖啡馆，人们悠然自得地享受美好时光

不走主干道，全世界的城市道路长相都差不多，区别在于两旁的风景，有的美一点，有的丑一点。马拉加也一样，行道树、广告牌、马路牙子以及行人都同样没有表情，路上跑来跑去的都是车，什么车我们都认识，坐在车里的是什么人我们都不认识，很没意思；还有不同的是，马拉加没有像咱们北京、上海那样经常堵成一锅粥。畅通无阻的马路无故事，没啥热闹，也就没啥好看的。

想要看原汁原味的市民生活，拐进小巷，马上发现自己置身于马拉加广大人民群众中间，也发现他们都过着幸福美好的小日子，穿一身休闲服，优雅从容地坐在中世纪哥特式建筑物下面的街道或者广场上，一杯咖啡，一张报纸，有滋有味。我们当然不知道这滋味来自咖啡还是来自报纸；或者啜着小瓶啤酒，嚼几片生火腿,安逸而惬意,闲适而自在,用上海人的话说是生活得有"腔调"。一两只白鸽在脚边优哉游哉地走动,羽毛丰满光亮,看上去也是过着无忧无虑的小康生活。

马拉加的咖啡馆布置简单,显得比较随意,但仔细看又是经过精心搭配的,铁桌配铁椅,塑料桌配塑料椅,干净整洁,从室内延伸到街道上,墙上与角落里的小花小草点缀得恰到好处,都是不浇水会瘪掉的真花草。喝咖啡的人不少,看得出基本上是附近的老顾客,闲散地坐成街头一景,好像他们每天不往胃里浇点咖啡,生命就会像身后的花草那样瘪掉。

西班牙人的平均寿命位列世界前端,男性人均超过83岁,女性超过85岁,仅次于日本和瑞士。长寿一般要归功于心态和饮食,西班牙人心态平和,基本上不操心别人的事,也不太操心政府的事,连自家的事都是能不操心也尽量不操心,更不像欧洲其他国家一样,热爱跟在美国后面没完没了地操全世界的心。因此,美国人没有西班牙人长寿,世界还那样,地球还照常转动,美国人总是把自己的心操得无比郁闷,因此患心脏病的概率比西班牙人高。

客观上看,西班牙人的饮食是传统的地中海饮食,主要有橄榄油、鱼和蔬菜,能够降低患心脏疾病和高胆固醇的风险。他们还有午睡的习惯,这一点与我国的情况相似,但据说我们现在除了军队和幼儿园,政府机关和企业都取消午睡了。这方面我没有研究,只是听说,没有发言权,不知道是好事还是坏事。

西班牙的商店和办公场所在下午2时至5时关门,很多人选择小憩或者在咖啡馆小饮,咖啡馆不打烊。他们还立法规定周末大型商店不准开门营业,这就更变相鼓励了上班族将大把的时间放在喝咖啡上。

在欧美,咖啡馆是城市的标配,功能强大,仿佛是人们会客的第二个客厅,小憩的第二个卧室,阅读的第二个书房,相当于第二个家,

法国文学家巴尔扎克说:"我不在家,就在咖啡馆,不在咖啡馆,就在去咖啡馆的路上。"饱读之士原来是饱饮之士。我看过一篇专访,J. K. 罗琳说失业的自己就是在咖啡馆里创作出《哈利·波特》的,桌边放着婴儿车,一坐便是一整天。能把人来人往的咖啡馆变成创作室,我终于明白,喝咖啡瘾头大的大师可以简称"大咖"。

英国语言学家塞缪尔·约翰逊说:"咖啡馆不只是出售咖啡的场所,还是一种思想,一种生活方式,一种社交模型,一种哲学理念。"当然,他把咖啡馆说得太高大上了,绝大多数欧美人无非就把咖啡馆当作消遣的地方。我有时候纳闷,许多欧美人习惯泡咖啡馆,不言不语,还半天不挪窝,好像在思考什么,也许压根就没有思考什么,只是因为老了,或者失业了,或者不愿上班专吃政府低保,无所事事,于是就着咖啡,把大量的时间挥霍掉,把无聊喝出香味。毕竟巴尔扎克和罗琳属于少数,绝大部分的人,看看小报、聊聊天而已,喝掉一万杯咖啡也写不出一本书。

但我喜欢他们这种慢条斯理的生活态度。人生百年,时光如水,韶华易逝,慢一点才能享受到生活中的细节,体味到各种稍纵即逝的美好。我们总是看上去急匆匆的,三步作两步走,可是急什么呢?囫囵吞枣错失了香甜的枣味,坐索道上山顶白瞎了沿路的风光。跟时间较什么劲呢?人死了,时间还活着!

我们国内的年轻人现在也开始热衷于消费咖啡,觉得很时尚,有品位,甚至是一种"文艺"行为,并美其名曰"轻奢主义",无非是追求新潮流,舶来的都很拉风。许多书店为了活下去,只好迎合他们的口味,把咖啡引进书店,让人搞不清楚是看书时顺便喝喝咖啡,还是喝咖啡时顺便看看书。

我对喝咖啡兴趣不大,总觉得这种据说是公元 6 世纪被发现于非洲埃塞俄比亚高地上的红果,颜色跟酱油汤差不多,远没有咱们碧绿的茶好喝,偶尔饮之,也没什么心得,喝不出速溶与现磨的区别,只知道一种快一点,一种慢一点,如果不放糖,都苦不堪言。

马拉加没有茶馆,否则我一定会坐下来喝一杯,为拉动当地的消费尽一份绵薄之力。

濯足地中海

欧洲人大部分待人热情,起码面对面时是这样,不吝啬送上一副笑脸,很热情的样子,回过脸去就不知道了。西班牙人也一样,比较友好,我们要给他拍照,基本上都不会拒绝,还会礼貌地向你微笑点头致意,甚至给你摆个姿势、做个鬼脸,有点英国人那种悠然自得的绅士派头。

从他们笑容可掬的脸上，我们能读出他们的生活状态：不但空气充满阳光，生活充满阳光，内心也充满阳光。

微笑反映出潜藏在心里的一种素质。

这种大度与包容，在一些相对贫困的国家是不多见的，比如我以前去过的越南、泰国等，包括这次到访过的吉布提、斯里兰卡，人们不太愿意让人拍照，如果不提前沟通就举起相机，对方就会很生气，后果很严重。

仔细分析这种友善，其实蕴藏着一种社会文化，一是个性张扬，愿意合作；二是心态平和，丰衣足食的人待人接物都比较开明豁达。有人做过研究，中产阶级的心境相对温和，暴戾和极端的行为往往产生在一无所有者身上，他们穷困潦倒，有太多的不平不满要发泄，容易破罐子破摔，采取暴力手段报复社会。当然，行动的属性有正义与非正义之分，像美国某些极端分子那样随便在街头开枪滥杀无辜显然是不正义的，正义的如闯王李自成，原本是一个驿站的小卒，衣食无忧，大明反腐裁撤驿站，他就失业了，吃了上顿没下顿，再看到朝廷里奸佞当道，地方官员尸位素餐，导致盗贼蜂起、民不聊生，于是揭竿而起，推翻了整个大明王朝。

当然，欧洲人的彬彬有礼，也体现了一种心理状态，那就是老牌帝国主义国家子民那种表面上的礼貌谦逊，骨子里却是高人一等的优越感。

马拉加的自然条件十分优越，14千米长的海岸线，阳光充足，海风和煦，无论站在哪里，都有一种与宽阔海天相拥入怀的感觉。

我们一行来到海滩的时候，正是当地人下午上班的时间，但海滩上的人依然不少，长排的沙滩木椅上躺满了人，与我们出门就涂防晒霜的女士相比，他们似乎都像山羊似的不怕阳光暴晒，把像白纸一样的皮肤晒成牛皮纸一样，对他们来说是件很时髦的事。

一眼望去，沙滩上铺满了肥臀丰腰，绵延在海边，蔚为壮观。

我怀疑马拉加人不喝咖啡时都在晒太阳，不晒太阳时都在喝咖啡。

毕加索说："没有体会过马拉加阳光的人，就创造不出立体主义的绘画艺术。"说明马拉加的阳光有多么好，也说明人们只有用马拉加的阳光那样纯粹的目光看待事物，才能看得全面。

阳光总的来说是好东西，20世纪30年代，美国人对海军水兵健康状况进行研究，发现阳光会导致皮肤癌，但同时发现，海军患其他疾病的概率较低，还是利大于弊。

"阳光、沙滩、海浪……还有一位老船长。"这是歌里唱的，让听歌的人向往不已。这些要素，我们在马拉加海岸都凑齐了，同行的于大鹏是和平方舟名副其实的"老船长"，他驾着和平方舟满世界跑，经验丰富，来海边玩就准备了泳裤，此时早已扑进水里奋力狗刨。

我没带泳裤，但带了一颗童心，兴高采烈地卷起裤腿在浅水区蹚水，不经意间就找回了童年的快乐。海水微凉，脚底下的小石子光滑圆润，踩上去一点没有硌脚的感觉，倒有点像在做轻松的脚底按摩。自从离开舟山港，我们就没有机会光脚下过海，今天终于接了次"地气"，舒适感难以形容。

濯足地中海，我还从没用过这么大一个脚盆。

把一身疲惫卸在这个举世闻名的太阳海岸，是一件很惬意的事。

生吃黑猪腿

肚子饿了，我们才想起到饭点了。

中国驻西班牙大使吕凡十分热情周到，携夫人专程从马德里赶来参加欢迎仪式，并与使馆其他同人一起，请一路奔波过来的我们吃晚餐。吃饭是最中国式的慰问，让刚踏上异国他乡土地的我们，倍感亲切和感动。还感动了胃里的馋虫，正蠢蠢欲动。

使馆工作人员选择的饭店是一家百年老店，外观是老式的建筑，进去也是老式的实木楼梯和地板，非常结实，墙上挂着一些老照片和呈现着中世纪风情的油画。楼下就餐的当地人不少，楼上只有我们，因为人多，就把几张小桌子拼凑起来，组成长条桌。

东西方餐饮文化不同，国外很少见到我们国内那种硕大无朋的大圆桌，以及气派得似乎一望无际的长条桌，大部分是只能坐三四个人的小方桌，像肯德基快餐店里的那种。这也说明，老外请吃饭不太喜欢呼朋唤友搞"人海战术"。

食物很丰盛，我们最喜欢的是生火腿和本地牛肉。

西班牙出了名的黑猪火腿

片下来的黑猪火腿

中学上地理课的时候，觉得"西班牙"这个名字真怪，知道门牙、乳牙、犬牙、龋牙、换牙、磨牙……就不知道还有国家名字叫"西班牙"的。现在发现译者真是天才，西班牙人民热爱牛肉和生火腿，的确需要一副好牙口。

"不懂得吃就不懂得生活。"这是西班牙谚语。

当地特色美食不少，牛肉不说了，西班牙斗牛天下闻名。当然，牺牲在斗牛场的牛是少数，牺牲在屠宰场的牛占多数。还有一种叫生火腿，有人把它称为西班牙的"宴会之王"。我们中国人熟悉美味的金华火腿，但一般不生吃，担心寄生虫，而西班牙火腿一般都是生吃的。

品质最优的要数伊比利亚小黑猪火腿。这种小黑猪在猪仔时就被自然放养，吃野生的橡果，喝富含矿物成分的水，还有专门的人陪着在草原上奔跑游

驻西班牙大使吕凡宴请任务官兵代表

玩，简直是世上最幸福的"二师兄"。正因为享受的幸福指数爆表，它的回报也够丰厚，肉质鲜嫩，脂肪中胆固醇含量低，而且清洁、透明。金华火腿的制作方法主要是烟火熏制，想吃一只火腿不知要被熏下多少眼泪。而西班牙火腿主要用海盐腌制，然后放在地窖里发酵，半年甚至几年后拿出来才可以上餐桌。据说这种制作方法可追溯到罗马帝国时期，距今已有几千年的历史。

餐桌是历史最细致生动的体现，比建筑更加悠久，更加容易得到传承与改进，也更能体现一个地区或者一个民族的人文风情甚至非凡经历。比如，据考证，我们热衷的火锅，诞生于成吉思汗征战时期。如果你是历史学家，可能还能透过火锅热腾腾的蒸汽，看到蒙古铁骑排山倒海般的冲锋雄姿。

西班牙这道名贵的美食，吃法也很讲究，打开方式非常有仪式感。有经过专门训练的片肉师傅、专门切肉的架子和刀具，肉片得越薄、大小越均匀、肥瘦搭配越美观，水平就越高，不知道他们是否也像我们的厨师一样分级。切好的火腿肉一片片摆在盘子里，看上去油花均匀，薄如纸片，纹路像红玛瑙的切面一样漂亮，让人觉得吃的是艺术品，甚至有把它装裱起来的冲动。生火腿一般当餐前菜品，不是主食，佐以红酒，吃起来肉质紧实，馨香扑鼻，鲜美醇厚，肥而不腻，瘦而不柴，入口即化，口感独特，加上橡果的清香，此时的舌尖，被享受人间极致美味的幸福感满满包围。

我忘了自己吃了多少，就算记着也不能写出来，怕猪记仇。

西班牙火腿在我国的市场上尚不多见，这也说明中西两国农产品的交流与贸易还有广阔的空间。

欧盟的"菜篮子"

吃完饭回到船上已是繁星满天，这一天的所见所闻让我无限感慨。

西班牙是欧洲的"菜篮子"，主要农作物有大麦、水稻、小麦、玉米等，还有漫山遍野的橄榄、葡萄，果蔬出口占欧盟的三成。西班牙人被欧洲人称为"农民"，灌进耳朵能听出轻视的味道。当农民没什么不好，在气候适宜、科技发达的国度当农民，丰衣足食，生活没有压力，餐桌上琳琅满目，比一般市民更有口福。

市民的日子过得比农民闲适，但也让人从中看到高福利国家的"制度优越性"，可以不劳而获，不就业也饿不死，忙死累死与闲死懒死的生活过得差不多。我了解到，他们的平均工资并不高，相当于我们月薪4000—5000元，但他们福利好，教育、看病都由政府埋单，贫富差距在于：富人的房子大一点，穷人小一点；富人开的车子高档一点，穷人低档一点。

高福利的蛋糕太好吃了，带来的弊端是民众的懒惰化和社会的平庸化。高福利要由高税收支撑，企业商业等行业老板挣得越多纳税越多，忙活半天，累死累活，挣的血汗钱都被谁花了？就是坐在街上无所事事，一杯咖啡能从烈日当空喝到夜幕降临的那些人，被上班族蔑称为坐享其成的"寄生虫"的那些人。

如今当老板压力大，竞争激烈，都像走在悬崖边上，稍不小心就一脚踩空；公司倒闭了，还可能负债累累，还要上法庭打官司。在欧洲，工人的工资更不能拖欠，裁员也难，一言不合工人就举着牌子上街罢工。所以老板们，尤其是实力不太雄厚的小老板们，成天提心吊胆地过日子，坐在办公室想得最多的是"我太难了"！由是，不想干、不愿干、不敢干的人越来越多。但是，政客要拉选票，"寄生虫"的人数是大头，是票仓，竞选者必须不断地给他们开支票，承诺给他们提高福利，谁开的支票数额大，谁的得票就多。我们不要盲目崇拜选举制度，被选举人永远是孙子，手里有票的人才是爷爷，当孙子的给爷爷的钱不够多，爷爷就不高兴，就不给孙子投票。爷爷屡试不爽，久而久之，胃口越来越大，小日子过得无忧无虑,天天过着幸福的生活,而那些被选上的孙子则把国库都花空了,没钱发就到处借钱,不然就给那些忙得焦头烂额的倒霉老板加税,反正是用别人的钱请自己的客,何乐而不为?于是,我们经常能看到一些欧洲国家发生这样的情况,政府都快揭不开锅要关门了,老百姓还照样游行集会逼着政府落实福利承诺。会闹的孩子有奶吃,欧洲有些国家的乳房都被挤瘪了!

现在,西班牙在欧盟的位置,也就是个坐在角落里的不起眼的小弟弟,没有多少话语权,德国、英国、法国这老大老二老三说,你在欧盟就负责养猪种菜榨橄榄油,高科技的东西和工业由我们来干。结果西班牙憋着一肚子气,成了欧盟的"农民",面朝黄土背朝天,像老奶牛一样活着,吃的是草,挤出来的是奶,活得很窝囊,有想法没办法。

想当年,也就是15、16世纪,西班牙国力强盛,雄霸一方。那个西班牙女王伊莎贝拉,称得上是一位非常伟大的能力型女性,完成了国家统一,资助了哥伦布探险,励精图治,一直到腓力二世。腓力一世不提也罢,是位有名的花花公子,爱江山更爱美人,把老婆胡安娜折磨到香消玉殒,他自己也不知道怎么着,28岁就踏上了黄泉路。但腓力二世是一代枭雄,他跺一脚,法国、英国、意大利等西方国家都要发抖,出一身冷汗。无敌舰队更是打遍天下无敌手,他们的风帆战舰航行到哪里,哪里就是他们的殖民地,谁不服就把谁的脑袋像砍瓜切菜一样割下来。直到16世纪末,腓力二世犯了战略性错误,无敌舰队兵败英伦,从此一蹶不振。战胜国英国取代西班牙坐上世界海洋强国的宝座,独领风骚300年,直到第二次世界大战后,才被美国取而代之。

虽然已经不是振臂一呼、应者云集的年代了,但是西班牙不甘心,在世界面前有时候还嘚瑟几下,指点一下江山。可老百姓不管这些,他们有足够的钱喝咖啡就心满意足了,何况还有金色海岸、太阳海岸、白色海岸可以享受日光浴。不用干活就有钱拿的人,天天趴在这些海岸上晒太阳,仰着身体晒不过瘾,还要反过来撅起屁股晒,好像放唱片一样,正面放完了,还要反面放。

高福利的另一个更让人担心的现象,是那些20来岁的年轻人,也是只想拿救济不想干重活,把自己好吃好喝地养着,膘肥体壮,精力充沛,有足球看时看足球,斗牛节时到街上让公牛撵着跑,两样都没有,就到酒吧里挥霍宝贵的青春年华。

我们国内的一些"公知",也在叫嚷国家全民福利制度,就是要向欧美看齐,给国人画"大饼"。他们也不想想,咱们14亿人口,大部分人不干活只拿钱,不说经济会不会崩溃,即使只有4亿人躺在海岸晒太阳,18000千米海岸线,人肉挤人肉,肚皮挨肚皮,能不能躺得下都是个问题。

他们无非是想让好不容易醒来的狮子再睡过去。

还是踏实劳动、自主创造财富最光荣,用勤劳的双手绘出新天地,创造新生活。

毕加索故里

马拉加是毕加索的故乡。毕加索这个世界画坛"重量"级人物,就出生在这里。一座黄色的楼房,位于梅尔赛德广场旁,现为毕加索基金会办公楼。

当地人喜欢把这个梅尔赛德广场称作毕加索广场,我认为这样叫更响亮。因为,谁也不知道梅尔赛德是干什么的,但大家都知道毕加索是干什么的。

广场上有座毕加索的铜像,坐在椅子上,手里拿着调色板,神情专注,像在思考下一笔要画什么。

美国前总统特朗普在自己的书里写过一个故事,说毕加索的画室里来了一位客人,他站在一幅刚完成的油画面前问毕加索:"这幅画代表的是什么?"毕加索回答道:"20万美元。"特朗普讲这个故事,意在表明自己这个杰出的生意人与杰出的艺术家没有什么区别,生意是艺术,艺术也是生意。

特朗普往自己脸上贴金的手段着实高明,也只有他能这么吹嘘。

我在端详画坛天才时战战兢兢,幸好面对的是铜像,万一他开口问我一些诸如色彩、线条之类的问题,或者问我口袋里有没有20万美元,我对绘画一窍不通,而且囊中羞涩,只能撒腿如飞、落荒而逃。

有意思的是法毕加索光着双脚,而衣服却是穿戴齐整的。我见过几幅毕加索作画时的照片,全都不修边幅,要么光膀子,要么穿着上衣下面只穿短裤,跟他画过的很多女性人物一样,衣服能省的都省了。

遮羞是十分必要的,铜像安放在大庭广众之下,相当于每天要会见全世界纷至沓来的客人,有男人有女人,有老人有孩子,无论毕加索愿意不愿意都要和他们合影,穿条短裤不雅观也不礼貌。何况他的身材跟一身疙瘩肉的大卫或者掷铁饼者都没法比,只能让人看到一堆肥肉,影响艺术家的高大形象。但雕塑家非常聪明,把他的脚丫子露出来了,以部分还原来体现对事实的尊重。

毕加索虽然是共产党员,但没有不远万里来过中国,可他对中国艺术的了解,远远超过中国人对西方艺术的了解。我认为他在这方面做了不少功课。

中国人为什么要跑到巴黎学艺术?这是当年毕加索问张大千的问题。

故事大概是这样的。

张大千为了让西方人多了解东方文化,这个中国的画坛巨匠,兴致勃勃地跑到法国巴黎办画展。那时候,巴黎是世界艺术中心,能到罗浮宫朝圣,是艺术家个个梦寐以求的事。自然,作品能在巴黎得到认可就相当于得到了世界认可,就像大闸蟹到阳澄湖泡一下就身价百倍。在那里办画展的中国人凤毛麟角,我不知道张大千是不是第一人,反正在当时是了不得的事。但去观展的人似乎不是太多,西方人看油画内行,看水墨画外行,对一个穿长衫的老头画在宣纸上的东西兴趣不大。

别说法国人,就是在当下的国内,对画作有研究并且懂技法知意蕴的人也寥寥无几,哪个画家办画展,去观展的人数肯定多不过去电影院看电影的人。

当然不是所有人都不感兴趣,大咖毕加索就悄悄去观展了,还混在人群中拍了很多照片。事后有人告诉张大千毕加索都来看画展了。毕加索在西方画坛名声如日中天、光芒四射,张大千自然大喜过望,十分希望结识一下,聊聊中西艺术,没准能碰撞出一些火花来。可是没有人愿意引见,因为才华横溢的毕加索很牛,很牛的人脾气都古怪,像误闯进地球的外星人,据说法国的总统或者部长想见他也不是想见就能见的,要预约才行,所以没人敢去找他,怕碰一鼻子灰。张大千想,自己在东方艺术界也是牛人啊,东方牛人见西方牛人,牛聚在一起才能结伴成牛群,牛人相见,分外有缘,就像中国人常说的高山流水觅知音,俞伯牙碰到钟子期。

后来终于有一个中间人同意传话,但不能保证毕加索同意见面。还真让张大千猜对了,毕加索一听说张大千想见自己,立马就表示自己也是期盼已久。

于是,两个画坛巨人在毕加索的城堡里握了手,毕加索还郑重其事地穿上了衣服,以示尊重,同时也说了几句惊世骇俗的话:我最弄不懂的,就是你们许多中国人为什么要跑到巴黎学艺术。不要说法国巴黎没有艺术,就是整个西方包括白种人都没有艺术。

毕加索率真得可爱,这话把西方艺术附带将和他自己一样的白种人贬损得一文不值,估计张大千当场惊愕不已,但心里十分受用。

毕加索还没说完:这个世界上有资格谈论艺术的,第一是你们中国人;第二是日本人,当然日本人的艺术也来源于中国;第三就是非洲黑人。

无疑,这是毕加索的真心话,当年他75岁,而张大千57岁,前辈对后辈说这样的话,是出于对中国艺术的充分了解,一个站在世界画坛巅峰的人,艺术道路上已经超越了所有人,没必要拍一个名气没有自己大的人的马屁。

中国的文化艺术,代表东方的美学思想,在世界上本来就是奇观美景。

看过一个有趣的故事。据《唐语林》记载,画家吴道子去拜访一位和尚,没有受到礼遇,"遂于壁上画一驴"。结果,"僧房器用无不践踏"。于是,"僧知道子所为,谢之,乃涂去"。这个故事我们权当逸事来听,当不得真,无非是想说明吴道子高超的绘画本领,所画之物惟妙惟肖、栩栩如生。

中国画重写意,用笔讲究,线条简洁,追求内在的精神气韵,在世界画坛上出类拔萃、独树一帜,也是不争的事实。

我是地道的画盲,还没参透中国画,对毕加索的油画、版画等更没有研究,说实话,他笔下许多把脑袋一劈两半或者把眼睛安在屁股上等奇形怪状的超现实画作,我看了觉得跟孩子涂鸦差不多,像天书一样读不懂。毕加索曾经跟人说,他14岁就能画得像拉斐尔一样好,之后他用一生去学习像孩子那样作画。

我看不懂他的画,可能是自己太成熟了。但他跟张大千说的这一番话,深刻得只有成熟的人才能听懂。

可在眼下,我们的个别中国艺术家看不起自己国家的传统艺术,一本正经地妄自菲薄,理直气壮地欺宗灭祖,文化的不肖子孙,刨自家的祖坟,居然比别人还起劲。

不能把批评自己的文化当作"敢说真话",不能把讽刺挖苦自己的文化当作时髦,更不能把自己的文化说得体无完肤,觉得自己高人一等。

艺术的成熟不能替代思想的幼稚,而思想的幼稚一定会阻碍艺术的成熟。

大师的话,让人醍醐灌顶、茅塞顿开。

用现在的意识去理解,毕加索的话里体现着四个字,即"文化自信"。

我们的艺术家,应该庆幸自己一出生就站在巨人的肩膀上,"墙内开花墙外香",墙外的人羡慕,墙内的人更要珍惜。

天空之城

到马拉加旅游,距离此地不远的小镇龙达是必去之地。

龙达有"天空之城"的美誉,因为她建在百米之高的悬崖之上。壁立千仞,头上顶着一座城?我领教过欧洲人的吹牛本领,屁大的事都大惊小怪,不是被褒得最高,就是被贬得最低,名字往往与事实相去甚远。所谓的"天空之城",估计也是名不副实,或者言过其实。

龙达还被称作"最适合私奔的地方",这个不知道源于什么传说的名称,有点奇怪,挑战着人们的想象力。当然,它谈不上赞美,也谈不上抹黑,倒是谈得上极富浪漫色彩。我查了一下资料,龙达人口不到4万,对一个小镇来说,应该算是比较多了。

私奔的人多了,就成了一座城?

我能想到最浪漫的事,就是和你一起私奔?

这只是开个玩笑。地球上感情最丰富、行为最浪漫的法国人,也不可能私奔出一座城来,否则满大街都溜达着"私生子",这种情景不符合人类婚姻规则。

当然,猎奇是人的天性,何况景色让人期待,我们毫不犹豫地开车上路。

说是不远,其实不近,车子走了两个多小时。路有点类似我们的省道,基本上都是在山里盘旋穿行,手机信号一路上都像在垂死挣扎,时有时无,时断时续,这一点不如我们大中国。

到龙达已经是热浪袭人的中午了,不过景色的确迷人,建筑也很有特色,典型的罗马帝国时代风格,白墙白屋尖顶。马路不宽,可容两辆马车相错而过,有些地方还留有石子路面,比新兴城市多了一份厚重的历史感。路两旁都是林立的商铺,琳琅满目,以出售牛皮制品和旅游纪念品居多。西班牙的手工艺品还是比较有创意的。

我买了一个牛皮小包,其实也用不着,本人没有像乡镇企业家那样腋下夹个包的习惯,也没有像女同志那样家里有一千个包还觉得少一个的疯狂念头,但到了西班牙这个牛的国度,不带件牛皮制品回去似乎不好意思说自己来过,也以此略表对屠宰场上成批倒下的牛的敬意。

斗牛是西班牙的国粹,龙达是个让牛血流成河的地方。这里是西班牙斗牛的发源地,自然建有专门的斗牛场,这个建筑是1785年建成的,整整花了6年时间。

按这个时间推算,曾经不可一世的西班牙无敌舰队,此时早已被英国皇家海军和海盗的混合编队打得落花流水,元气大伤,无奈让出了世界海洋第一强国的宝座。但是西方的海盗文化源远流长,尤其是进入亚洲和非洲,习惯了抢人家东西、烧人家房子、砍人家脑袋,不见血手痒痒。可能就因为如此,他们在战场上屡屡吃败仗,于是回过头找忠厚老实的牛下手。

杀人不行,杀牛总可以吧?

做什么都不要在西班牙做公牛!

我们随一队游客买票进斗牛场参观。场地非常气派壮观,米白色的圆形建筑物高两层,并列着136根托斯卡纳式石柱,可容纳5000名观众。场地内铺着厚厚的黄沙,台阶和石壁上雕刻着有关斗牛的场景和文字。据说这里是斗牛士心中的圣地,凡是名声显赫的斗牛士都在此展露过身手,能在此与公牛展开一场生死搏斗是所有斗牛士的荣光。当地有位名叫佩德罗·罗梅罗的斗牛士,他一生杀牛如麻,一把剑杀死过5000多头公牛,成为人人仰慕的民族英雄。斗牛场里的博物馆展出着他的斗牛械具,大门前立着他威风凛凛的雕像。

谁英雄谁好汉,斗牛场上比比看。

站在场地上,我仿佛看到了斗牛士华丽的服饰、抖动的红布、阳光下闪着寒光的剑锋,能听到公牛愤怒而又绝望的嘶鸣,还有四周观众歇斯底里的欢呼。

西班牙斗牛场

我不知道有多少头公牛在此倒下,也难以想象如此残忍的竞技能给人带来怎样的乐趣。

这样的斗牛场在西班牙有400余座。四溅的鲜血,高声的尖叫,疯狂的杀戮,张扬的野蛮,胜利的喜悦……满足了人们潜藏于内心深处的嗜血兽性。

我想起斯巴达角斗场游戏,那是被贵族们拿来开心的娱乐节目,让战败者为了继续活着,而进行血脉偾张的搏斗拼杀,比斗牛更加残忍。这绝不是崇尚勇敢,也不是展示高超的搏杀本领,而是贵族们精神腐朽空虚,视奴隶的生命为草芥,在血腥的杀戮中寻找快感。

现在有许多人开始抗议,认为将残杀动物作为表演模式来取悦观众的行为,有悖人道主义精神。于是西班牙政府出台规定,不是重大节日不允许斗牛。加泰罗尼亚和加那利群岛等地区已经率先立法禁止。

出了斗牛场,往前走几步就到了支撑起"天空之城"的悬崖。

龙达的确有着惊心动魄的壮美。

站在连接新旧城区努埃博桥上,放眼远眺,群山逶迤,沃野千里,白云如飘浮在眼前,似乎伸出手就能摘下一朵。而脚下是深涧绝壁,塔霍河水流湍急。我有点恐高,在探头往下张望时,腿肚子不由自主地打战,掉下去只有一种可能——粉身碎骨。

连接新旧城区的努埃博桥

我明白了,为啥人们把这里当作"最适合私奔的地方"。可以设想,一对情人跑到这里,如果父母兄弟追来,情侣双双往桥上一站,不用说话就表明了态度:再逼我们就跳下去!

有个词叫"殉情",有个成语叫"同生共死",有句诗叫"生命诚可贵,爱情价更高"……父母兄妹听着,不同意我们就纵身一跃,下一秒就成为这些语言的践行者,反正这里是"天空之城",离天堂最近。

父母兄妹追得脚底都磨出血泡,好不容易追上了,却发现是绝路一条,虽然气得无语凝噎,却也无可奈何,都到这份儿上了,天要下雨,娘要嫁人,只能成全这对不肖子女。

因此,我估摸着私奔到龙达的,把悲剧转变成喜剧的成功率很高。像红拂和李靖那样从长安奔到太原也能成功的,比较少见。要放在现在,梁山伯与祝英台也不至于变成蝴蝶了,买张机票就到了龙达,然后小祝给老祝发条视频:我在西班牙龙达城,身后就是万丈深渊,你不答应这门亲事就来给我收尸吧。父亲祝公远被吓得面如土色,独生女这可是要玩命了,这闹十八相送的俩人,第十九送是送命啊!连忙同意梁山伯这小兔崽子成为上门女婿。

这是我在龙达荒诞不经的名声下荒诞不经的瞎想,给民间故事狗尾续貂。

龙达,公牛的死地,情侣的福地,无论上演的是悲剧还是喜剧,都是一块有故事的土地。

过直布罗陀海峡随想

美味的生火腿在胃里还没消化完,军乐队奏起《我的祖国》,官兵们站坡挥手,和平方舟从马拉加启航。

两天休整,时间仓促,我们不叫休整,叫"技术停靠",不管叫什么,反正是补充精气神,像是在坐得屁股痛的时候,站起身来伸了个懒腰,舒筋活血,感觉很舒服。

离开西班牙,大家有些"好日子过完了"的恋恋不舍。毕竟,这里不是平时像走亲戚一样想来就能来的,军人出国本就不易,更何况,她是老牌资本主义国家,曾是称雄世界的帝国,也是我们本次停靠的10个国家中最富裕的国家。西班牙环境优美,空气清新,物产丰富,交通便利,文化底蕴深厚,国民文化程度高,观光或购物都有好去处。你就是哪儿都不去,躺在沙滩上晒太阳,垫在脊背下面的也是让全世界游客垂涎的阳光海岸。

直布罗陀海峡,欧洲一侧

停靠过几个国家之后,大家都积累了经验,海岸退出视线时,通信信号也退出手机;岸看不见了,信号就像被海风吹跑了一样消失无踪,手机变成了哑巴,成为"植物机",不再发出丝毫动静。

在海外,尤其是在海外的船上,见面问"有信号吗"比问"你吃了吗"要多,信号关系到生活质量,关系到在茫茫大海中,是否能够意识到自己仍然生活在现代社会里。

但是,这一次手机在口袋里只沉默了 2 个多小时,就又开始响起来,好像它刚才只是午睡了一会。

能叫醒手机的肯定是信号,而信号肯定是岸送来的。

我往舷窗外看去,高耸入云的群山在岸上绵延,悬崖峭壁,地势险要,雄风浩荡。

入海的崖壁,专业术语叫"山裙",既形象又准确,只是无论多么强劲的海风都掀不起她的裙摆。

这就是直布罗陀海峡了,世界上名闻遐迩的海上咽喉要道。打个不怎么文雅的比喻,这个无比重要的"喉咙",每天都张着面向大西洋的巨嘴,让地中海成为她的胃,红海和苏伊士运河成为她长长的肠子,通达印度洋。大大小小的船舶,就像五颜六色的食物一样,被她咽下去或者吐出来。当然,也经常有运气不好的船舶,被直接"消化"掉了,残渣剩骨都沉在海底。

和平方舟像一粒洁白的大米,此刻,正在她的喉咙里滑动,准备被海峡"吐"进大西洋。

海峡的地势十分显要,两岸的群山像两排锋利的牙齿,似乎随时可以把来往的船舶咬成碎片。谁要想从海上进攻西班牙,必经直布罗陀海峡这一天然屏障。她就像一道鬼门关,不知道哪座山头上会冒出浓烟,紧接着便有炮弹雨点一样砸在脑袋上。事实也是如此,历史上难以计数的倒霉战舰,在这里折戟沉沙。

我们把时间追溯到15、16世纪,大航海时代造就了西班牙的崛起,哥伦布受到有远见的西班牙女王的赞助,扬帆大洋。我们不否认哥伦布是伟大的航海家,但一个探险家的学识、智慧与成就,并不能证明其动机的纯粹与品格的高尚。哥伦布在航海史上名垂千古,但不能掩盖其所到之地的烧杀掠夺的侵略行径。不可否定的是,西班牙从此像个暴发户,国力蒸蒸日上。再加上据地中海之利,扼海峡之险,成为跺一脚欧洲都要抖三抖的强国。

西班牙肌肉结实了,便与英、法、荷等国交战,屡战屡胜;邻国葡萄牙更是被打得满地找牙,被她不费吹灰之力就横扫吞并,缴获了大批军舰充实她的无敌舰队。不可一世的无敌舰队,雄霸海上,她拥有的巨大三桅帆军舰,让鲨鱼都望而胆寒,海盗见之更是老远就夹着尾巴溜之大吉。西班牙人放开面包蘸橄榄油养肥的巨胆,横行海上,大肆烧杀抢掠,积聚财富,建立殖民地。

如果不是16世纪下半叶,西班牙国王腓力二世轻敌,西班牙也不会那么快就没落。国王草率地把无敌舰队的130艘舰船派去攻打英国,舰船难以应对北大西洋的狂风巨浪,加上英国舰队像诸葛亮和周瑜对付曹操一样采取火攻,使无敌舰队遭到毁灭性打击,只有67艘逃回到国内。西班牙从此一蹶不振,也从欧洲最强大的海上强国的宝座上跌落下来,让位给一发怒就扔天鹅绒手套的伊丽莎白女王统治下的不起眼的小岛国英国,成就了英国300年的日不落帝国,直到20世纪的世界大战以后。

从此,英国成为世界老大,这个国土面积只有24万平方千米的国家,东征西讨,南抢北夺,满世界插他们的米字旗,最后居然拥有3200万平方千米的殖民地,占据了世界陆地面积的五分之一。

西班牙还有一件闹心事,一直耿耿于怀。在直布罗陀海峡西班牙本土东端北岸,有一座城市叫"英属直布罗陀",面积有5.8平方千米,人口3.2万,建有英国的海军基地。自己的土地上却嵌着一块别国的版图,西班牙心里肯定不好受,但拳头没有英国硬,只能打落牙齿往肚子里咽。

地方虽然不大,却是个主权问题,也是国家尊严问题,如鲠在喉,如芒刺在背,让西班牙浑身不舒服。

直布罗陀海峡很有意思,有一道肉眼看不到的奇特景观,强大的海流使大西洋与地中海之间发生有规律的水团交换。海流分上下两层,上层自大西洋向东流,下层自地中海向西流。也就是说,你如果躺在海峡的水面上,海流会把你送到地中海;如果你潜入海峡的水下,海流又会把你带到大西洋。

这要是在咱们老祖宗的眼里,上属阳,下属阴,海峡里的水流阴阳相济,乾坤顺转,盈亏平衡,达到了"道"的境界,自成强大的气场,是风水宝地,适合在岸边盖房子,从此家道运转,子孙福泽绵长。而在国外军事家的眼里,海峡是战略宝地,是"西方海上生命线",适合驻军,修建防御基地。美国人就把她的第六舰队派驻在地中海,北约也成立了地中海舰队,还以海峡为中心,设置了100海里的"防务"海域。

冷战后,美国人宣布的全世界16个海上咽喉要道中,我们只控制了半个台湾海峡。其他15个,基本上都捏在美国和西方国家手里。这就是实力,人高马大拳头硬,还占据天时地利。落后就要挨打,观念的落后是自己挨打不说,后代还要跟着挨打。我们当然不是沙袋,不能世世代代挨打下去。要闯过重重关山险隘,只能依靠磨出一把能对付拳头的封喉利剑,练就一身能撂倒对方的真功夫。

"一带一路"的倡议与构想是伟大的,在和平时期以商业突破美欧的封锁与遏制,唱了一曲声震寰宇的文戏。而作为维护国家海上利益的带刀护卫,我们需要随时做好制服"闹场者"的准备。

海峡不长,和平方舟只走了2个小时就进入了大西洋,我们的舰队要想成为她的常客,恐怕还有很长的路要走。

这真是:

王师帆舰号无敌,折戟英伦销征迹。
两岸青山犹西望,海底黄沙埋甲衣。
帝国从此悲日落,枭雄绝代哀风起。
纵然堑峡变通途,岂将刀剑化铁犁?

都是失眠惹的祸

今天,机关一位处长打来电话,无甚事,暌违多日,寒暄几句,问问是否别来无恙,身体是否吃得消,都是客套话。

越洋客套话,珍贵而让人感动。其实,有恙他也爱莫能助,不可能千里迢迢前来探望,或者给我煲一锅鸡汤来,甚至递杯水都做不到。但话到情到,说明人家在惦记着你,属于热情周到的中国式问候,千里送鹅毛,礼轻情意重,听着让人心里舒坦,就像我们碰面习惯问"吃了吗"。没吃又如何?你若是傻乎乎地如实回答说"没吃",我也不可能请你去饭店撮一顿。问候是一种礼数。

有来有往,我问他小日子过得如何。他说天天加班写材料,严重缺觉,眼皮快要用牙签才能支起来了;非常羡慕我们出海,不用斟词酌句、皓首穷经、挑灯夜战,吃饱了无事可做,可以倒头呼呼大睡。

当我们是"二师兄"呢?情况没他想的那么美!

和平时期,和平方舟是没有敌人的,都是朋友。但现在船上有一个"敌人"要战胜,名叫"失眠"。

吃好饭、睡好觉,普普通通两件事,却是人生的头等大事。

"睡方"在船上着实难觅。我没有统计过,和平方舟上的381人,出海以来,一共丢失了多少睡眠时间。

置身钢铁堡垒,披星戴月,航行在大洋深处,失眠很正常,船上独特一景,彼此打招呼基本不问"吃了吗"。因为大家同一时间、同一地点吃同样有点糟心的饭,没什么好问的,我们一般问"昨晚睡得好吗"。原因是很多人睡不好,同病相怜。

一名被失眠折腾得灰头土脸的医生,借用普希金《假如生活欺骗了你》的语气自嘲:"假如今晚失眠,不要忧愁,不要悲伤,因为明晚还会失眠。"

导致失眠的因素很多。医生一般很认真,万事喜欢研究,可能跟他的职业习惯有关,能趴在显微镜上一看半天,不管什么事都要问个底儿掉,像毛主席说的那句至理名言:"要切切实实地调查它,研究它",现在网络上的语言叫"盘它"。于是,拿出刨根问底的劲头,非要找出失眠的原因。到了晚上,一点睡意都没有,掰着手指头分析一二三,结果经常不乐观,分析到半夜也没分析清楚,又把自己给分析失眠了。

我这方面的经验比较丰富,知道几个引起失眠的因素;其实,不出海的人不知道,经常出海的人都知道。

航行期间要调时,船走着走着就走到另一个时区里。时钟好调,驾驶室一通知调时,手指把船钟的指针往前或者往后扒拉一下就行。以前是这样,现在连动手都省了,驾驶室统一自动调整,要自己动手拧的只有手腕上的表。现在好多人不戴表,看手机就行,手机有自调功能,因此又省了事。

身体里的生物钟没装芯片,就没这么听话,对驾驶室的发号施令置若罔闻,不肯马上调整。比如,本来晚上10点休息,这时候生物钟要睡了,脑袋发沉眼皮打架昏昏欲睡,结果调时了,推迟一小时睡觉,你不得不打起精神,想办法打发掉这漫长的一小时;等到了11点,睡劲过了,肚子饿得咕咕叫,盘算着到哪弄点吃的,伙房的夜宵做好没有?脑子比早上起床时还清醒。

往回调也一样,提前一小时睡觉。这时哪有觉啊,精神抖擞,看书、听音乐、观看下载的电影电视剧,一折腾又过半夜了,邪门的是还一点都不困。

那就失眠吧,百无聊赖地躺在那儿慢慢调整。

让人窝火的是,刚调整过来,船又驶进了另一个时区。

还有一个让人失眠的原因,是船上条件有限,基本上是集体宿舍,6个人、8个人、10个人住一个房间。虽说是"海景房",美丽的大海在舷窗外波澜壮阔地起伏,运气好的话还能看到海平线上壮丽的朝霞晚霞,运气再好点的话能看到鲸鱼跃出水面,还不知足想看点别的就没有了。但里外境况截然相反,外面"海阔凭鱼跃,天高任鸟飞",室内则空间局促,铁门一关,大家伙亲密无间,挤成闷热的大车店,空气在肺与肺之间交流,"同呼吸,共命运"。睡觉是极端个人主义的事,硬要发扬集体主义精神,身体没有那么崇高的思想境界,会自然而然地抵制,尤其是年龄偏大的同志。

本船的官兵没觉得怎样,让他们20个人住一起也能呼呼大睡,晚上只要不叫他们起来站岗,打雷都不会醒。

医生、护士一开始都不习惯,家里宽阔柔软的席梦思床是何等舒服,窝在里边就等于窝在幸福里,而且横着竖着、四仰八叉、转着圈睡都随便,灯一关,被子一蒙,一觉到天明,如果不是闹钟叫醒,上班都可能迟到。

希腊神话里,有一种"波卡斯特之床",能让你的身高与床等齐。和平方舟配备的铁架床没这么神奇,上下铺,三尺宽,有的还吱吱嘎嘎响,如果不想在睡梦中被一个海浪颠下床来,掉在钢铁甲板上,摔个头破血流,必须老老实实保持仰睡或侧睡,即使浑身不得劲……于是,辗转反侧;一些教授年龄偏大,养成了特别的睡眠习惯,调整睡姿让他无比痛苦……辗转反侧;碰到个打呼噜的,这部分人反而不容易失眠,如期在半夜三更雷声大作……让别人辗转反侧;有个磨牙说梦话的……辗转反侧;有个老要上厕所的……继续辗转反侧;有个脚丫子臭还不愿洗的……更是辗转反侧。你失眠我也失眠,都躺在床上翻来覆去像烙烧饼,心想上铺、邻铺为什么会失眠呢?……又是辗转反侧;失眠最怕的是怕失眠,越怕越失眠……还是辗转反侧;那就数羊吧,一头、两头、三头……还没数完,天亮了。

还有就是心理上的原因,兴奋、焦虑、念家等,都能引起失眠。

我们刚启航那个阶段,一些人别提有多兴奋了。以前,只是在海边挽着裤腿蹚过水,附带治治脚气搓搓泥;或者是穿着泳衣在三亚那样海水没不过肚脐眼的浴场里洗过澡,利用即将被拍死在沙滩上的余浪,假装自己在搏风击浪;现在眼前是真正浩瀚无垠的大海,陌生又新鲜,想不到自己真的是在劈波斩浪……

兴奋之情难平,后果是长夜难眠。

在海上生活的时间长了,新鲜感逐渐消退,兴奋阶段过去,接下来便是焦虑。生活单调乏味,尤其是女同志,天生爱打扮、爱逛街、爱购物、爱扯闲篇、爱吃零食……稀奇古怪的爱好广阔无边。在船上,这些爱好不是被剥夺,就是囿于条件自然终止了。反正她们爱好的东西船上基本没有,船上有的她们都基本不爱好,简直让人没法忍受,只能忍受失眠。

还有许多让人郁闷的事,比如天天要组织学习,像幼儿园小朋友一样,坐在铁皮马扎上腰酸背痛,光坐着听不行,讨厌的是,还要绞尽脑汁写心得体会;比如休息时间也不能躺床上,说是要保持内务整洁,住在四层甲板上的那些家伙还时不时来检查;比如伙食花样少,吃来吃去还是那些菜,不爱吃也得吃,提意见也不改;比如晕船难受得要命,也不让到后甲板透透气,说是风浪大怕人被卷进海里,造成非战斗减员;比如给家里打个电话,卫星电话话费贵不说,信号还差,没说两句就断了;比如值班员天天在点名时,跟老和尚念经似的强调,各个寝室到点就要熄灯睡觉……

这到点熄灯可以,能睡得着吗?这么多闹心的事!

人在特定的环境中,一点不顺心的小事都可能引发烦躁,烦躁引发焦虑,焦虑引发失眠,而失眠加重焦虑,恶性循环。好在学医科的人大多有着强大的抗压能力,懂得如何自我心理调节,对于小烦恼、小失落、小别扭、小委屈,不是很在乎。能够咽得下这口气,前提是只要不咽气。因此,失眠常有,而行为失控不常有。

失眠的"罪魁祸首"是想家,也是每个人的痛点。小烦恼可以对付,思念来袭却不好克服,除非生就一副铁石心肠或者没心没肺。思念这东西很奇怪,随着时间的推移不但不能"清零",反而会像滚"雪球"那样越滚越大;而且,它不是外伤也不是内伤,可疼痛起来比皮肉之苦还揪心,让人牵肠挂肚,心慌意乱。

医生护士大多人到中年,中年是什么?是一头牛,脖子上套着生活负担的重轭,背上坐着老人,后面跟着小犊子,还要忍受工作这根鞭子的抽打,最摆脱不掉的是鼻子被家庭的绳子牵着,走到哪都紧紧地系着牵挂。

思念属于黑夜,正像阎维文唱的"夜深人静的时候是想家的时候……"好端端的唱这歌干吗?让人想睡都睡不着。夜幕降临,思念开始像潮水一般滔滔不绝地漫上来,一波接一波地拍击心口。脑海里全是家人,如同放电影一样一一闪过,一不小心就当了"思想家",哪里还有半点睡意。除了失眠,没有任何排解的办法。

新婚的想新娘,初为人父或人母的想牙牙学语的孩子,光棍一条的想父母,老夫老妻的把家人一个不落全想遍……人在孤独时,记忆就像怀揣珍宝,不舍得丢掉,"剪不断,理还乱,是离愁,别有一般滋味在心头"。

有一名女战士站在四层撤离平台上,两眼望着大海出神。问她:"想家了?"回答:"嗯,好久没有吃到妈妈的手擀面了!"说着眼圈红了。想家的理由无奇不有,也不能说想家的吃货就不是好战士。

有一名女护士也是两眼望着大海出神。问她:"想家了?"回答:"嗯,不知道女儿期中考试成绩怎样,没人监督没人辅导估计好不了。"说罢,眼泪下来了。这理所当然是想家的理由,为了孩子的教育可以砸锅卖铁的中国父母,"小祖宗"的一举一动都会影响到心绪。

有一名男干部这几天像打了鸡血一样兴奋,饭量都大了一倍,问他怎么了,他说老婆刚生了一个大胖小子,想孩子,想妻子,无法在人生的重要时刻陪在他们身边。有这般喜事,虽然错过了聆听孩子的第一声啼哭,但丝毫不影响他第一次当爹的喜悦,怎能睡得踏实?做梦都要笑醒。

经常能看到一些人,顶着熊猫眼似的黑眼圈,在甲板上散步,不用问,都是失眠惹的祸。

失眠只是一种状态和现象,包含着的却是离别、失孝、孤独、忧虑、思念等情绪,体现的是军人离家千里、奉献牺牲的精神。

满天繁星下,浩瀚大海上,为醒着的人点赞。

这真是:

日月有序时倒颠,夜阑海阔枕波眠。
若问涛声可入梦?不羡鸳鸯羡睡仙。

海风吹不起我的头发

我的头顶"荒凉",30多岁头发就如"无边落木萧萧下",像楼兰古城原本绿树成荫,岁月不居,风沙侵蚀,后来变成荒芜的沙漠。追忆过去,一头粗密的浓发自然卷曲,现如今所剩无几,珍贵的"残部"虽然具备与岁月不屈不挠斗争的精神,可大势已去,余毛发岌可危。

再看年轻时的照片,总觉得那一头黑发长得不真实,简直不敢相信,自己也曾经拥有过那么酷的发型?只能感叹时光飞逝,美好已成追忆,往事不堪回首。

都说岁月是把杀猪刀,于我而言,分明还是一把剃头刀。

今天我让战士小田给我理发,他把林林总总的理发工具全部摊开,各式电动剃刀、大剪刀、小剪刀、梳子、毛刷、刮脸刀、吹风机……摆出一副要大动干戈的架势。对小田来说,他虽然不是职业理发师,但具备了理发大师的高尚操守,摆开这些工具,体现出他一丝不苟的态度和对我每一根头发的尊重。可对我来说,有些虚张声势,把用不着的全套装备一股脑儿地展示出来,不是资源闲置,就是铺张浪费,无异于派出一个集团军的兵力去追剿几个小蟊贼,显然用力过

作者在船上给官兵授课

猛,杀鸡用了牛刀,还让我因为头发稀少觉得不值得如此重视而心生愧疚,甚至冒出想道歉的冲动。

理发推子紧贴着我的头皮嗡嗡驰过,像推土机一样,所到之处已是一片白晃晃的开阔地。"给别人理发起码需要 30 分钟。"小田说。我听不出他这话是批评还是表扬,当然,对他娴熟的手艺得不到淋漓尽致的发挥,我只能代表光秃秃的脑袋深表遗憾。

又是一个崭新的光头诞生。这种"明晃晃、亮堂堂"的头型我已保持了 11 年,无论天空中阳光多么明媚,或者雨水多么充沛,这些年来我始终没有让头发像禾苗一样得到茁壮成长的机会,长出一点就剪。

我对头发少的好处深有体会——节约,包括水、电、时间、洗发液,很实惠,也很环保。天上下一场小雨就能让我洗一次头,把头一甩,水珠就全部飞出去,连毛巾都不需要。

2006 年我随北海舰队 113 舰出访美国、加拿大和菲律宾,在横渡太平洋时,一走上甲板,人的头发就要被强劲的海风吹乱。长时间在海上生活,不上甲板是不可能的,就像在家里不可能不进客厅,那是我们舒展四肢的地方。水兵就是这样,天空辽阔,那是鸟儿的世界;大海宽广,那是鱼儿的家园;作为人儿,不长翅膀不长尾巴不长鳍,要活动筋骨,只能在甲板上走来走去,几十天如一日地消耗精力和鞋底。如果不想让头发随风飘扬,唯一的办法就是"全光"。那次随舰出访的没有女医生、女护士、女舰员,清一色"军营男子汉",没人在乎你是什么形象,别人不在乎,自己更不在乎了,能把脸洗干净就很讲卫生了。

我的"光头"计划却被编队指挥员、北海舰队原副司令员王福山一言否决,他的理由"高大上":你理个光头,往甲板上一站,阳光下金光四射,太空中美国的卫星不是吃素的,会以为中国海军竖起了一款什么小型新式导弹,立即派出侦察机,在我们头顶上转来转去地察看。我差点笑喷,没想到首长会站在战略和全局的高度思考我的理发问题,然后得出防止两军产生误会的结论。可见,领导干部善于见微知著,而且制止我理发,相当于防患于未然,让人佩服。当然,这是开玩笑。其实我也在犹豫,这些头发长年累月担负着艰巨的"掩护中心地带"任务,以一当十,以假乱真,掩人耳目,功勋卓著,贡献巨大,现在未赏先罚,一下子全部格杀勿论,于理无据,于情难舍,于是一直留到访问加拿大结束。

离开维多利亚港,舰艇进入东太平洋。我不再征求上级意见,将愿望变成了现实,把头发剃了个精光,好不痛快。"新剃青头发,生来未扫眉。"这是唐朝王建写给小尼姑的诗句,充满同情。虽然同样没有头发,男理光头是畅快,女理光头多是无奈。

理了发,等于搞定了"头顶大事"。我特意到甲板上溜达一圈,海风再也不能把我的头发像旗帜一样吹起来,也不用专门腾出一只手来把头发摁在头顶上,就是大风浪航行,呼啸的海风排山倒海,也不能奈我何。

现在,谁要是想找我办事而我又不肯办,便有了托词,可以说:"待我长发及腰……"对不起,只能等下辈子了。

信手写下几句顺口溜:

  陆上叹发少,海上嫌毛多。
  剃个"葫芦瓢",飓风奈若何。
  日月同光亮,暗夜衬星罗。
  大洋千里远,圆壳待天磨。

海路千万里

和平方舟循着海图标绘的航线走。

在海里看不到路,走的人多了,也看不到路。

"和平方舟"号医院船被誉为"生命之舟"

船尾留下的航迹,翻滚一阵子,很快就被之后而来的海浪掩埋,归于无痕。

和平方舟除了医疗设备一流,航海设备也十分先进,现代化的导航系统发挥着"千里眼"的作用,保证船只不会偏离航道;纸质或者电子海图会告诉我们哪里有暗礁、哪里有浅滩、哪里有急流、哪里有岛屿;只要船体足够坚固,仪表不"罢工",动力系统不患"心脏病",似乎走多远都不会走错方向或者有撞礁搁浅的危险。

哥伦布做梦也想象不到500年后航海技术会发达到这般程度:有卫星在天上替你定位、替你瞭望、替你指明方向。他那时驾船出海全凭经验,瞭望依靠肉眼,爬上高高的桅杆,像孙悟空那样手搭凉棚,火眼金睛地使劲观察,看到海上有漂浮物才敢往前走。

但现实和理智告诉我们,并不是先进的设备就可以百分之百保证舰行万里高枕无忧。聪明的人发明了先进的仪器,但聪明的人绝不会把安全完全托付给先进的仪器。

每次离港,我们听得最多的字眼是"一帆风顺"。自古以来,这是送行者对出海者说得最多也是最吉利的祝福。送行的领导这么说,有希望平安归来并顺利完成任务的意思;家人这么说,完全是希望我们活蹦乱跳着去,活蹦乱跳着回。

如果是履平地,就不需要接受太多的祝福;如果不需要担心,也就没必要祈祷。

海洋气象千变万化,洋流也在时刻变化,海洋大部分时间表现温顺,像婴儿在襁褓里一样安静,可一旦发起疯来,婴儿会像神话传说中的玄玄一样,见光蓄力,见风成长,眨眼间变成一介莽夫。海水变海浪,变化来得太突然,让人猝不及防,而且相当可怕,张牙舞爪,所到之处,一切都被无情毁灭。

航海者永远把平安摆在第一位。

与大海打交道的渔民,出海前很讲究,要先到海神庙祈福,福建一带是去妈祖庙进香。传说年轻貌美的妈祖满怀慈心善念,能保证渔民平平安安打鱼去、高高兴兴回家来,是海上法力无边的全天候"救生员"。她在你肉眼看不到的地方待命,随时准备出手救援。虔诚是必须的,尤其是在科技不发达的年代,对能保护自己身家性命的神灵更应该虔诚,能不能回到岸上全指望着她。当然,从科学角度讲,虔诚只是心理上的救生圈,而不是万能的挪亚方舟,福建沿海留下的几个"寡妇村",说明虔诚在很多时候会输给风浪带来的凶险。事实证明,神灵经常靠不住,海龙王趁妈祖打盹或者粗心大意的时候,抓了不少可怜的渔民去了海底,没人知道他们现在是被关着还是从事了别的什么工作。

渔民的禁忌总是很多,恐惧多了就产生迷信,比如说话不能带"翻"字,延伸到连姓都不能姓"藩""范"或者"樊";比如女人是不能上船出海的,据说女人踏上甲板,会带来厄运。这条禁忌以前在欧美的沿海也有过,海盗是这样,捕鲸船是这样,出海打仗的战船更是这样。还比如吃鱼时吃完一面不能把鱼身翻过来,而要把鱼骨剔掉再吃另一面,实在要翻过来吃,也要说"正过来"。我对渔民生活不甚了解,难不成孩子要翻跟斗,家长便吆喝"正个跟斗"?晚上睡觉要翻身,只能想"要正个身了"?渔民的事情军人不懂。

我们和平方舟上有许多女同志,一路上没见什么妖魔鬼怪来骚扰打劫,也没见她们担惊受怕。她们生活得开心快乐,有几个"傻大姐"还经常趴在栏杆上往海里看,也不知道她们在看什么,或者看到了什么,或者什么都没看到,更不担心自己如花似玉的脸蛋儿被海里的什么幽灵看上,而发生不测。说明她们因为不迷信所以不恐惧,无知者无畏。

但掉以轻心一定是愚蠢的,海洋不会因为我们是救死扶伤的医院船而手下留情。二战时,欧美以及日本在海上没少打仗,舰沉无数,海底世界没少收留随舰的医生、护士。

永远不要低估或者轻视海洋的威力,掬一捧海水在手心,兴不起涟漪,可是一滴滴海水凝聚在一起,其力量足以翻天覆地。

行走在海上,危机四伏。

百年前,"泰坦尼克"号的悲剧震惊世界,也是海上走霉运的典型。看着似乎是一次不可预测的意外,可又不全是,几种不利因素都凑到了一起,才酿成了灾祸。海洋里移动的冰山并不常见,而瞭望者属于马大哈,粗心大意,责任心不强,不但疏于观察,居然连望远镜都不翼而飞;"大海航行靠舵手",掌舵的船长是老船长,胡子花白,皱纹像海沟一样密布,航海经验丰富,却偏偏马失前蹄,应对危机的能力不足,关键环节指挥失误;后来的检测报告说,船体钢板也不够结实,船厂有偷工减料之嫌等等。只是最后这一条原因禁不起推敲,钢板再厚也撞不过冰山,就是破冰船也吃不消。

无论怎样,还是人祸的因素多于天灾。

曾经有则新闻被西方媒体炒得火热,说有航海者在大西洋看见了穿越回来的老船长,最牛的是他还驾驶着"泰坦尼克"号,什么事都没有发生,乘客一个不少。西方媒体有时在热衷于编造假新闻之余,还乐于制造语不惊人死不休的轰动效应,一本正经地胡说八道。让人大跌眼镜的是,这则让人笑掉大牙的无厘头新闻,还居然有人相信,有人炒作,甚至有人要组织船队去寻找。

依我看,写新闻的人的脑袋一定是撞在冰山上了,而相信、炒作和寻找的人,脑袋像"泰坦尼克"号一样灌满了海水。

写到这里,我还是下意识地朝舷窗外看了看,大西洋上漆黑一片,什么奇迹都没有出现,看来我的脑子也进了不少水。

海洋不可能把吃下去的东西再吐出来,即使吐出来也是一堆残骸。

晚上熄灯后,我会到驾驶室看看,说是检查也无不可。夜航时,海面黑暗平静,夜风清凉如水,只有天上的星星相伴。各个岗位的值班人员非常辛苦,他们本来就成天在一起,已熟得聊无可聊,没有新鲜话题可说,没有风景可看,望远镜毫无用处,几个小时面对仿佛静止着的画面,这样人就容易犯困,瞭望员如若打瞌睡,将可能发生致命的险情。冰山不可能出现,风暴也不可能突然降临,但海上船来船往,尤其要注意突然冒出来的小渔船,时刻要做好迅速避让的准备。

值班员很负责任,我每次去看,他们都坚守在岗位上,没有人打瞌睡或者干些与值班无关的事。值班员精神不集中,我们称为"开小差",碰到严厉一点的领导,批评是难免的,被劈头盖脸骂个狗血喷头也不新鲜。人命关天,值班员的责任重如泰山。

和平方舟下水后每年都要满世界跑,如果把航迹画在地图上,像蛛丝网一样密密匝匝,从没有发生过致命的问题,有险情也能及时化险为夷,这都全靠官兵的过硬操船技术和高度责任心。

我们带多少人出来,就要带多少人毫发无损地回去。

虽然,这里不是枪林弹雨的战场,但有许多看不见摸不着的凶险。军人与普通百姓的不同之处,是军人走着一条比他们风险更高的路。和平时期,我们不能把风险变成危险,但也不能让风险成为历险。

在很多人的想象中,海是浪漫的,低头可看潮起潮落,抬头能眺云卷云舒;五彩斑斓的鱼群在水里游动,美丽的珊瑚婀娜摇曳,置身其中,恍若仙境。

航海者最清楚,海里没有童话和神话。水面之上,除了偶尔能看到美丽的小岛、一群路过的海豚、几条箭一般掠过海面的飞鱼,更多的时候是平展延伸到天水线的辽阔波澜。出海久了,便羡慕陆地上的一步一景,海上只有一天一景,或者几天都是一景。但是,在人类的眼睛触不可及、鼻子不能呼吸的水下,是另一个世界。

色彩斑斓的海底世界,我没有机会潜入海里观赏,也从来没有冒出"五洋捉鳖"的雄心壮志,这方面绝大多数人是与我一样的。一个猛子扎不到底的地方,海水挡住了人类的脚步。我们对海洋的了解还是太少了,因为陌生,所以神秘;

因为神秘,所以想象;因为想象,所以成为传说最高产的地方。从《荷马史诗》到中国神话,海洋演绎着一出出故事,光怪陆离,精彩绝伦。

人类无法征服海洋,只能通过无限的想象来描绘海洋。现在科学技术进步,海洋科考高歌猛进,揭开了海洋的一小部分面纱,但我们也只能说,我们还处在认识和探索海洋的路上。人类对海洋的一个个问号,比海底冒出来的一串串气泡还要多。

我没有兴趣去探究海洋,那些"气泡"只对海洋科学家有诱惑力,希望他们能够尽量多地破解海洋的秘密。我们只是借路通过,在远航的路上,像漫步春天的花海,附带看看海洋风景。

我不知道的东西太多了,只知道海路千万里,尽头是我家。

今天没啥好写的

今天确实没啥好写的。

舷窗外像蓝宝石一样的大西洋,海浪起起伏伏,看不出它们朝哪个方向翻滚,倒像是集体聚在原地无休止地做俯卧撑,还一点都看不出疲倦困乏的意思,让人不由得想到运动员在热身,待风起时便发足狂奔。大海深处,看不到海鸥飞翔,海面生动不起来,像镶在舷窗上由蹩脚画师创作的一幅呆板的油画。

椅子坐着也不舒服,船要随着海浪摇晃,椅脚装着滑轮,本是为了方便移动,可现在方便成了不便,椅子会随着船的摇晃而左右滑来滑去,我得屁股用力把它"定"在原地。所以我现在只有屁股有事,搜肠刮肚也想不出要做别的什么事。

倒想起尼采说的一句话:"每一个不曾起舞的日子,都是对生命的辜负!"这像是对此刻的我说的,别说起舞,现在能有点事让我起身就很好了。

无所事事就是在浪费时间,仿佛时间充裕得用不完,像沙特的富豪,身上装满钞票却没有地方花,便用它点雪茄。只是浪费时间比浪费金钱更可惜,因为时间不是石油,无法从地底下被源源不断地挖出来。

天底下最精明、最有商业天赋、最能赚钱的犹太人,可以赚来大把的钞票,

"和平方舟"号医院船在大洋之上的航迹

却赚不来大把的时间。当然,将时间比作金钱,不是很恰当,缺少想象力,私下认为有点胡扯!说"一寸光阴一寸金",无非是让大家把时间当金钱一样珍惜,但金钱可以存在银行里,今天不用明天用,还可以借给别人用;光阴就不行,"向天再借五百年",老天小气得很,这是最不可能实现的愿望。时间只储藏于未来,谁都不能预支。以光阴喻金,如果不是后面还跟着一句"寸金难买寸光阴",又活生生地给圆了过来,一定会误导大家以为长寿的秘诀是有钱,有钱能使鬼推磨,有钱能买命更长,有钱能像孙悟空一样,让掌握众生生死簿的阎王把名字从死亡名单上划掉。有钱人与我们一样,无可例外地要收到阎王的"传票"。

在生命的长度面前,"神马"都是浮云。

只要有能力,钱会越花越多。可是再有能力,时间也一定是越花越少,最后成为"穷人",在合上眼睛的一瞬间,全部花光。

"俯而读,仰而思",无事可做最好是写点东西,不能让脑子闲着。可写点啥呢?把脑袋里存储的事情翻了一遍,没找到可写的东西。灵感这东西很怪,有时候不想写,它反倒像虫子一样自行爬出来;有时候想写,它又像在地底下冬眠,无从寻找。

没啥新鲜题材,巧妇无米,只能烧锅白开水。

非舟
——"和平方舟"号医院船援非纪实

生活过得和昨天差不多,其实和前天、大前天都差不多,就像海里的浪,前浪和后浪的长相没多少区别。和平方舟这条海里的老耕牛,还在勤勤恳恳、任劳任怨地耕波犁浪,方向未变,航速未变,头顶的天空和阳光未变,眼前的大海颜色未变……一切都未变,像照镜子看自己与昨天一样的尊容,满脸缺点一丝未改,都不想多看一眼。

我们的医生、护士喜欢站在甲板上拍照,尤其是在夕阳即将入海的短暂时刻,伸出手掌,好像正在托着圆滚滚的太阳,快门一响,时光在这一瞬间定格。

可是时光是无论如何都托不住的,尽管在这似乎一成不变的日子里。日历依然一天天地更新着,把昨天那一页轻飘飘地翻到后面去。

人生就是这样不知不觉被一页页翻到尽头的。

其实,不变是错觉,变化才是真实的。我们所处的地理位置变了,只是不看海图自己就觉察不到。船在不停地前进,经和纬都变了度数。

大海航行就是这样,船在海里,活动范围以海里计算。船就是我们的双腿,它走多远就把我们带出多远,你木偶似的坐着不动也能到天涯海角;人在船上,活动范围以米计算,走多少步都在船上,千里马和驽马,在船上都是老老实实的厩马。

船的使命是把人不断地送到远方,是最能制造悲欢离合的工具,码头地面上的盐花有一部分是泪水的结晶。

我们这次离开舟山码头,就有很多家属,为水泥码头慷慨地提供了不少生产结晶体的原料。

人在船上,自然而然地要计算自己离家的时间和距离。我的数学向来一塌糊涂,从小就跟阿拉伯数字有仇似的,数学老师见到我,跟我见到数学一样头痛;我的数学成绩单,父母看了像看到欠账单一样难过,他们的脸上从来没有浮现过幸福的微笑。往事不堪回首!

小时候"孺子不可教",现在仍然"朽木不可雕"。但这个缺点在远航时就成了优点,可以让我没心没肺地过日子,不去掰着手指头倒计时离返航还有多少天;也不去想我们现在几点钟而北京时间是几点钟。在海上航行期间,经常能看到有人会面对着船钟发呆,可能是想着这时候父母是在睡觉还是在上班,孩子是该吃饭还是该起床尿尿,让想家的心思苦壮成长,如果再挂念点家里未了的事,心里像被猫挠一样难受。脑子里杂草丛生,影响情绪,影响睡眠,影响身体健康。

我最佩服有些善于计算的人,脑子好用得不得了,还能依据卫星定位系统,算出自己距离天安门广场的旗杆有多远。这样其实不太好,算来算去十分容易伤到感观神经系统,一不小心就把自己当作了"浪迹天涯的游子",盼望早日回到祖国母亲的怀抱。

当然,说数学好的人不适宜出海,不适宜远航,不适宜到海外执行任务,结论肯定不成立,也缺乏科学依据。在外安心与否,关键还是要看一个人的定力。数学与定力或者所谓"意志"没有因果关系,我们船上有许多博士、硕士,对计算都很精通,计算离天安门广场的旗杆有多远,能精确到小数点后两位数,但他们仍然精神饱满,一点看不出萎靡不振的样子。

穿军装的文化人,同样是"四有"军人。

一次,我和一名医生在甲板上聊天,他告诉我说,自己从来没有出过海,也没有出过这么远的门。开始时晕船,觉得见不到陆地的日子很苦,每天盼望着早点靠岸,心里未免有些焦躁;但后来习惯了这样的生活,意识到烦躁是没有用的,乐观才是良药,只要保持健康积极的心态,就不觉得难熬了。

他把自己的业余时间安排得很满,除研究专业书籍外,还听英文歌,看英文原声电影,有时候还看小说写诗歌,甚至给船上的文艺晚会创作台词。许多事情他都积极参与,这些事情是他在国内想做但没有时间做的。

好样的,兄弟!勇于战胜自己的军人都是好军人。

他的这一番大实话值得仔细琢磨,不但道出了如何克服出海枯燥孤独的负面情绪,而且道出了人生中在面对一切困难和挫折时所需要保持的乐观情绪和态度。

生活需要苦中作乐。

一个人的精神坚强起来很难,垮掉则很容易。雄伟的罗马城不是一天建起来的,固若金汤,但守城将士意志垮了,城堡也就被阿拉里克的大军一夜攻陷。

在海上,最可闲看风云变幻,最能淡泊功名利禄。

非舟
——"和平方舟"号医院船援非纪实

即使身处人生的低谷,即使前路山重水复,即使头顶乌云翻滚,人所要保持的最高境界,其实也相当朴素和简单,那就是:

世间繁华喧嚣,莫让烦恼惊扰。
随遇能使心安,哪怕天涯海角。
孤寂抓心挠肺,也有排解良药。
白天有说有笑,晚上睡个好觉。

第五章　踏上西非的土地

西非的"肚脐眼"

塞拉利昂是我们进入西非的第一站。

军舰是流动的国土。今天,我们站着的这片甲板,是离祖国最远的国土。

9月19日,塞拉利昂弗里敦港,塞副总统维克多·博卡里·福参观中国海军"和平方舟"号医院船后,在飞行甲板接受媒体采访

——"和平方舟"号医院船援非纪实

走下舷梯,中国海军的白皮鞋第一次踏上这片土地。

我们身后的大西洋,接连一个礼拜都很够意思,对我们这些远道而来的访客比较优待,没有用大风大浪为难我们,每天的浪高都不超过 2 米。这是非常客气的招待。

航路无大浪,自然神清气爽,就有兴趣看贴在舱壁上的世界地图,研究塞拉利昂的地理位置。这个国家坐落在西非的中部,我发现如果把整个非洲比作一个人的话,她处在肚脐眼的位置,用军人的眼光看,在此屯以重兵,北上可进军北非诸国,甚至可以虎视直布罗陀海峡;南下可以兵临几内亚湾,对整个南部非洲都构成威胁。

9月19日,塞拉利昂弗里敦港码头,欢迎人群挥动中塞两国国旗欢迎中国海军"和平方舟"号医院船首次到访

9月19日上午10时,和平方舟驶进这个非洲的"肚脐眼"。

迎接队伍非常隆重,副总统维克多率领国防部部长、军队总参谋长等军政要员亲自到码头迎接。

塞拉利昂分雨季和旱季,现在正处在雨季了犹未了之时,码头上满是水坑和泥泞,加上军政要员和记者云集,踩得水花四溅,我们的白皮鞋很快就污迹斑斑。即便是这样,我们也愿意让自己的白皮鞋踩遍世界上中国军人还没有踩过的地方。

指挥员检阅塞方仪仗队时,仪仗队队长眼睛朝天,仿佛天空中有一个什么需要他盯住的目标。吆喝口令的声音震天动地,但听不懂他吆喝的是什么意思。我问身边的翻译,他也听不懂。我们其实也这样,你如果不懂军中术语,指挥员扯着嗓门喊"立正""稍息",走音得厉害,你还以为他是歌唱家在声嘶力竭地吊嗓子。

塞方的军装也很特别,上身是白色水兵服,下身是黑色军裤,头戴黑帽子,脚穿黑皮鞋,肃立在那儿,看上去别具一格。

副总统维克多曾任驻华大使,在会议室寒暄时,从他的话里可听出他对中国的好感,对毛泽东、邓小平等我国老一辈革命家的由衷敬佩。他谈到上海、西安、厦门等城市都给他留下了深刻的印象,谈到我国对塞拉利昂的无私援助,尤其是埃博拉疫情中我国快速高效和真诚的帮助。他高度赞扬目前该国总统与习近平主席的良好关系,等等。他说了一句感人的话:"我们把中国当作自己的家,也希望你们此次到来能把这里当作自己的家。"

塞拉利昂目前还是世界上极欠发达的国家之一,许多全世界排名指标都在倒数十名之内。

许多男人一有钱,就胡吃海喝,肚子鼓出来,肚脐眼凹进去,深不可测的样子。塞拉利昂贫穷,小肚子没有油水,全世界都能看到这个"肚脐眼"是凸出来的,发展滞后的状况十分显眼。

这个国家多灾多难。塞拉利昂1961年才独立,1971年内战就开始了。反政府武装头目、"联阵"领导人桑科,以残酷暴虐、嗜血如命著名,残杀百姓如家常便饭。他还有一绝世毒招,说起来我都难以下笔,他组织训练10多岁的童子军部队,他们还曾经绑架500多名联合国维和部队士兵,令国际社会瞠目结舌。

街道上,我们随时随地能看到少胳膊断腿的年轻人,都是战争留给人民的创伤。

更令人难以置信的是,杀人如麻的桑科,曾是英国皇家西非部队的一名陆军下士,还干过婚纱摄影。人类幸福恩爱的景象并没有唤醒沉睡在他心头的怜悯。奇怪的事其实也并不奇怪,西方国家尤其是美国,在世界各地扶植的反政府武装,后来成为恐怖分子的并不少见。天使与魔鬼,并无千沟万壑的区隔,即如佛说:一念成佛,一念成魔。

直到 2002 年,塞拉利昂政府与反政府军谈判,才达成停火协议。这场战争造成全国 5 万多人被杀,200 多万人流离失所,国家的支柱产业,如农业、矿业等被基本摧毁。

许多人看过《血钻》,一部反映塞拉利昂淘钻人血泪史的电影。他们时刻受到反政府武装的压迫和欺凌,伴随他们的是食不果腹和可能随时降临的屠杀;孩子也不能幸免,被迫成为娃娃兵,沾染海洛因,被用屠杀百姓的方式洗脑,成为无情的冷血杀手。

战乱是贫穷的摇篮,疫情是生命的灾星。如果两样都压在头上,那么人民的生活将是水深火热,灾难深重。战争消耗了太多的鲜血和生命,也消耗了太多的财富和希望。

而贫穷和饥饿又催生疾病,塞拉利昂人均寿命不到 50 岁,疟疾、伤寒、肺结核、霍乱、艾滋病等疾病泛滥。尤其是疟疾,一直是非洲,尤其是塞拉利昂人民的隐形"杀手",现如今仍然噩梦般游荡在这片土地上,让民众谈"疟"色变。

疟疾这个与人类纠缠了 2 万多年的病魔,古代希腊的亚历山大大帝,何等英明勇武,战希腊、扫波斯、荡印度,所向披靡,但他没有战胜疟疾,33 岁便英年早逝。还有伟大的诗人但丁、拜伦,也被它夺去了年轻的生命;连我们的康熙大帝,也差一点命丧在它的魔爪下。那时,还没有屠呦呦的"青蒿素"。

前几年,埃博拉疫情又重创了该国,造成 4000 多人死亡;雪上加霜的是,上个月的泥石流又夺去了 500 多条生命,现在仍有近千名灾民和伤员在等待救治。用我们的谚语说,就是"屋漏偏逢连夜雨,船迟又遇打头风"。

现在,塞拉利昂民众求稳祈安的愿望强烈,政局也逐渐迈向稳定。但贫穷依然像影子一样无法摆脱,因为底子实在太薄了,如果没有国际社会伸出援助之手,不断加大资金的输入,没有十年二十年的稳定建设,没有老百姓勒紧裤腰带咬紧牙关奋发图强,要实现国强民富,可能还只是遥远的梦想。

有一句顺口溜是反映塞拉利昂现状的:"穿衣一块布,吃饭靠大树,花钱靠

远眺塞拉利昂首都弗里敦

援助。"这个国家四季如夏,连长袖衣服都很少穿。吃饭基本上一天一顿或两顿,有钱人才吃得起一日三餐,民众没饭吃时就只能靠吃水果充饥。

塞拉利昂矿产资源丰富,有铁矿、铝矿、金矿、钻矿等,好像这个"肚脐眼"里藏着一个取之不尽的宝库。可山河重整,许多制度仍待完善,这些资源被掌控在少数人手里。美味的"蛋糕",老百姓分不着、吃不到。塞拉利昂土地肥沃,雨量充沛,适宜农作物生长,全国80%的劳动力从事农业生产,盛产稻米、木薯、香蕉、咖啡、可可、棕榈油等,可是,生产方式落后,粮食还是要依靠进口。

海子有句诗:"面朝大海,春暖花开。"塞拉利昂面朝大西洋,但渔业并不发达,捕鱼还是依靠小木船。不知何时,我们山东烟台来了一个渔民,带了十几艘铁壳捕鱼船,毫无悬念地立马成为当地捕鱼业的龙头老大。他在首都开了一家渔业公司,弗里敦市场上卖的一大半都是他们捕的鱼。也许不远的将来,这个渔业公司能够带动起塞拉利昂的捕鱼现代化。

顺口溜最后还有一句,叫作"说话不算数"。可能是风俗习惯不同,当地正常的事情在我们看来是不可思议的,比如我们进港前,说好了请引水员早上7点登船,可到8点饮水员还迟迟未到。在我们的一再交涉下,这伙计直到9点才慢腾腾地上船。

一个国家的贫困有千百种原因,消灭贫困也有千百种方法,和平稳定的环境是脱贫的客观条件,而政府有智慧,人民又勤劳,才是最根本的保障。

首都弗里敦市中心,有一株高大的木棉树,离总统府仅一步之遥,参天入云,浓荫如盖,树身需要十几个人才能合抱过来,有500多年的树龄。她同时也是塞拉利昂的历史见证者,树下曾是西方白人贩卖黑奴的地方。可以说,她的伟岸躯干,见证了无数黑人奴隶的血和泪。现在,黑奴贸易已经成为历史,而且弗里敦的意译是"自由之城",具备了天时和地利,如果这个多雨的国家再具备了人和,潺潺溪流将把塞拉利昂的贫穷和落后带进大西洋。

调寄《破阵子》:

谁晓参天木棉,看尽黑奴泪眼。大洋白帆点点来,船舱牛马悲命贱,风雨哭当年。

岁月流水云烟,遍地饿殍不见。才拾山河擂贝鼓,又闻灾疾扰世间,悬壶济长街。

弗里敦沸腾的大街

弗里敦的主街道,五光十色,人声鼎沸。

我是"走近"看的,而不是"走进"看的,因为我与市区隔着一扇车窗,与市民隔着一层语言,听不懂,说不得,也就交流不了,只能蜻蜓点水、走马观花。

初到一个陌生的地方,逛街是挡不住的诱惑,也最接地气。要了解当地的风土人情,必须到街头遛遛。但是,我们下船换乘车辆,去我国驻塞大使馆,穿过弗里敦市区的主街道之后,我断然打消了这个念头。虽然坐车观景,显得不够亲民,但现实只能如此。后来又有几次外出,也是乘车穿街而过,情况大体相同,结论是:这街逛不得!

这是我平生见过的最拥挤的街道,没有之一。

我是不怕挤的,可当看到眼前这密不透风的场景时,我还是感到"眼前一

在街头一家电影院门口,可以看见成龙和李连杰的电影光盘摆放在醒目的位置上。中国功夫在这个国家备受推崇

黑",不是因为肤色,是惊惧。

本来街道就狭窄,起码不算宽敞。好家伙,人群摩肩接踵,熙熙攘攘,拥挤程度不亚于十一黄金周挤得走不动路的八达岭长城。

这个马路市场分三层。第一层是路边小店铺,一个紧挨一个,密密麻麻,空间局促,早年去过北京秀水街的人才能想象出这里有多拥挤。第二层是店铺前面的一溜地摊,摊主或站或蹲或席地而坐,面前堆着杂七杂八的小商品,这阵势跟北京周末的潘家园集市有一比。第三层是流动小贩,男女老少把要卖的日杂百货或者水果点心装在塑料盆或桶里,高高地顶在脑袋上,沿街叫卖。

我们用来思考的脑袋,没有这种负担;他们用来顶货物,仿佛泰山压顶,但也要思考,因为要做买卖算价钱,体力与脑力相结合,用途的开发比咱们广泛。

小山似的货物顶在头上,基本不用手扶,在人山人海中躲闪腾挪,保持着难以置信的稳定与平衡。这项功夫不知道是怎么练出来的,甚是了得。

这种"高空运输"方式,在人多的地方显示出极大的优势,他们不必像我们那样用扁担挑在肩上,必须占用前后左右的空间,嘴里要不断吆喝"借过",而且还须防止小偷顺手牵羊。在这里小偷手段再高明,要拿他们的东西必须跳起来才能够到,还不能让人发现,而这是非常不好操作的技术活,梁山泊的时迁如想

这是塞拉利昂人民最常用的搬运方式

在此作案,恐怕也会觉得非常棘手。

街道中间是留给车辆通过的,正好勉强可以双向对开,但人流实在太过密集,街道实在太过拥挤,加上一些人很愿意见缝插针,在龟速行驶的车辆中间穿梭。于是,喇叭声此起彼伏,司机相互叫嚷、指责。

本人经常体会北京的"首堵",那叫一个失望,不愿被堵的唯一办法是别开车上街;在这里体会堵车,才叫绝望,大小车辆首尾相接,让人望而生畏,感叹"路漫漫其修远兮",没有勇气"上下而求索"。

顺便说一句,这里的司机似乎脾气都不太好,可能是堵出来的性格,堵车容易导致赌气,这样每天都有一股恶气堵在心口,脾气哪里好得了?好几次,我们的车与对面行驶的车互不相让,我都以为司机要冲下去干架,但他只是把车窗玻璃落下来,把上半身探出去,用当地语言激烈地嚷嚷和挥手,没有真的拔拳相向、一决高低。

这一点值得肯定,他们始终坚持"君子动口不动手"的原则,即便唾沫横飞,

这是塞拉利昂首都弗里敦常态的堵车画面

指责对方的语言已用到了极致，场面明显已经山穷水尽，眼看着只动口已扛不住了，只有动手才能彻底解决问题，可他们就是不动手，让边上眼巴巴想看输赢的人焦急万分。

这里的车几乎都是二手车，发动机响得撕心裂肺，让人非常担心它随时会突然"心脏骤停"。驾驭旧汽车更需要熟练工，这里的司机驾驶技术是一流的，能在与行人只有1厘米距离时擦身而过，能在距前车1厘米之时刹车，能在眼看要撞上路边店铺时拐弯。坐在车上，你能充分体会到像坐过山车那样的心惊肉跳。从司机的脸上一点都看不出紧张的表情，他们似乎对自己炉火纯青、出神入化的驾驶技术充满自信，艺高人胆大。当然，他的肤色也让我们不太方便辨别是否真的不紧张。

这样的街道不适宜外国人溜达，可以肯定，在这里要保护好自己的手机和钱包几乎是一项不可能完成的任务。

这里出售的商品，无论是摆在店铺里的，还是顶在脑袋上的，我们都不感兴趣，要买一件人民币超过20元钱的东西，都要去奢侈品商店。货物大多数似曾相识，衣服鞋帽、牙膏牙刷、手纸肥皂、头饰书包、拖把扫帚、假发玩具，以及塑料脸盆、梳子、餐盒、水杯、叉、勺、拖鞋等等，一看就知道出自咱们义乌商品堆积如山的仓库。我们伟大又神奇的义乌，有180多万种商品销往世界上200多个国家和地区,号称"世界市场之母"。现在,他们成功地远征西非,把弗里敦的最主要街道,也变成了"小商品的海洋,购物者的天堂"。

一条拥挤的街道,一条民生的街道。

低价的物品,忙乱的状况,反映出民众生活的窘迫。

我们还看到,这条民生大街的一头与其说连接着义乌,不如说连接着中国;我们也看到,物美价廉的低端产品仍然有着广阔的海外市场。在劳动力成本失去优势的今天,我们没有必要过度紧张悲观,更没有必要因为科技进步、高附加值产品突飞猛进就以为是"狼来了"。世界上还有大量的低端市场,有庞大的消费群体,仍然能够支撑起我们国内尚未完成转型的中小企业。

因为这条街与中国关系密切,我便愉快地坐在比游览车开得还慢的车上,一边胡思乱想,一边看当地的特色风情。

衣着上,当地人基本上不穿黑衣服,而偏爱色彩鲜艳、反差强烈的衣服,要不就是白色的衣服。尤其是女性,不管是老年、中年还是少年,穿着大红大绿的居多,像一群花蝴蝶飞舞在阳光下的街道上,这可能与肤色有关,鲜亮的颜色才能衬托出头部的存在。

她们不管胖瘦,都喜欢把身体裹得跟粽子似的,尽显凹凸有致的曲线美,当然肥胖显现的是粗线条,纤瘦显现的是细线条。少女大多比较苗条,长腿细腰,袅袅婷婷,不是骨瘦如柴的那种,而是看上去比较匀称。

审美标准也因地而异,没有对错,没有好坏,环肥燕瘦,各有千秋,受人喜欢便是真标准。大部分非洲人以胖为美,跟我们唐朝一样。现在古董专家鉴定石佛雕塑是不是唐代期间的作品,最简单的方法就是看是不是双下巴,脖子上没有三条阴线的一定是赝品。非洲的中年妇女,尤其是身处社会上层的妇女,显得十分丰满,所用的布料目测需要少女的三四倍。据说,有些地方选美,基本标准是臀部能保证放三个易拉罐而不掉下来,在我国能达标的人可能寥寥无几,来这里选美无疑会惨遭淘汰。这样的仪态所占用的空间就比较大,如果在路上行走,后面的行人要超过去,像要超越一辆坦克那样困难重重;而且看着很让人担心,后座宽阔,负担沉重,走路费劲,走着走着不堪重负,一屁股坐地上的可能性严重存在。但是,她们好像并不为此担忧,依然顽强地往前走,每一步都像要坐下来，但每一步都没有坐下来。万事有弊就有利，好处也很明显，她们即使坐下来，估计也柔软舒适，可保尾骨无恙。

看他们的双脚，就能分出是贫穷还是富有，鞋透露了一切。民众穿拖鞋的居多，有些甚至赤脚，这样的人都属于无产阶级，也就是底层民众；如果穿着皮鞋，即使未穿西装打领带，那也一定是口袋里有几个钱的中产阶级，这些人一般走起路来仰着下巴，目不斜视，器宇轩昂，脑袋上也不顶任何东西，但这些人是大街上的少数派。上流社会的人都坐在车里，街上基本看不到。

这里要重点介绍一下塞拉利昂女士们的头发，丝毫不用夸张，这是一道独特的风景线。

男士的头发没有多少观赏价值，发型基本上就两种：一种是葫芦瓢，油光铮亮；另一种像细密的草坪，理发师操作起来也必然简单快捷。如果放在我们军队，军容风纪永远合格。

女士们的头发让人大开眼界。之所以好看，是因为她们编着各式各样的辫子，有蛇样盘踞形的、蚯蚓密集形的、麻花粗壮形的、豆角倒垂形的等等；有粗有细、有长有短、有多有少、有高有低、有黄有黑、有稀有密等等；有俏皮的也有端庄的，有本色的也有染色的，有紧密的也有松散的，花样繁多，不一而足。

为了适应环境，人类的进化真是神奇，这里的人头发跟绒毛似的，自然弯曲，呈螺旋式生长，可以有效抵御强烈的紫外线辐射，但要长出15厘米以上的长度是很困难的事情，要想长出一头直发更是异想天开，他们的头发大部分像佛头上的螺丝髻一样。物以稀为贵，于是，爱美的女士们就像艺术家一样，把脑袋当作创作舞台，丰富的想象力和创造性在这方寸之地纵横驰骋。

不得不佩服这里女性所具有的编织天赋，在她们黑油油的"一亩三分地"上，把头发扎得像菠菜，像油菜，像白菜，像萝卜缨子，像一根藤上倒垂着无数根豆角……菜园子里有的，她们头上都有。你的脑袋顶一朵鸡冠花，她的脑袋就顶两朵喇叭花；你编一头流水，她就织一个喷泉……花园里有的，她们头上都有。还有鱼鳞形、螺丝形、贝壳形、珊瑚形……大海里有的，她们头上都有。反正，她们巧手翻腾，精耕细作，真发不够假发来凑，小小一颗脑袋，巧夺天工，朝气蓬勃，春光无限。

——"和平方舟"号医院船援非纪实

我在车里见到一所学校放学,女学生们三五成群地走在街上,头顶简直就是移动的世界园林博览会,奇花异草,争奇斗艳,雅致活泼,光彩照人,让人叹为观止。有一个女孩最为醒目,扎一根冲天小辫,直立头顶,居然有一尺多高,像一根竖起来的天线,好像在时刻准备接收外星人的信号。

不夸张地说,这里集天下辫子之大成,领人间毛发之风骚,让依靠五颜六色的发卡、皮筋、簪子等装点春光的世界各地女子头发黯然失色。

历史上,塞拉利昂是欧洲奴隶的供应来源地之一。这就难怪了,奴隶受教育程度低,或者说根本受不到教育,没有财产,没有自由,没有话语权,上无片瓦、下无寸土,衣不蔽体,一穷二白,劳动也是为奴隶主创造财富,只有头发才归自己所有,而且,没有任何文化娱乐活动,业余时间摆弄头发,聊以打发时间。

一把头发,能让塞拉利昂女性如此专注并投入巨大的热情,折射出了她们的穷困与无奈,也反映出她们对美好生活有着炽热的向往、期待与追求。

她们心灵手巧,聪慧明敏。如果给她们一束春光,说不定她们就能编织出满园的万紫千红;如果给她们一整个春天,说不定她们能编织出一个全新的世界。

如果给她们一个车间呢?说不定能兴盛一项制造业。

塞拉利昂长期内乱不止,疾病多发,积贫积弱。目前,虽然和平的阳光照耀在这片土地上,但是,人民生活还很贫穷,物资仍很匮乏,经济发展依旧脆弱,还没有足够的资源供她们尽情装点生活。

但我们有理由相信,有这样一群热爱生活的女性,能在头顶完成美好的畅想,其兰心蕙质,必能激发出一个民族自强不息的正能量,激发出男人们巨大的建设美好家园的智慧和勇气。

心有春光,方有头顶生机盎然。

我们有理由相信,塞拉利昂是一朵含苞待放的花,潜力无限,在和平仁爱和奋发自强的阳光下,总有一天会粲然开放,惊艳世界。

因为贫穷,不是双手的过错。

没有什么不可能,因为他们有一双善于创造的巧手。

奔跑吧，兄弟

女人爱头发，男人爱足球。

塞拉利昂黑人兄弟对足球的热爱程度，令人匪夷所思。

在塞拉利昂，民众自发在长长的沙滩上踢足球

我们把轮到外出的人组织起来，去海边游泳，在国内布置任务前，我们就通知大家带上泳衣。

对东方人来说，能够千里迢迢跑到西部非洲，痛快地在大西洋洗个海水澡，晒个非洲沙滩日光浴，附带免费治治皮肤瘙痒，这样的机会十分难得。阳光、海水哪里都一样，情趣与意义却大有不同。

我们在沙滩上可以待 6 个小时。大西洋海水虽然十分清澈，蓝得想喝几口，但不能整日都在水里泡着，在烈日下烤着。因此，有人带了几个足球，不下水时便在沙滩上踢一阵子。

我们在沙滩上踢足球，很快被当地人看见了，好像他们在哪里设置了瞭望哨，消息立即不胫而走，呼呼啦啦地赶过来一大群年轻小伙子，许多人光着上身，穿着五颜六色的花裤衩。

我们很纳闷，这附近没几户人家，这么多人是打哪儿来的？嘿，这些好像突然从地底下冒出来的人，吆喝着冲下沙滩，"哈啰哈啰"几声，就算打招呼了，也不经我们同意，就毫不客气地加入踢球的行列，不知道的人还以为是预先就跟他们约好的。

不请自来，不把自己当外人，有球齐上阵，这也反映出塞拉利昂人奔放率真的性格。

这是"和平方舟"号医院船官兵与塞军官兵在塞军足球场进行的友谊赛

海滩的旁边有一个碎石场，我想这些人可能是从那个工地上赶过来的。我们的车辆路过时，可以看到许多小伙子在用大石头砸小石头，以这种最原始的方式碎石。可以想象，他们要盖座楼、修条路是何等艰难。再看道路两旁，就不再奇怪他们的房子为何都是低矮的平房了。

老外常常惊叹"中国速度"，中国还被冠以"基建狂魔"的名号，在不经意间，一条高速路就通了，一座跨海大桥就架起来了，一座摩天大楼就拔地而起了，一个小岛礁就被填成大岛了……支撑这种速度的是高度现代化的机械。像中国这么大的国家，建那么多的高楼大厦，如果还依靠原始的施工方式，即使搞人海战术，如蚂蚁垒窝、蜜蜂筑巢，哪怕过一百年再看，神州大地也长不出现在这么多高楼大厦。

塞拉利昂国家足球队名不见经传，不好也不差，没啥大牌球星，也没啥难听的丑闻。不像我们的国家队，虽然名扬天下，却是以"烂"出名，战绩方面最突出的表现，是他们似乎要把老子在《道德经》中"不敢为天下先"的训诫贯彻始终。

塞拉利昂人对足球有着无与伦比的热爱，据说饭可以不吃，觉可以不睡，球不能不踢。他们现在放下谋生活计跑来踢球,就意味着没有收入。对于一天的工作只能挣够一天饭钱的人来说,晚上很可能要饿肚皮。吃饭的重要性低于踢球,挨饿就变得无所谓,天空飘来五个字:这都不是事!

爱我所爱,情有独钟,能在足球场上欢快奔跑,就很难愿意在采石场为填饱肚子吃苦耐劳。

这就叫作爱球如命,爱好有时候就是如此不可理喻。

对于足球运动,我无法亲自上场,只能坐在一旁观战。我以前喜欢过足球,也跟许多球迷一样熬夜看世界杯,第二天睁着通红的双眼无精打采地上班。后来中国队如同一摊烂泥,总也糊不上墙,看球赛成为一种折磨,咬牙切齿,怒发冲冠,心率加快,血压升高,甚至无数次产生砸电视机的冲动。幸运的是,在电视机及其他家用物品粉身碎骨之前,我终于如梦初醒、幡然省悟,理智告诉我,要想看到中国队再打进世界杯,而且还能进一两个球,在有生之年是一个非常渺茫的奢望;如果因为熬夜或者生气把自己的身体搞垮了,让生命缩短,这个希望在有生之年则更加渺茫。于是抱着"弃暗投明"的决心,宁可陪老婆看婆婆妈妈、一惊一乍、没完没了的韩剧,也不看坚定不移、矢志不渝、一鼓作气把人们的希望踢成绝望的中国足球。

眼前,沙滩上立即成了黑人兄弟们的天下,可怜我们的几个在场上奔跑的白膀子很快被黑膀子淹没。球技与他们相比也自愧弗如,动作显得生硬笨拙,轻撞一下,别人没怎么的,自己已经摔个四脚朝天。而花裤衩们身体强壮,带球过人时我们的人不敢往上冲,他们要铲球我们只能立即躲开,免得连人带球都被铲上半空。我们踢球的人中间有医生,救死扶伤的经验告诉他们,这时硬生生与这些人对抗,自己很可能会从救人的人秒变成被救的人。

有两个10岁左右的"童鞋",尤其显眼,球技了得,不但动作灵活,有板有眼,而且在大人中间穿插盘带,如入无人之境。小小年纪,胆量和技术都已不输大人,确有不可小觑的绿茵天赋。民间如此,说明足球文化在塞拉利昂相当兴盛,全民热爱。足球项目上,黑人的成就不输白人,比如球王贝利,以及号称"非洲雄狮"的喀麦隆国家足球队。

他们也带来一个半旧的排球,让我大跌眼镜,看来他们平时是拿它当足球踢的。同时,也体会到他们的无奈,由于囊中羞涩,实在买不起足球。每天砸一堆小石子,吃饱饭都困难,买足球绝对是奢侈的行为。即使爱得死去活来,也不能为买一个足球而倾家荡产。

把排球当足球踢,滑稽是滑稽了点,无奈也是无奈了点,但对于清贫的人来说,快乐不是建立在啥都不缺的物质基础上的,就像我们上了年岁的人经历过的那样,小时候沉迷于打乒乓球,买不起球拍,自己依样锯块木板凑合着用,照样玩得不亦乐乎。正因为有此深入草根的乒乓球文化,才有乒乓球成为我们的国球,国乒牢牢占据着世界乒坛霸主地位的非凡成就。

这时,海滩足球场上演了一个小插曲,一位本来坐在树荫下观看的英国女游客,也兴致勃勃地要求下场一起踢球,在得到同意后立即加入战局。看年龄,这位女士也就20多岁,身材苗条,面容姣好,踢起球来动作娴熟,球风凌厉强悍,左冲右突,不输于男子。这也凸显出西方女子的特点,性格奔放,不拘小节,对喜欢的事说干就干,天不怕地不怕,谁说女子不如男!

这让只能坐在椅子上看球的我好生惭愧,我有幸参与足球运动最受重用的一次,是负责在球场外捡球。

我有看球的热情,却无踢球的激情,可能大部分国人与我差不多。

跻身足球强国行列,没有捷径可走,但有密码,这个密码就是足球文化。靠钱供养球员不是文化,引进几个外国球员和教练不是文化,政府在市区建几个足球场不是文化,球迷脸上贴上国旗歇斯底里地呐喊也不是文化,文化的密码在于普及,青少年手中才握着真正的密码源。

韩非子说:"猛将必发于卒伍。"中国足球没有草根性,官方语言叫"群众性",想冲进世界杯夺金摘银,无异于天方夜谭、黄粱美梦。梦醒了,国家队队员还在当世界杯赛的观众。

我们的许多孩子,细皮嫩肉,娇生惯养,胆小怕事,摔个跟斗会号啕大哭,在阳光下多晒一会父母会心疼。父母护犊,情有可原,但不能捧在手里怕摔了,含在嘴里怕化了,扭曲了的爱属于溺爱,任爱河肆意泛滥,将会"溺死"孩子在困难面前独立、坚强和勇敢的品质。

足球除了需要强壮的体格外,还需要坚韧、勇敢、激情、配合和血性。而我们的现状是：足球需要的，都是我们缺少的；球场上需要体现的，正是我们平时忽视的；比赛时需要激发的，都是我们不肯积累的……让被网民叫作"娘炮""小鲜肉""精猪男"的人上足球场拼搏，别丢人了。

我们的教育也出现了一些偏差，老师和家长集体无意识，谆谆教诲孩子学习要有悬梁刺股、凿壁偷光的精神，有几个老师和家长教育孩子要在绿茵场上奋发有为，建功立业？当然，我国刻苦学习的榜样多如牛毛，比比皆是。而足球场上的榜样"前不见古人，后不见来者"，高俅踢的蹴鞠，更像毽子或者藤球，只能"念天地之悠悠，独怆然而涕下"。

看看周末学校的操场，孤独的篮球架，空无一人的草坪；再看看周末的公园和广场，老头老太在起劲地跳舞，偶尔有几个孩子的身影，也是背着书包在去补习班的路上。

孩子如果放下课本，参加户外活动，父母会立即不爽，甚至大惊失色，这还了得，似乎孩子放下的不是课本，而是灿烂的前途和光明的未来。

中国父母总是说不能让孩子"输在起跑线上"，毫无疑问，他们的这条"起跑线"，没画在操场上，而是画在教室里，孩子使尽吃奶的劲奔跑，也只能在教室里兜圈子。

世界上还有哪个小学校园里有我们的小眼镜、小胖墩多？据统计，我国目前有70%的中学生和40%的小学生近视，放眼全球，无一国能及！

在非洲，我没有见到戴眼镜的儿童，也极少见到胖成球的少年。也许有人会说是他们的教育跟不上，是他们营养不良，有这种可能，但我去过欧美，那些发达国家基本也是如此。

我们的孩子课外只有作业，很少有活动。

祖国的花朵在日光灯下成长。

军训时站半小时就有人晕倒，弱不禁风的体质塑造不出顶天立地的男子汉，温室里无微不至的呵护其实是一种摧残。

少时舍不得让其风吹雨打，长大怎能傲雪凌霜！

"望子成龙"无可厚非，"朝为田舍郎，暮登天子堂"，也古已有之。教室能培育出善于考试的尖子生，却淬炼不出阳刚勇猛的气质。

看了一会儿踢球,我还是决定下海游泳。身体浸泡进清澈澄碧的大西洋,舒适惬意。我游出很远,若这里不是河流入海口,海域陌生,担心海流复杂,也不知道是否有鲨鱼正在寻找"点心",我会一口气游得更远。我回头一看,身后无人跟来,上岸一问,原来大部分是"旱鸭子",有几位能扑腾两下子的也是"狗刨",没有受过系统训练,不敢往深水去。游泳这项人生的必备技能,为了读书,为了高分,为了安全,小时候也被父母毫不犹豫地"删除"了。中国式教育,看重脑力开发,多轻视四肢发达。能进入哪个校园就读,远比能在哪片海域游泳重要。

原野辽阔,天空高远,雄鹰在风雨中练翅,燕雀在屋檐下筑窝。

欧洲和非洲足球军团风一般在世界杯球场上刮起,激起全世界球迷山呼海啸般的欢呼,我们的一些家长急忙关掉电视,仿佛来了洪水猛兽,让听话的孩子们继续耗尽童年写作业。

足球这项位于竞技体育金字塔塔尖的运动,中国要打翻身仗,却缺少会打仗的人,只好找几个"游击队员"凑数。

再看看眼前这些黑人孩子,只要给他们一个球,他们就会不知疲倦地奔跑,没有鞋,就光着脚,不在乎场地,不在乎器具,不在乎饥肠辘辘,今天在沙滩上像风一样跑来跑去,明天很可能就在世界的绿茵场上纵横驰骋。

奔跑吧,兄弟。

大西洋上的黑珍珠

到达加蓬,我刚把信息在微信朋友圈发出去,就有损友回复,想象力"富甲天下":加蓬在哪?热成烤鸭了吧?外焦里嫩,给你快递酱料大葱如何?显然,"吃货"的地图里没有加蓬。

有一位比较贴心,服务意识超强:天然"日光浴",每天蒸"桑拿",要搓背吱声。

看来,大家的地理都学得不怎么样。其实,我没有批评朋友的资格,自己的地理也没学好,如果不是这次任务,预先做了些功课,恶补了一些关于非洲的知识，即使手拿放大镜满世界找，恐怕短时间内也难以找到加蓬在非洲的哪个角落里猫着。

10月1日，加蓬利伯维尔奥文多港码头，加仪仗队列队欢迎中国海军"和平方舟"号医院船首次到访

地球上的加蓬，藏在许多人认知的"盲区"里。

加蓬在非洲的确小得不太起眼。一个国家或者一个地方，总是因人出名，或因物出名，或因事出名，若几样都没有，人们就极少关注。加蓬国土面积只有26.8万平方千米，人口不到200万，与我国人口比较密集的一个县级市差不多。我们如果早些年不实行计划生育，勤奋的中国父母响应祖宗"养儿防老""多子多福"的号召，稍不留神，一个县的人口就能PK掉一个国家的人口。

加蓬小巧玲珑，颜值很高，是个好地方，既天生丽质，又物华天宝，完全可以套用咱们歌唱新疆的词语："到处一派好风光。"北部赤道横贯，属热带雨林气候，全年温差不大，平均温度为26摄氏度左右，全年分大雨季、小雨季和大旱季、小旱季四季。而南部属热带草原气候，全年分干湿两季。这样的气候在世界上可被评为宜居国家，常年温暖舒适，草木繁茂，百花盛开，热带水果品种丰富。大雨季降水充沛，植被欣欣向荣。只是大旱季时动物的生活不再惬意，河枯水竭，必须长途迁徙，去别的国家寻找水源。累是累一点，但它们不受国界制约，通行不需护照。

不到非洲，总以为非洲人热得一天到晚都在流汗，脑袋像个烧开的水壶直冒蒸汽，瓦特若是早来非洲可能提前发明蒸汽机；道路能把脚底烫出水泡；池塘里都是开水，打个鸡蛋进去就成了一池蛋花汤；出门恨不得怀里揣上一袋冰块降温。等到身临其境，才颠覆了我之前许多对非洲的想象。非洲西海岸的热，是因为紫外线强，平均气温并不算太高，相当于我们的初夏，只要不在太阳下行走，浩荡的大西洋充当天然空调，源源不断的海风吹在身上还是蛮凉爽、舒服的，且不用交电费。

我们急不可待地要见识一下加蓬这颗大西洋黑珍珠。

司机是军人，负责保安的是警察，荷枪实弹，好像我们不是上街，而是联合国派来去贫民区搞社会调查的要员。其实加蓬比较安全，民众心态平和，犯罪率很低。

加蓬的首都利伯维尔是一个海滨城市，有宽阔的滨海大道，路边椰树婆娑，果树成荫，衬着碧蓝的大西洋，风景如画。道路两旁最值得一看的是成排的火焰木，学名叫"苞萼木"，开的花初看以为是凤凰花，仔细观赏，发现她与凤凰花有明显的区别：火焰木开的花形似郁金香，花冠硕大，花瓣边缘镶嵌着一轮金黄色的花纹，如精美的高脚酒杯，层层叠叠；又美如燃烧的火炬，灿烂绚丽，鲜艳夺目。

雨林看树，热带观花，到了加蓬就什么都看到了。

与在别的非洲国家不同，我们把车在路边停下来，并没有乞讨者蜂拥而上，可怜巴巴地盯着我们，要钱要食物。加蓬的百姓对我们这些东方面孔一点都不好奇，也没人跟我们打招呼，当我们是空气，更没有人兜售土特产；妇女们身上裹着花里胡哨的布料——全世界做工最简单的衣服，头上缠着头巾，耳坠叮当作响，从我们身边走过去，神态安详，目不斜视，对我身边的几个帅哥也是表情淡定，丝毫不感兴趣；孩子们在路边汗流浃背地赤脚踢足球，看都不看我们一眼。

当地民众的神态神色是最生动的人文风景，往往比自然风景更耐看，从中能看出一个国家的格局和隐藏着的文化底蕴。

可别以为非洲国家都很贫穷，加蓬不是，他们住砖房，走柏油路，在非洲算是比较富裕的国家，人均 GDP 是我国的两倍。

不比不知道,一比吓一跳,我们才是穷人。

其实也不是,因为这个数字是人均 GDP,而他们贫富悬殊,两极分化严重,大部分是被平均的穷人。

说来让人难以置信,加蓬曾被法国殖民,利伯维尔也曾经是奴隶交易的中心。黑奴的命运悲惨,成群结队的男女被剥得一丝不挂,像牲口一样被奴隶贩子用水管把身体冲洗干净,一人给一小块白布遮羞,然后被赶进密封的船舱,远

加蓬首都利伯维尔街头

远眺加蓬首都利伯维尔

渡重洋,拉到美洲卖给白人庄园主,成为廉价而又精壮的劳动力。几个月的海上漂泊旅程,成为许多黑奴的不归路,许多人死在闷热的船舱里,然后被抛进海里喂鱼。上亿名黑奴,死在航途上的不计其数,斑斑血泪,罄竹难书。

法国作为加蓬的殖民宗主国,在这片土地上没少作孽,也没少掠夺财富。在我们的观念里,加蓬民众应该痛恨法国人才是,可情况正好相反,他们对法国

充满好感,对法国文化顶礼膜拜,愿意听从法国人的指挥;不仅如此,可能是被法国人吆来喝去惯了,一些加蓬人的言行举止都要学法国人的做派,有点钱的人无论天多热,都会西装革履,出门必以高档车代步,讲流利的法语,用刀叉吃西餐。这些人觉得这样才有派头,才够高贵,才接近于上流社会;如果祖宗留下的皮肤颜色能改,他们一定会毫不犹豫地更换掉,最好脱胎换骨。

这也许是法国的成功之处,在奴役一个国家的同时,也在改变一个国家的文化,除了让其社会面貌、政治形态、经济结构更接近于自己外,就是通过文化的渗透,把奴性输进民众的血液,让其彻底臣服,以至于加蓬在国家独立之后,民众的独立精神依然没有觉醒。与我们的香港,那些打着英国旗帜的"港独"分子不分伯仲。不肖子孙,哪里都有,丢尽祖宗的脸。

利伯维尔市区,造型稀奇古怪的建筑很多,这些"凝固的音乐"姿态各异,说明这座城市非常开放,是建筑师们的试验田,也是外来文化的承载地。这些年,中国人来得多了,也建起了不少中式房屋。因此,走进大街小巷,很容易让人犯迷糊,一会儿像行走在欧洲小城市的街道上,一会儿像置身于中国的乡镇里,一会儿又发现自己经过的是非洲人的门前。

当然,利伯维尔也有大片的破旧小房屋,说明这里的老百姓生活并非无忧无虑,是有钱人的乐园,却不一定是贫穷者的乐土。

西非这个地方,历史上苦难深重,至今残留着很多欧洲的老习惯,并成为一种传统文化保留下来,根深蒂固,积重难返。欧洲人与我们的价值观不一样,他们推崇海盗文化,认为海盗是英雄,战胜者拥有一切,掠夺并非罪孽,也因此逐渐演变成他们融进血液的天性。

历史很有趣,咱们中国人围着国土修筑长城,抵御外敌,把自己圈在里边,觉得这样很安全,从此高枕无忧,像羊群被圈养在栅栏里,把流着哈喇子的狼挡在外面。这是有原因的,古代中国与世界各国比起来,繁华兴盛,富裕殷实,有个外国使节来到杭州,不禁感慨:这里守城门的小官过的日子都比自己的国王幸福!家里金银财宝多了,就担心外人来偷盗抢劫,睡觉都得睁着一只眼睛,最简单的办法是修篱笆筑高墙。难怪我们有一个词叫"鄙夷",原因就是外国人贫穷,要啥没啥,生活困顿,让咱瞧不上眼,受到鄙视。古代西方可没有现在这么牛,广大劳苦大众遍及城乡,家家户户叫花子敲铁锅——穷得叮当响,温饱问题尚未解决,根本用不着修院筑墙;一些胆子大的国家,还怂恿国民出国抢劫,于是就有了海盗,有了袭扰,有了侵略……与绿林好汉冷不丁从斜刺里冲出来,给过路客商的后脑勺来上一闷棍,劫走金银货物没啥区别。

加蓬的美丽和丰饶,自然会引来欧洲人的垂涎和贪婪,后脑勺被敲一闷棍的厄运就在所难免。我看高尔夫运动,拿铁家伙敲小白球的后脑勺,就觉得有沿袭这个传统的嫌疑。

先来到加蓬的是葡萄牙人,他们在海上曾经雄极一时,拥有一大批航海经验丰富的水手。对这些四肢发达而又不安分的人来说,仅仅在家门口的海边捕鱼,显然满足不了他们的胃口,于是扯起大帆,带上刀枪,脚步越走越远,捷足先登,来到了加蓬海岸。15世纪,葡萄牙人觉得卖掉黑人比杀掉黑人更有利可图,便在加蓬开始从事奴隶贩卖活动。

后来,就像非洲大草原上演的动物世界一样,花豹捕获了一只肥硕的羚羊,被狮子发现了,过来争抢,花豹干不过狮子,只好悻悻地离开。葡萄牙人就是那只花豹,打不过更加强悍的法国狮子。法国人有想法、有办法,还有战法,打得葡萄牙人满地找牙。无可奈何,葡萄牙人瘪着嘴巴回国了,把肥肉拱手相让。于是加蓬赚钱的买卖都被法国人垄断,财富的韭菜被割了一茬又一茬,直到1960年加蓬宣布独立。

国家独立,随之而来的应该是文化的独立,这样才能让一个国家的根脉深深地扎入这片泥土,维系成长所需要的各种营养。而我在这里看到,法国文化依然盛行,有本土特色的文化在继续衰落。

本土文化断茬,嫁接的文化也许能开花结果,但不再原汁原味。

这一点,我们历史悠久的中华文明可圈可点。新中国成立后,一直在继承、保持、挖掘、弘扬中国特色传统文化,没有让殖民地半殖民地时期的"西风"继续在祖国大地上肆无忌惮地吹刮。近年来,我们格外重视传统节日,重要节日都会全民放假,当然,最好再多放一些。还有汉语言、书法、古诗词、传统工艺、传统乐器等都得到了前所未有的推崇。

民族要振兴,要屹立于世界之林,首先要"把根留住"。

自然,要发展"上层建筑",必须打牢"经济基础"。

我问开车的军人:"你们这里最有钱的是什么人?"

他说:"法国人。现在你们中国人也很有钱。"

我本意是想问他们本国什么人最有钱,比如政府官员、商人、军人等,这样我就能知道他们的政府是否廉洁,商业是否繁荣,军人地位是否很高,结果答非所问。不过这也让我知道了法国人在这里依然有强大的势力,经营或者垄断着主要的产业。当然我们的中国同胞在这里的生意也做得风生水起。

加蓬的绿水青山,都是金山银山,有的长在地面上,有的埋在地底下。地面上是连绵起伏的森林,地底下蕴藏着矿产资源,有石油、稀有金属和宝石。直到现在,加蓬的经济还是依靠自然资源支撑,基本没有工业,市区里没有高楼大厦,也没有太多的购物中心和宾馆饭馆,说明旅游业和服务业并不发达。

加蓬原始森林入口

不用太费脑子就可以断定,中国人一般涉足的是木材行业,在世界各地提着锋利的斧头到处砍树,把砍下的树做成各种有的美观得要命、有的难看得要死的家具是咱们的强项。但咱们的弱项也很明显,面对矿产与石油这些战略资源,中国的私人老板基本上望而却步,很少涉足,也没有太大的能力涉足。开发经验跟不上,技术实力跟不上,雄厚的先期财力投入达不到,心有余而力不足,想啃骨头但牙口不行。毕竟,开采矿产和石油不像拿把锯子那么容易,开矿需要专家,而伐木依靠经验,脑子里长智慧与手掌上长老茧是两回事。

不可否认,我国尚处于高速发展的初级阶段,而产业升级不是一两天能完成的事,徒步登上珠峰靠体力和意志,而登上月球需要科学和技术。一口吃不成胖子,我们不必着急,发展中国家的一切希望来自不懈的努力,大国成长建立在不断的突破上。

中国改革开放40年,商业版图已扩展到了世界的每一个角落,只有中国才能创造如此神奇的速度。中国人实在太匪夷所思了,就像站在青藏高原上,手使劲一挥,向全世界撒出一张大网,把财富的鱼儿源源不断地拖上岸来,包括木材这条"鱼"。

我们中国人有喜欢使用木质家具的传统,近年来又推崇木结构建筑,古色古香的木屋在乡村遍地开花,有数据显示我国国内木材年需求量达到8亿立方米,而政府吸取了早些年"剃头式"开采导致山体滑坡、灾害频发的教训,正在实施严格的环境保护标准,全面禁止天然林商业采伐。树木成长没有韭菜快,建材厂商吃不饱,只能把目光投向国外,洋为中用,四处"爆买"。只要森林长在地球上,我们就能把它"拖"回中国。

利伯维尔周边,本来被原始森林覆盖,现在那些土生土长的粗壮大树,已经不知去向。实际上它们并没有失踪,绝大部分已经以彻头彻尾中国化的造型和姿态,在东方大国的客厅和卧室安家落户。

也难怪加蓬人民觉得中国人有钱,他们有砍不完的树,中国人也有掏不尽的钱。

依我看,树总有一天会被砍光,开发地面资源是低级能力,开发地下资源是中级能力,开发空中资源才是高级能力,我们应该在加蓬的金融、电力、通信、航空航天等领域有所作为。只有产业升级了,才能深耕非洲,掌握技术行业标准,提升话语权和竞争力。

我们驱车驶向郊区。因为城市能够轻易制造虚假的繁荣,而郊区则能真实地反映一个地方的面貌。

尽管森林已经消失,可郊区依然很美丽,菜园棋布,阡陌纵横,零星的房屋点缀其间,一派田园牧歌式的生态风光。远处绵延的群山莽莽苍苍,白云飘浮在山顶上,在倾泻的阳光下,山峰显得肃穆端庄,能见到山上葳蕤的草木。

田野里还有许多杧果树,一颗颗青中泛黄的杧果垂挂下来,极为诱人。看上去这些果树都是自然生长,毕竟加蓬的杧果树太多了,无人稀罕,也就无人打理。

小村庄没有高楼,都是几间平顶房围个院子,像从地里长出来的一样朴素,不见人进人出,安静得跟没有人住似的。偶尔有只小狗昂首挺胸地从土路上走过来,东瞅瞅西瞅瞅,见到我们这些陌生人便凝视良久,又扭头走开。

一切都很随意,一切都不加修饰,清水出芙蓉,发乎自然、自然而然,天生丽质,充满诗情画意,这才是乡村最美的状态。

这厢有礼

出国访问,失什么都别失礼。

加蓬是西非国家,礼仪很多,使馆提醒我们,在甲板签名处,要摆上香槟和点心,因为政要们在参观结束签完大名后,还要与你举杯庆贺,好像签了一个大工程的合同。

签个名还要碰杯饮酒这种事,是地道的西式礼仪。总的来说,西非国家在外事场合很少循行本土的民族传统礼仪,或者说,本土的礼仪正在不断消失,不像我们在电影里看到的那样:客人造访,村民们要点起熊熊燃烧的篝火,全村男女老幼光着脚丫子,围成一圈,弓着腰身扭着屁股载歌载舞,用木棍把地面杵得咚咚响,最可爱也最重要的一环是,由一名德高望重的老人,用手指蘸上白釉彩,郑重其事地把客人的脸,画成像要前去担负狙击任务的特种兵。

也可能是我们没有到乡村去,现代化的城市与保持着原始状态的乡村,在文明礼仪上有着巨大的差异。我们是在加蓬的首都,乡村的风俗已被城市的习惯取而代之,城市里流行起了殖民统治者留下来的各种行为方式。

摆香槟这种事,一定是法国人留下的名堂。法兰西民族喜好虚张声势,用礼仪造势,或者用礼仪突出自身存在感的手段层出不穷。比如吃个饭,上一道菜换一副刀叉,没有两小时不可能抹嘴走人,繁文缛节尤其多,让人不胜其烦。

真不明白他们为何总是热衷于小题大做,恨不得把上厕所这件事都搞得热烈隆重。这可不是我信口雌黄,300年前路易十四那会儿,法国的上流社会名媛和贵妇们出门,非常讲究排场,带上仆人不够,经常连尿壶都带上,当然她们有着得天独厚的服装优势,裙子像张开的降落伞,在里边放把尿壶别人也难以发现,要"方便"时的确非常方便,她们往地上一蹲,你以为她们在屈膝行礼,实际上是她们办完了一次人类急事,只是不知道响声是如何解决的,那时好像还没有发明出消音器。

一国有一国特有的礼仪与禁忌,无论是外来的还是本土的,是高雅的还是粗陋的,是时尚的还是传统的,是繁复的还是简单的,是礼仪就要遵守,是禁忌就要避免,无论是人际上还是国际上,公共场合还是私下会面,入乡随俗,都是起码的规矩。

莫说法兰西,咱们中国也号称衣冠上国、礼仪之邦。3000年前,周公开天辟地制作《周礼》《礼仪》;到了春秋时期,礼坏乐崩,孔老夫子痛心疾首,"甚矣吾衰也,久矣吾不复梦见周公",他遂耗尽半生心血,做了一辈子勤奋的"礼仪"推销员,留下许多名言,如"不学礼,无以立",又说"人无礼则不生,事无礼则不成,国无礼则不守"。春秋时期最有名的外交家晏子,个子很矮,口才很好,说话更狠,他说:"凡人之所以贵于禽兽者,以有礼也。"这样的人,为了遵礼循仪,楚王让他钻狗洞,他梗着脖子宁死不屈。

平时,我们也处处受礼数的教诲,"出门如见宾,入虚如有人",即使不是"钟鸣鼎食之家,诗书簪缨之所",也十分看重礼,以礼待人,礼尚往来,懂礼貌、知礼数、行礼节。如果孩子被批评"没有礼貌",子不教,父之过,家长会颜面尽失;成年人如果被指责"无礼",说明行为失端,粗鲁无教养,有悖传统美德,不是二愣子就是疯婆子,是一个上不了台面的人,不晓事理,众人远之。

小时候,单是在饭桌上,我的脑袋就没少挨筷子敲打,喝汤不许吸溜、吃饭不许吧唧嘴、夹菜不许搅菜碟、不许把筷子插在米饭里、不许掏鼻孔抠脚丫子……这个"不许"那个"不可",随时随地要接受调教,头皮像鼓面一样经常需要承受突如其来的敲打。也别说,筷子底下出礼数,家规家风就是这么青一块紫一块地给"敲"出来的。

——"和平方舟"号医院船援非纪实

到了国外,我们不知道的民风民俗很多,要了解和学习。如果不懂,莽莽撞撞地乱说乱动,或者过分热情客气,都可能会在不经意中触碰禁忌,冒犯对方的礼数和尊严。虽然误会可以解释,可也会惹对方不高兴,心存芥蒂,外交成果可能因此大打折扣。

外交无小事,头等大事就是重礼尊风。

新华书店目前还没有一本集"世界各国礼仪"之大成的书,供大家买来放在身边参照执行,当然这也可能是我孤陋寡闻。手头没有参考,便到无所不能的网络上寻找帮助,可惜也只有一鳞半爪,还可能不靠谱。

我们出访,在这方面十分注意,经常要求大家无论到哪个国家,都不能说话无所顾忌、行为肆无忌惮,而是要谦逊礼貌、热情友好,给人留下文明之师的印象。其实,这样的教育不过是个提醒,和平方舟上的船员年年出国访问,都是小兵"老外交",知礼节懂规矩,什么能说什么不能说、什么能做什么不能做,心里一清二楚;医生、护士虽然双脚踩在国外土地上的机会不多,出访的经验不足,可在学校受教育时间长,学而优则"医",知书通理,人情练达,习惯三思而后行,让他们破坏外事纪律,不可能。

当然,不能麻痹大意,毕竟是与外国人打交道,很多时候还是与外国的政要和军队打交道,言行失范会引起误解或尴尬甚至不必要的纠纷。

更要警惕那些鼻子超常灵敏的西方媒体记者,虽然满面笑容,见到你大老远嘴里就嚷嚷着什么"鼓捣猫呢""鼓捣衣服呢",见到什么都称赞"OK",可心理上却一点都不"OK",反过来希望时刻用笔"KO"(打倒)你。他们审视我们的眼睛瞪得比铜铃还大,抱着职业性的"唯恐天下不乱"的心态,鸡蛋里挑骨头,如果誉满全球的和平方舟能闹几出"国际笑话",这是他们求之不得、再"OK"不过的事情,一定会逮住机会大肆炒作,毕竟中国军队的"代表队"能够出丑,是多么开心的一件事,可以立即成为他们幸福生活的重要组成部分,还能让平时装得非常严肃的西方政治人物笑逐颜开。

不过直到如今,和平方舟都让他们大失所望,鸡蛋里确实找不到骨头,他们也不好意思明目张胆地把和平方舟的白色船体说成黑色船体。我可以负责任地说,他们绝不是那种会轻易被挫折打败的人,仍会毫不气馁、不屈不挠、持之以恒地顽强寻找和平方舟的毛病。

因此，兹事体大，每到访一个国家，我们都要提前了解该国的历史人文、自然面貌和风俗习惯，这是必修课，一般都是在靠港前一天，由航海长介绍进港航道、靠泊码头等情况时，附带介绍到访国的国家历史、形势、礼仪等。航海长不是外交官，也不是"全球通"，他的资料是从网上下载的，准确不准确，实用不实用，有什么没有什么，取决于网络文章的权威性和可信度。目前看来，大体还是准确的，还没有出现荒腔走板、信口胡言的情况，说明网络也不尽是胡说八道。

最普及、最简单的礼仪是握手，放之四海而皆准，不用考虑对方是男人还是女人，是总统还是平民，伸出手去都没错；就算是战场上打得你死我活的敌人，在谈判前也会各怀鬼胎地先握手。据说"握手"就是这么来的，让对方看清自己手里没有武器。握手不必顾忌，除了要顾及对方的手劲。对此我深有体会，曾毫无防备地被人友好且兴高采烈地捏痛过好几次，后来痛定思痛，下功夫暗练握力，也故意友好且兴高采烈地捏痛过别人好几次。

比之西方人上来动不动就拥抱，网友称之为"熊抱"，在咱们"男女授受不亲"的国度是不多见的。咱们前辈，大老远地作揖鞠躬，特定情况下还要倾下玉山叩个头，比如晚辈给长辈拜年，把脑袋往地上撞得咚咚响，以脑门上鼓出的红包来换取"红包"。我小时候就由此懂得赚钱不易，有付出才会有回报的道理，挣的一分一毛都是血汗钱。现在过于烦琐，或者过于让人遭罪的礼数已经不时兴了，大多以客气话代替，即使是狐朋狗友见面，也不忘打招呼，北京人说"早上好"、上海人说"侬白日上哪捣糨糊呢"、四川人说"狗×的好久不见"等等，粗糙的亲热，温暖的废话，也是一种话到礼到。

我最怵的是见面亲脸颊，可人家非要亲咱也不好拒绝。亲吻礼西方特有，殖民时期传播到非洲。有一次在塞拉利昂，一名黑人老兄表示热情和感谢，一下子就把他似乎长期都过于节约用水的脸贴过来，我不得不把腮帮子迎上去，偏偏他留着大胡子，钢针似的刺得我的脸一阵难受，让我懊悔不已。如果知道有这一出，早上就不刮胡子了，本人的头发长相虚弱，但胡子长得强壮，让其适当行使一下必要的自卫权还是绰绰有余的。

还好，互亲腮帮子这一礼节不常发生。礼仪有教，害人之心不可有，因此我照常每天早上刮胡子。

　　遇到重要的场合,需要注意的重要细节,使馆也会提前告知我们。今天我们去拜会总统,大使就提醒说,在接受总统赠送的礼品时,要用右手,加蓬人的手是有严格分工的,拿洁物用右手,拿脏物、上厕所用左手;交谈时不要涉及历史、政治与宗教,多夸夸他们优美的自然环境;进屋不要戴帽子和墨镜,也不要掏出手机拍照。

　　就这些? 大使说就这些。我想这好办,自己不是左撇子,接受礼物时会习惯性地伸出右手,肯定用不着左手,只要礼物不太大或者不太重,经验告诉我,这种担心纯属多余;上厕所就无所谓了,反正他们看不见我使用的是左手还是右手,只要不跟他们"并肩作战"就成;对加蓬的历史、政治与宗教基本没有研究,让我敞开说都说不上几句,而对他们的自然环境已有初步的认识,使劲夸不成问题;帽子、墨镜和手机不带便是,让它们在宿舍休息吧。

　　我总觉得有点怪怪的,仔细一想,不让谈历史、政治和宗教,可能是这些涉及他们的民族感情,里边有其难言之隐,敏感的地方往往有伤疤,一戳就痛。那就不戳。

　　涉及民族尊严,与其说是礼数,不如说是原则,而原则必须无条件遵守。

　　加蓬总统邦戈是一个精力充沛、幽默健谈的人,对我们的到来非常热情,这里不作详述。他最后跟我们说,他都想把我们与船统统留下来,不让我们走;又转过头跟国防部部长艾蒂安说,他要亲自到和平方舟上去参观,要给11名来访的中国官兵授予荣誉勋章。

　　一国总统要亲自给我们的官兵授勋,这是我们出访以来所接受的最高礼遇,没有比这份礼物含金量更重的了。授予勋章,代表着他们对中国海军提供人道主义医疗服务的充分肯定、赞扬与感谢!

　　国家礼仪与民间礼仪,分量不同,含义不同。同样都是礼,前一种是政治荣誉,后一种是习俗尊重;前一种体现赞赏,后一种体现友谊。

　　讲礼的人,品格大多高尚,因为他知道逾矩有害。

　　明礼的国家,比较好打交道,因为他们知道感谢我们的付出与贡献,感激我们的雪中送炭,以奖赏回馈,这样的国家是有国格的。

10月7日,加蓬总统邦戈兴致勃勃地参观中国海军"和平方舟"号医院船

10月7日,加蓬总统邦戈在中国海军"和平方舟"号医院船飞行甲板接受媒体采访

对于我们和平方舟的官兵来说,获国家特别施礼,意味着一切辛苦的付出都有了意义,能如此,已知足。

嘉许与赞赏,对我们的医生来说并不新鲜,他们平时没少接受患者"妙手回春""华佗再世"之类的锦旗,如果都挂出来,办公室可能要变成锦旗展览馆,但

172 / 非舟
——"和平方舟"号医院船援非纪实

加蓬国防部10月6日举行了隆重授勋仪式，向在中加交流合作中做出杰出贡献的11名官兵授予荣誉勋章

10月7日，在中国海军"和平方舟"号医院船，加蓬总统邦戈亲切接见获得加蓬国家荣誉勋章的11名官兵并合影留念

是这种别在胸口的勋章，是一屋子锦旗都换不来的。

所有勋章和荣誉，都是在向爱心行礼，给美德敬礼。

佳节"喜相逢"

所有节日都是一种文化推广，也包括政治气氛浓厚的国庆节。节日是水，放假是锅,各种活动是火,真正被烧沸腾起来的是文化。当人们觉得这水解渴,或者润嗓泽心时,就是文化产生了影响力。

时间凑巧,今年的国庆和中秋仅相差 4 天,恰好重叠在一个假期里,被称作"喜相逢"。这两个日子对中国人来说都十分重要,自然要隆重庆祝。

我们在甲板上搞了一次"庆国庆暨中秋联欢晚会",官兵们自导自演,发挥出惊人的创作天赋,把海上生活中的点点滴滴,编排成妙趣横生的节目。虽然节目欢快,气氛热烈,但主题还是很严肃的。

月朗星稀,大西洋的海浪轻拍船舷。

国万里,家万里,但都装在心里。

你欢乐,我欢乐,欢乐的节日里同欢乐。

我国驻加蓬使馆特别举办了一次国庆招待会,邀请我们 150 名官兵参加,也邀请了加蓬的军政要员,地点在使馆内,十分隆重。

"和平方舟"号医院船上,官兵特意制作蛋糕为祖国庆生

使馆的房子一般都不雄伟,但都很精致,当然不是钱的问题。虽然使馆在国际法上享有一些"视同"派遣国领土的权利,但毕竟还是驻在国的领土,不能搞"我的地盘我做主",不能像土豪那样拉开架势大兴土木,浪费显然没有必要。路上,我也看到别的国家使馆建筑,尤其是美国和日本的,与他们比,我们的使馆建筑别致精巧、大方体面,五星红旗醒目地飘扬。

——"和平方舟"号医院船援非纪实

"和平方舟"号医院船全体人员在"喜迎十九大,砥砺再前行"庆国庆暨中秋文艺晚会上合唱《歌唱祖国》

胡长春大使春风满面,说今天是个好日子。国庆自不必说,举国欢庆,使馆也不例外;还有这么多解放军官兵到使馆做客,是第一次,也是国家走向强盛的象征。

我们走出国门的脚印就是国家的脚印。

招待会在国歌声中开始。主人用心良苦,食物丰盛,其中有好几道我们爱吃的中国特色菜。这个着实不易,非洲人的房屋基本没有烟囱,厨房里的锅碗瓢盆少得可怜,不像咱们那般齐全,各种烹饪工具琳琅满目,应有尽有。非洲人简单,什么食材都以烧烤,要不就生吞活剥。使馆人员编制少,平日就十几个人,厨师尚可应付,现在一下子来了这么多人,缺人手是肯定的。不过,这个可以解决,无非就是使馆上下男女老少齐上阵,临时借用几名华人厨师也不是难事。我担心的是他们锅不够,大锅更是无处找寻,想不出他们是用什么办法解决这个问题的。我没有问,只管放开肚子招呼,吃得饱也吃得好。

相当于一个步兵营的兵力"开"进使馆,不大的馆区内人头攒动,自然没有那么大的场地容纳我们坐着聚餐。因此,屋子里摆一张主桌,院子里摆几张散桌,大部分人站着就餐。其实这样更好,站在院子里,能享受习习凉风;远处,浩渺的大西洋闪烁着点点渔火。

我曾在太平洋上度过过国庆,这次是在大西洋,下一个愿望是,能到北冰洋

"和平方舟"号医院船医护人员在"喜迎十九大，砥砺再前行"横幅上签名

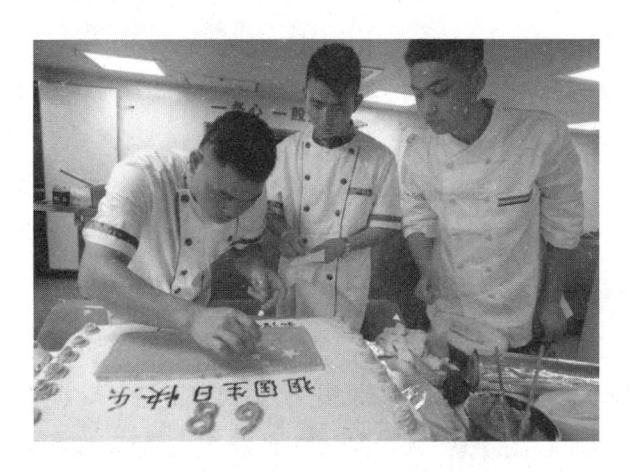

"和平方舟"号医院船炊事员为祖国68周岁生日制作蛋糕

过一个国庆，这个愿望不知今后能否实现。

招待会结束，回到船上，我余兴未消，情感难抑，涂鸦一首，调寄《青玉案》：

西洋难感秋露寒。情若长，嫌梦短。碧波重叠海天宽。鸿雁音断，桅高云卷，丝路殷勤探。

笑语盈门庆华诞，深肤异众客满船。国旗映月狮龙欢，火树银花，彩衣

——"和平方舟"号医院船援非纪实

箫管，歌舞动霄汉。

　　加蓬的华人华侨很是热情，为了欢迎我们的到来，华人华侨协会也特地举办了一个招待会，邀我们参加。
　　冒着大雨，我们驱车来到一家华人俱乐部。
　　走进晚会大厅，一股中国风、中国味、中国情扑面而来，舞台正中的背景墙缤纷灿烂，图案为五星红旗、天安门、华表、圆月、飞天，"花好月圆夜，盛世中国梦"两行大字道出了晚会的主题。能容纳300多人的大厅也是中国装饰，中国结、红灯笼、青花瓷……你很难想象自己此刻是置身于西部非洲的加蓬，加上周围全部是热情洋溢的中国面孔，让人"梦里不知身是客"。
　　最亮眼的是一条巨大的横幅，"庆中秋军民联欢晚会"几个字鲜艳夺目。
　　我为这个名字叫好。我出访过十多个国家，当地华人华侨都会组织宴请，大部分只打出条"欢迎××"之类的横幅，叫"冷餐会"或者"招待会"，没有直接叫"军民联欢晚会"的。这说明加蓬的华人华侨没有把我们当外人，也没有把自己当外人，在一起就像在国内一样，演绎"军民鱼水情"，让人亲切感油然而生，更是别有一番自豪感在心头！
　　节目很多，质量也不错，看得出协会动了许多心思，使出了浑身解数，挖掘了所有能挖掘的文艺力量。演员们也很努力，如果不是有点紧张，演得会更好。中间出现了一点小小的花絮，音响好像入乡随俗，干活不太给力，闹了好几次"罢工"，但都被主持人风趣地化解了。主持人说，在非洲不能太挑剔，也不能太苛求，出点小问题很正常，也表明我们的文化装备与当地的基础设施建设是同步的，还处于发展的初级阶段。
　　我们也贡献了几个节目，既然是联欢，就要互相融入，合作演出，才能皆大欢喜。
　　他们很客气地问我能不能一展歌喉。我当然婉言谢绝了，我一贯缺少文艺细胞，唱歌跑调，能跑多远就跑多远，出动警犬都很难找回来。因此，这样的场合最适合老老实实地当观众。
　　心里却没闲着，琢磨出一首诗：

漂洋过海赴使命,中秋月向涛头明。
行舟不辞天涯远,悬壶当念海角近。
梦里桂花仍醉客,海阔云低泪沾襟。
儿女铁肩担国事,万家忧乐付琴心。

可怜的"信号"

非洲朋友的生活和工作节奏,比我们要慢半拍,好像他们每天都度日如年,即使火烧屁股了,也会是一副不慌不忙、处变不惊的淡定的样子。时间这条湍急的河流,仿佛奔腾到非洲大地,流速一下子变缓,而且缓得让人觉得停滞不前,或者干脆打起旋涡。跟他们急,噘嘴翻白眼拍桌子都是徒劳,除非你想让自己生一肚子气。

非洲人的慢性子,全世界都在忍受,忍无可忍也要忍。因为这是他们历史悠久的节奏和习惯,较真是不明智的。有一样东西同样慢条斯理——手机信号,也是懒洋洋慢腾腾的,仿佛始终处于半睡眠状态,不肯完全清醒过来,即使手机打出几个呵欠来也不要奇怪。譬如,发一张图片需要考验耐心,点击"发送"后就是漫长的等待,屏幕上的圆圈常常驴拉磨似的转了半天,好不容易等它停下来,刚想松一口气,却告诉你"发送失败",让人差点一口气背过去。

所有的漫游都是"慢游"。

于是让人感叹,在非洲没什么要找的,不需要找亲戚,不需要找战友,不需要找同乡,不需要找美食,不需要找奢侈品,唯一要找的是手机信号,也经常似有似无,"千呼万唤始出来,犹抱琵琶半遮面"。

找呀找呀找信号,铁杆下面,空旷之地,我把手机高高举过头顶,功夫不负有心人,终于找到一个龟速前进的信号。

黑角是刚果(布)的大都市,商业中枢,经济中心,网络信号应该是全国最强的,可最强也只是虚弱的2G。我们把磁卡摁进卡槽时,便觉得世界不但停止了前进的脚步,还完成了一次时空穿越,回到了 2G 时代。我想,如果去信号更弱的郊区,会不会再完成一次穿越,回到石器时代?手里拿着 4G 手机的我们,在这里显得太超前了,好比一列火车被牛拉着。

刚果(布)黑角郊区

弱就弱一点吧,总比没有强,虽然硕果仅存的信号有时候还神出鬼没,捕捉信号像猎人在茫茫雪原上追击一闪而过的野兔。能见到手机屏幕上方可怜巴巴地竖起两根杠杠,像早上刚长出来的"胡楂",就已经不错了。

在国内,犄角旮旯里都是满格信号,像一个班的战士由矮到高笔直地挺立着,雄赳赳、气昂昂、英姿飒爽。如果不是手机屏幕的上方已经碰头,仿佛还要像小白杨一样继续向上生长。生在信息时代是多么幸福的一件事情。

可这是非洲,这片土地长什么植物都快,就是信号长不快,充足的阳光和丰沛的雨水也别指望能让信号这小豆芽能长成参天大树。起码现在不行,在科技领域冲锋在前的华为、小米、中兴等公司,带着颠覆性技术,还在进军非洲的路上。

说起来都不可思议,非洲有些地方用手机还要自备天线,就像当年我军到敌后侦察时,战士的身上要背个无线通信发射机。他们也这样,身上背着天线,成为小型流动通信站,搞得打个电话、下载个歌曲什么的像从事侦察工作一样。

这种情况下,让我们的许多人不敢由着性子打电话。因为国际漫游费贵得离谱,既不发扬"友谊无国界"的精神,也不具备"天涯若比邻"的胸怀,还经常莫名其妙地突然无疾而终,似乎半道上不知道被哪阵风刮走了,或者路过印度洋上空时被"海盗"劫持了,10分钟的通话要花掉20分钟,让人无比痛心地体会什么叫"时间就是金钱"。

我们船上这些在国内习惯煲电话粥的女护士,没法不气急败坏:刚与家人接通,叫了声"妈妈",10元钱进去了;问了声"饭吃了吗",20元钱进去了;无奈憋了一肚子贴心话只拣最重要的说,一说都是钱。而分秒必"挣"的当地电信部门一定兴高采烈,"电话一响,黄金万两"。我知道电信公司一直在想方设法提升服务质量,以提高用户满意度,经常以电话咨询或者建立意见簿的形式征求用户的宝贵意见。我有一条好建议,如果不想找气受,就不要把这样的电话打给身在海外的我们;也不要送意见簿,我们每天都能写满一本。

其实,这也不能怪电信部门,原因还是咱们头顶"巡天遥看十万里"的"北斗",数量还偏少,功能不够强大,而GPS的租金是非常"帝国主义"的。

每到一站,我们都托使馆人员办当地手机卡。在靠岸前把办卡的数量和充值额度电告使馆,工作人员便提前办好,等我们靠岸后送到船上。非洲的手机可能还没发展到小卡口,需要动手把它剪小才能塞进去。好不容易将剪得毛毛糙糙的卡片勉强摁进槽里,还得经过许多设置才能接上信号,豆芽菜般蹦出来的一串串法文看着头都大了一圈,只能请翻译帮着搞定。

法文还好说,如果是葡萄牙语就"瞎"了,懂的人太少,在船上相当稀有。到办卡的时候,几个懂点葡语的人成了"香饽饽",被大家团团围住,成为做好事的"活雷锋"。这也说明生活处处需要人才,而人才的最高境界是,别人会时我也会,别人不会时就我会!

还好,电信部门没有用佶屈聱牙的当地语指导如何激活手机,否则人人都抓瞎,连这点小事都搞不定,担心自己的生活还能否自理。

我问一位给我们做义务导游的华人志愿者小李,这里的信号都这么不给力吗?

他说,对啊,公司租房子都要找信号相对强一点的地方,否则与国内总部联系会很麻烦。

我问,有急事联系不上,那不要命吗?

他说,习惯就好了,反正大家一起慢。

刚果(布)黑角街头

我们习惯将交通闭塞的地方称作"偏僻"的地方。现在是网络时代,网络是与外界、市场连接的"高速公路",信息网络覆盖不到的地方,同样可称作是"偏僻"的地方。联络不畅或者不通,发展显然会受到严重掣肘。在我们把世界叫作"地球村"的今天,刚果(布)人的世界里,地球还是地球,村还是村。

老实说,虽然打个电话要不断提醒自己这是非洲,全世界最贫穷国家的集中地,但我们可以抱怨不可以蔑视。现在的一些非洲国家与我们的发展相差几十年,也就是说,与40年前的中国差不多。那时候,我们的通信也落后,老外到北京想打个越洋电话,也是叫天天不应、叫地地不灵,急得在大街小巷四处乱窜。当然,那时候没有手机,出门就相当于"失踪",如果家里突然来个客人,要想把上街的大人找回来,难如大海捞针。

农村更甚,通信方式基本靠吼,往往只有公社才有一部被摇得吱吱响的电话,劲使大一点电话就有被摇散架的可能。老百姓没有特殊情况也不用,因为没地方打,需要打的地方也没电话。

没电话就不方便。我小时候腿脚麻利,经常被支使着去传口信,像个小小交通员。有一次去给5千米外的亲戚传话,可满头大汗跑到亲戚家里,却忘了要传什么，没有完成任务。当然，没电话也有没电话的好处。一次，我妈让我哥给我的班主任传话，说我在家贪玩，不肯学习，要好好敲打教育，揍一顿都成。我哥和我一样，脑子不是很聪明，可能是我们家兄妹5人，是父母于8年内短期制造出来、萝卜快了不洗泥的缘故；但这一次因为手足情深，血浓于水，怕我罚站或者发生更严重的后果，更大的可能性是要玩都是跟他一起玩，担心自己有遭受牵连的风险，激发出了他偷梁换柱的聪明才智，私自更改传话内容，把情况反过来向老师汇报了，说我在家学习认真，要给予表扬鼓励；老师很高兴，奖给我一朵小红花，并留下了我热爱学习的良好印象，使我至今好生惭愧。现在的学生就可怜多了，没有这种空子可钻，老师和家长在微信里实现了监管无盲区。

一些非洲国家的原始部落，至今还不通电、不通路、不通自来水，处于相对的与世隔绝状态，当然也沿袭着古老的通信方式，在森林的树上刻记号，在草原上摆石头。这里边原因很多，有些是地理原因，有些是制度原因，有些是观念原因，有些是公帑原因……无论何种原因，通信是现代社会的标志，落后限制了一个国家和地区的发展，非洲若不迎头赶上就会被先进发达国家抛得越来越远，差距越拉越大。

落后遇见善良，会得到同情和帮助；如果碰到野蛮与野心，那就是杀戮、征服和剥削。比如，别人都用火炮火枪了，我们还在用弓箭大刀，1860年僧格林沁率近3万蒙古铁骑，在北京八里桥与英法联军8000余人拼死一战，虽然僧部个个骁勇凶猛，可结果依然是人家毫发未伤，自己全军覆没。落后必定挨打，羸弱必遭爆头，历史以前这样告诉我们，现在也一样，统治并非仅仅存在于公权力，通信领域失守，丢掉的可能不只是金钱。

互联网的大潮已经席卷大地，人类社会已经进入信息化时代。我们的许多农村地区，都已"线上"卖土特产，农民开始用长满老茧的双手点击鼠标做生意，电子商务构建起了覆盖全国并向海外拓展的巨大商业市场。

越是欠发达的地方越有商机。据统计，我国在过去的17年里向非洲投资了1360亿美元；而据麦肯锡咨询公司说，目前有超过1万家中国企业在非洲运营，其中90%是私营企业。这也说明我国对非洲经济的参与程度已经很深，而且不再限于基础设施项目，还包括高科技项目。我们走在一些非洲国家的大街上,能够看到华为等公司的广告,说明他们已经敲开了非洲的大门。

渠道一旦挖通,水流就会奔涌而来。

我们的企业都单纯,在商言商,在商是商,不做在商非商的龌龊勾当。非洲的朋友现在越来越清楚,中国人会带来钱,更会带来希望。不像欧美人,还把自己当"救世主",他们来非洲,口袋里的钱不一定有,但脾气一定有,张口就是一大堆莫名其妙、横挑鼻子竖挑眼的厉声指责。虚张声势的背后,说不定还隐藏着不可告人的目的。

谁都不愿受窝囊气,国与国之间,没有谁是孙子,谁是爷爷。非洲各国一对比,发现还是中国讲公平、讲诚信、讲道义,受过压榨的人也不忍心压榨别人,是可以平起平坐打交道的朋友,援助慷慨大方,不夹带私心,不附加任何条件,特别是政治条件。当然,既然是互利共赢,我们也从这里拿走些东西,但送给他们的更多,都是他们紧缺和急需的物资。现在不兴讲"伟大的国际主义精神",话可以不讲,但其实我们做的事情就是在弘扬这种精神。

习主席提出"人类命运共同体",让非洲朋友耳目一新又深以为然,爆棚的掌声代表由衷的赞许,习主席的话说到他们心里去了。

非洲大地的信号,会由弱变强,国家也是。有中国人参与建设,一切都会改变,一切都刚刚开始,一切都充满希望。

不是中国人能耐大,而是中国人情意真。

靠港罗安达

罗安达的天空,蓝得深邃,真漂亮,真迷人,真喜欢,她属于罗安达。

今天是党的十九大召开的第二日,即10月19日,党代表们在人民大会堂共商国是,举国欢庆,万众瞩目。

北京的天空经常参加大事要事的"旁听",时间长了就似有灵性,每逢盛事,便会碧空如洗。今天,遇上如此国之大事,代表们要研究和决定国家未来的发展方向,天空一定更加给力,天遂人愿,吉祥如意。

我们收看不到大会的盛况,也听不到代表们发言的声音,唯有送上一份心

2017年10月18日,执行"和谐使命—2017"任务的中国海军"和平方舟"号医院船在南大西洋举行重温入党誓词仪式,庆祝党的十九大胜利召开

意,和平方舟披着"热烈庆祝党的十九大胜利召开"的巨大横幅,于上午12时,缓缓地靠上安哥拉首都罗安达的港口。

这是中国海军有史以来第二艘靠上安哥拉码头的舰艇。

第二艘,说明我们不是"拓荒者",是踏着前面舰艇的足迹而来的。承前启后,后面依旧会有舰艇悬挂着鲜艳的五星红旗,踏着我们的足迹,把结实粗长的缆绳抛上罗安达码头,这一点毫无疑问。把陌生的变成熟悉,让外人成为朋友,让彼岸不再遥远,是我们的重要任务。

如果按照原计划,医院船也按老规矩,上午10时靠码头。但是,安哥拉人民的耐心是无限的,我们把时间当作金钱一样宝贵,"一寸光阴一寸金",他们却视这种"金钱"如粪土,不做时间的奴隶,而要做时间的主人。我们的船要进港了,他们却漫不经心地通知我们:延迟靠码头。至于延迟到什么时候,他们笑声很爽朗,回答很肯定,不知道。

询问驻安使馆武官才得知,计划靠泊的码头,一艘万吨巨轮还在不紧不慢地装货,要等他们装完货物,腾出泊位后我们才能靠上去。这就像我们住宾馆登记好了,准备进房间时却发现前面的客人还赖在床上睡觉,最闹心的是服务员还觉得没啥大不了,不愿意叫醒他。

好在不是战争年代,不需要他们送十万火急的"鸡毛信"。

生活中,不守时的人比较讨人嫌,有多种形式可以表达对这种行为不满:若是朋友熟人,骂两句解气,要更解气就罚一顿四川火锅,掏腰包为饶恕埋单;若是相亲,事情就严重了,可以直接将对方淘汰出局,不做下回分解,屡教不改的人,成为光棍儿或者剩女的可能性严重存在。可对此时的我们来说,出访不是来相亲,访问的对方也不熟,再说他们也不是存心放我们"鸽子"的,火锅吃不上,约会还得继续,还不能表现出不耐烦,恼羞成怒更要不得,只能乖乖地忍耐,把一肚子不舒服慢慢消化掉。

与安方无线电通话,他们跟没事人一样,语气像老朋友那般亲切,不含一点内疚的意思,当然更别指望他们会道歉。他们压根没有将此当回事,我们其实也明白,非洲朋友从来不会为让你等几个小时而心怀愧疚。怪只怪咱们太准时,不知道这里的人民所说的 10 点,可能是 11 点或者 12 点或者更晚,但绝对不是天文时间 10 点。

于是我们只能在航道上等待,这一等就是 2 个小时。谢天谢地,没有让我们一等三千年。我们总是担心被时间遗忘,现在在非洲,还是让我们忘掉时间吧。

这可苦了在码头上欢迎的 600 多名华人华侨,他们在太阳下面被晒得红光满面,笑意和汗水纵横在脸上。他们不在意,远道而来的和平方舟驶进了他们的心海。身在海外的华人华侨有同一种感受,经常接待从空中飞来的客人,不稀罕,难激动,而从海上来的太少,特别是代表国力强大和国家尊严的军舰与军人,这让他们万分自豪。

他们的热情比气温还高涨。当然,他们更懂安哥拉人民的生活习惯,晚到 2 个小时的事实,基本在他们能承受的心理范围之内。在见到我们列队站坡的身姿之后,他们仍然激动万分,唱着《歌唱祖国》,喊着"热烈欢迎",使劲挥舞着超大的国旗。码头上巨龙翻腾,彩旗招展,一片喜气洋洋,海鸥在空中盘旋,连黑乎乎的系缆索都似乎被热情的气氛所感染。

锣鼓和旗帜需要准备,而爱国热情是不需要准备的,全都储存在心里。这

10月19日，在安哥拉罗安达港码头，安方举行隆重仪式欢迎中国海军"和平方舟"号医院船首次到访。图为当地民众舞动"中国龙"

样的场面最适合把满腹爱国热情尽情宣泄，让人周身热血奔涌。

华人华侨们扶老携幼上船来，年长者出国时间也长，从心里牵挂祖国，来看看祖国的军舰对他们来说是一种莫大的心灵慰藉。一位80多岁的老人伏下身子不停地亲吻甲板，老泪纵横。人群中最小的还被父母抱在怀里，瞪着圆圆的大眼睛不知道大人们在高兴什么，但父母有心，在孩子这么小的时候拍一张与祖国军舰的合影照，是照耀孩子童年最可珍惜的一缕阳光，是孩子一生的记忆。对于已经懂事的孩子，能参与如此隆重的欢迎仪式，无疑在他们幼小的心灵里播下了一颗爱国的种子。

这是一幅最美最动人的爱国风景。

驻安哥拉使馆提前做了很多工作，码头上用集装箱隔出了一个相对独立的区域，还搭起了三个漂亮的白色遮阳棚。这在我们看来是很简单的事，但在非洲的土地上，搭个棚子也是比较费劲的。

安方海军司令部通信局局长塞马斯蒂奥少将等军方领导，率领着军乐队和仪仗队在码头迎接。

隆重的欢迎仪式，让我们不但看到了中国人在当地的存在，还有国家的存在,以及国家影响力的存在。这些的背后,一定站立着成百上千家风生水起的公司、企业、商店、宾馆……还有公路、铁路、各式各样的高楼大厦等。走在外交红地毯上的,是国家的实力。

罗安达离中国太远了,来这里做生意、生活在几十年前是不可想象的。那时,没有中国企业在此安家,也少有中国人在此落脚。

美国麦肯锡今年的一份调查报告显示:"一带一路"倡议为数以百万计的非洲劳动者创造了就业机会,许多非洲国家也借此实现了前所未有的发展。美国智库难得说了一句公道话。中国的投资为非洲乃至全世界的经济发展奠定了基础,这是不争的事实,习惯胡说八道的一些欧美国家机构和媒体,也没办法睁眼说瞎话。

中国人走进非洲,伸出的是一双互利合作共赢的温暖之手。

确实,和平方舟外访,基本上没有受到欧美的大舌头政客们的无端攻击,也没有被那些刁钻挑剔的媒体恶意挑刺。不是他们不想找我们的毛病,而是他们在闪耀着人道主义光芒的和平方舟上,实在找不出毛病。除非他们逆民意而凭空捏造,可这样需要承担冒天下之大不韪的后果,而且会让人看到他们斯文扫地。

这也体现了我们在外国的土地上,在别人的眼皮底下,书写好中国故事是何等不容易。

每一次踏上外国陌生的土地,我都会在心里说:我们来了。

虽然有点晚,但也不算迟。

和平方舟是中国海军的友谊播种机,说小点是为百姓祛疾疗伤,说大点是中国对国际发展理念的一种探索和实践,是对国际大家庭合作交流的一次友好运作。

中国的一举一动,越来越被世界所关注,赞赏的人有,挑刺的人也有。在国际舞台的聚光灯下,我们是讲中国故事的人,我们也是中国故事里的主人。

来了当然还要回去,可留下的友谊不会消失。和平方舟的故事没有结尾,正如她的旅程没有终点。

草蛇灰线,伏脉千里。

莎士比亚说:凡是过去,皆为序章。

山顶上的军事博物馆

如果走马观花,进入西非国家,总觉得很少有地方可去。虽然处处绿水青山,但名胜古迹等人文景观总体稀缺。

这一点,与国内大相径庭,我们哪个县城,甚至哪个乡镇,都有好山好水好风光,更别提百年古树、千年古庙,根本无须高德地图和导游,闭着眼睛顺道"盲游",都能遇到让你流连忘返的别致人文或者美丽风景。

这与文化的蕴蓄、传承有关。咱们祖先,勤劳智慧,诗书传家、农商承业、匠器立世,走一步看三步,总琢磨着让自己多承担一些责任,给后人留下点什么,即使不能建千秋功业,也留下些许功德。因此,做事思虑长远,精益求精,追求完美。单是建筑就成派系,更有雕刻、制砖、家具、园林、瓷器、刺绣等手工艺创造,无不凝聚着劳动人民的智慧。而非洲国家虽然历史悠久,但在器艺的创造力方面,显然被我们甩出好几条街。他们的茅草屋、土棚子,遮风挡雨尚且困难,供人游览更是差强人意,能成遗迹,却成不了古迹。

悲催的窘境,与他们的历史不无关系,财富刚创造出来,便落进白人的腰包里。而白人拿了钱,并不取之于斯、用之于斯,而是建设自己的美丽乡村去了。今天的欧洲有多么奢华,黑人奴隶就付出了多少血泪。而生活在鞭子和枪口下的奴隶,一穷二白,衣不蔽体,三餐不饱,胃囊一天到晚空空如也,生命朝不保夕,行动不能自主,哪里还有钱和精力建设自己的家园?

安哥拉是个富庶之地,自然条件好得没有话说,海里蕴藏着石油,可开采储量超过130亿桶;地底下的矿产资源也极为丰富,有铁、锰、铀、锌、黄金、钻石等,如果交了好运,一铲子下去就能挖出颗钻石。据说,有个中国人就走过运,一铲子下去挖出来的不是1颗,而是20多颗钻石,一阵狂喜让他差点儿晕倒在地。他站起身后,世界就多站起了一个富翁,那把铲子被他系上红绸一直摆在办公室里,像菩萨一样供奉着。对他来说,这哪里是一把铲子,简直是阿里巴巴打开财富大门的咒语。

安哥拉的地表也是一派锦绣山川,土地肥沃,林木绵延,盛产乌木、非洲白

——"和平方舟"号医院船援非纪实

檀木、紫檀木、桃花心木等，本来绿水青山就是金山银山，可有时美丽也会带来灾难，就像漂亮姑娘若是生在强盗横行的乱世，漂亮就成了灾难。安哥拉就是这样，被葡萄牙殖民了500多年，他们创造了一项不想创造的世界纪录，成为全世界被殖民时间最长的国家，没有之一。

独立战争打得很艰苦，最终安哥拉人民从血泊中站起身来。

我们要去的就是纪念他们独立战争的军事博物馆。

安哥拉军事博物馆内的雕塑和植物

博物馆的前身是一座城堡，叫圣米格尔古堡，也是罗安达开埠建城的标志。城堡下面有一座码头，当年用来贩卖黑奴。可以想象，曾有成千上万的黑奴在这里被捆绑着赶进船舱，赶进更加黑暗的生活。现在，苦难已成追忆，她鲜亮壮美地雄踞于悬崖之上，人们站在她的肩头，可以远眺总统府，也可以俯瞰罗安达海滨大道，还可以观赏罗安达湾海天一色的景致。

把首都地势最高、景致最好、视野最宽阔的地方改建成军事博物馆，这让我对安哥拉政府肃然起敬，这才真的是"赓续传统，不忘初心"。他们清楚，对于一个从血与火中站立起来的民族来说，什么最值得留存，什么功勋最值得铭记，什么精神财富永远最为宝贵！

作为军人，我们必然要向为民族独立而战的先驱致敬。

博物馆还在扩建之中，拓宽的路面上，水泥地砖还白生生的，尚没有被人们

从安哥拉军事博物馆的城堡上俯瞰

的皮鞋磨光滑。路边的泥土里还没来得及长出草来,金黄地裸露在阳光下。五角星形的大门两旁,反映战争场景的彩绘,釉彩新鲜明艳,看上去也是刚创作完成。

　　进了大门,一个足球场般大小的院子里,左侧陈列着反殖民武装斗争时期用过的飞机、坦克、大炮、枪支等,在我们看来,都是老掉牙的武器,许多还是二战时的装备。右侧矗立着一根巨大无朋、高耸入云的旗杆,抬头看,大旗杆上的国旗也是大得天下无匹,风卷旗帜,哗哗作响,成为十分独特的一景。

　　国旗象征国家的尊严。让一面如此巨大的国旗飘扬在罗安达湾最醒目的高地上,我想,除了能让海上的航船远远看见、让前来博物馆参观的人敬礼外,还体现了安哥拉政府微妙的心理:我现在已经是一个独立的国家,我是一个有尊严的民族,我们的人民站立起来了,当家做主,需要全世界尊重!

　　被殖民得太久了,祖祖辈辈匍匐在白人脚下当奴隶,财富被掠夺,自尊被打击,自信被磨灭,身上印满鞭痕,低声下气中生长出来的自卑心理根深蒂固,现在终于有了出头之日,自尊心必然如日中天,敏感且强大,必须处处体现,而且不容任何侵犯和伤害。

　　其实,我们新中国成立之初也这样,生怕别人说我们穷,有灾有难自己忍着,坚决拒绝国际援助,瘦骨坚硬。国家如此,个体也一样,比如,前些年的"土豪"们,喜欢让手指粗的金项链像蛇一样盘踞在脖子上,晃得别人的眼睛直冒金星。这不是单纯的装饰,实际上是穷久了,也穷怕了,为的就是炫富,潜台词是告诉大家:我有钱,谁都休想看不起我!

让我想起热衷于语不惊人死不休的特朗普的一句奇葩名言:"我有钱,我很有钱,我真的很有钱!"

安哥拉解放纪念馆

进入博物馆内院,几尊铜像惹人注目,是葡萄牙殖民时期铸造的葡萄牙国王、总督和著名诗人卡蒙斯等人的塑像,放在这里可能是为了展示胜利者的骄傲与荣耀,也可能仅仅是出于对文化艺术精品的尊重。不管怎么说,可以看出,安哥拉人对葡萄牙的历史文化有着一颗包容心。

院内的中心地段建着一所黄色大平房,内部又分里外两室,外部是环形联廊,中心部分是大厅,中间陈列着许多展柜,里边摆放着火枪、弓箭、长矛、腰刀等比较原始的武器,旁边的说明都是弯弯曲曲蝌蚪似的葡萄牙文,我没看,因为看不懂。大厅四周极有特色，贴满了菲斯兰瓷板画，阵容浩大，其画工的细腻与精致，与我们的景德镇瓷板画有得一比，内容完整地描述了罗安达城的发展史，我也权当连环画看。

大厅还有许多门，随便哪道门都能进入院子，我在院子里误闯误撞，竟然走进一个小教堂，神坛上供奉着三个人物，中间一个还手拿武器，不知道是什么神，我从没见过，不认识。壁上还有一位象牙雕的人物我认识，是挂在十字架上的耶稣，人物的形体比例掌握得非常到位，神态也是栩栩如生。

军事博物馆里专设一个教堂？让我颇费思量，总觉得哪里不对劲，信徒的心思不好猜，最好不要乱猜！

院子四周是城墙，在朝着海边方向的一面，每一个垛口都安放着一尊大炮，基本上都由葡萄牙人铸造，这不用猜，因为炮身上铸有葡萄牙王室的徽记。从垛口望过去是大海，确实是地势优越，居高临下，易守难攻，如有外军侵犯，能轻易地将海边登陆点化作一片火海。

博物馆是历史的记忆，也是历史的"活化石"，可参观的人并不多，可能是还没有完全建成的缘故。但我还注意到，作为军事博物馆，它的主题不够鲜明，反映反殖民武装斗争壮丽篇章的实物还不够丰富，也没有看到内战的激烈状况，似乎缺少了一些教育意义。

顺便说一句，我们用军官证进馆不用买票。

哇，猴面包树

一路走来，有幸在几个非洲国家看到许多独有且珍贵的植物，比如非洲乌木、非洲紫檀、金合欢等。其实，我心里最想看的是大名鼎鼎且神奇非凡的猴面包树，以前只见过图片，感到长相好奇特，像一个大腹便便的巨人，威猛地站在非洲大草原上，似乎树林中就它伙食好，胖得没有朋友。

有句话叫作"踏破铁鞋无觅处，得来全不费功夫"。

在去木雕市场的路上，我们与猴面包树不期而遇。市场在较远的郊外，我们的车子出了市区，发现道路两旁的田野上，三三两两的长着此树，一棵棵体型

安哥拉猴面包树

粗壮,既高大又威武,让人一眼就能认出来。

可算是漂洋过海来看你!

我们惊喜异常,相约从市场回来,就专门去看这种植物界的"肥佬"。本地司机很爽快,答应我们找一个能近距离观赏的地方,因为这里的路边都拉上了铁丝网,私人的土地不能擅自闯入。

莫急,先说说木雕市场。

与其他国家的木雕市场大同小异,铺位上摆得密密麻麻,铺位下塞得密密麻麻,雕的都是些少女、猩猩、大象、羚羊、狮子之类,鲜有别出心裁的造型。材质也大多以次充好,别听他们嘴上信誓旦旦地保证材料绝对是乌木,实际都是鱼目混珠,用杂木冒充乌木。他们的作假手法如出一辙,都是在加工的时候刷上一层黑色涂料,乌黑锃亮,让人看不出木头本来的纹理,掂掂重量倒是蛮压手的,如果用水一泡,便原形毕露,木头白了,自己的手倒形同乌木。真正的乌木在非洲越来越稀少,已经严禁砍伐。

我们来的这个市场，也叫象牙市场，以前专营象牙交易，现在禁止象牙交易之后改做木雕交易。当然，禁是很难禁绝的，只是从地面转入地下。小商贩们见到我们到来，纷纷凑上前，眼珠子不停地扫描周围情况，像地下工作者接头，表情神秘，用生硬的汉语悄悄耳语："象牙要吗？便宜。"说罢把手里的塑料袋打开让我们看，都是手镯、项链等象牙饰件。我们抱歉地摇头往前走，他们锲而不舍："都是真象牙。"他们不知道我们的法律，正因为是真的我们才真的不能买。

失望写在他们的脸上。一名中国中年人器宇轩昂地走过来，不是我们船上的人，模样像个不知道在什么行业、什么地方、用什么方式发了点小财的老板，后面跟着一名荷枪实弹的黑人保镖，手指搭在扳机上，寸步不离。商贩们立即围上去，他瞟了一眼这些做工粗糙的饰件，脸上一点表情都没有，昂着头一溜烟走了。几个欧美人逛过来，小商贩们看到却跟没看到一样，可能知道这些白人不买此类东西，没有一人凑上去悄悄"接头"。

象牙是好东西，对大象来说是好东西，而对人类来说是贵重的装饰品，其他好在什么地方，或者说有什么实际功用我不知道。大象食草，而食草动物大都生性温顺，但它们因体型庞大，力大无穷，成年之后一根鼻子横扫千军，一只脚能把虎豹踩成肉酱，在动物界的"江湖"里一直傲视群雄，谁都惹不起，让食肉的猛兽不到万不得已，都敬而远之。大象虽然是很聪明的动物，但几千年来在与人类的战斗中，却屡战屡败，体力毕竟不是战场上取胜的决定因素。尤其是与擅长挖陷阱、埋铁夹、施暗箭的中国猎人对抗，大象的智力明显处于下风，可以说一点取胜的机会都没有，因此，它们痛定思痛，知耻而后怵，亚洲大象很久不敢踏入中国境内半步了。此前，同伴们血的教训告诉它们，中国的国境线不可逾越，如果头脑发热，会像侵略者一样有去无回，即使拖着半条命回去，也定被做了"牙科手术"。不过，近年来又有象群大摇大摆地造访云南、广西一带，它们好像知道中国出台了新法规，偷猎者再象口拔牙，就要被抓去吃牢饭了。

在我国，象牙是珍宝、是奢侈品，历来受到皇家、贵胄、富绅的追捧。只要是好东西就没有不喜欢的乾隆皇帝，对象牙情有独钟。读过一本史书，清朝号称第一进贡大户的两广总督李侍尧，一次就给爱玩的"陛下"进贡了象牙朝珠50盘、象牙扳指50个，博得龙颜大悦，深受宠幸。后来，李侍臣因贪渎被查将斩，行将人头落地时,乾隆知"牙"图报,把"斩立决"改成候斩,不久再网开一面,特赦免死;再后来,更让李死囚东山再起,任闽浙总督;李侍臣最后因平定台湾林爽文起义有功,图像被悬挂于紫光阁,位列前二十功臣之中。

市场旁边,还有一个油画市场,风景画、人物画、抽象画……大小不一、五颜六色的画作摆得有一个足球场大,看上去蔚为壮观。我担心,如果这时候突降倾盆大雨,卖画的人该怎么收场?那无异于祸从天降,损失肯定是惨重的,血本无归也说不定。好在现在烈日当空,天上云彩寥寥,没有要下雨的迹象,我又担心太阳会把油彩晒化了。

我想挑一两幅画回去,支持一下安哥拉的艺术家,尽一点绵薄之力。很可惜,看了半天没有一幅能让我眼前一亮的,只好对一直跟在我屁股后面心怀无限希望的卖家,表示遗憾。

不是我舍不得买,而是我对画作比较挑剔,知道画家与画匠的差别,隔着一颗灵魂。

时间不早了,我们准备登车去看猴面包树。这时,停车场上停下一辆大巴,车上跳下来一群中学生,十二三岁的样子,青春洋溢,朝气蓬勃。出乎我们的意料,这些学生看到我们,不知怎么回事,身体好像突然通了电,瞬间热情迸发,尖叫着跳起当地的舞蹈,认真而且卖力,吓我们一跳,如同不经意中偶遇"快闪"。这些学生边唱边跳,扭腰摆臀,激情澎湃,还非要拉着我们加入他们的行列。我们不能拒绝这些异国孩子的热情,也随着他们的节奏、学习他们的动作,跟着手忙脚乱地左扭右摆,我感觉自己像极了一只笨拙的企鹅。非洲人热情大方,而且在舞蹈上天赋异禀,学生娃的即兴表演,美得让人无话可说!我们觉得应该及时与这些学生告别,不能再继续为难自己的老胳膊老腿,但是,我们不走他们就停不下来,唯一的办法是赶快离开,相当于给他们拔掉电源。

我们确实为他们高兴,国家被殖民了500多年,现在解放了,已经没有任何手铐和脚镣,可以捆住他们的手脚。

学生们是来参观的,旁边的小山坡上建有一个小型纪念馆,里边展示着奴隶遭受酷刑并被贩卖的实物和场景,件件触目惊心。一拨又一拨学生带着小笔记本,认真地摘抄上面的文字介绍。可能他们和我们的学生一样,回去要写作文。

安哥拉政府非常重视爱国主义教育,这一点在非洲国家不多见,甚至比起我们都有过之无不及。在其他有教育意义的景点,比如总统府、独立广场等,我们都看到了成群结队的学生,在老师的带领下有组织地参观见学。一个有远见的政府,就必须让下一代记住国家和民族的伤痛,记住被殖民的苦难,记住战争的残酷,记住前辈的浴血奋战,记住独立的不易,从而热爱自己历尽沧桑的祖国。

回来的路上,我们终于看到了心仪已久的猴面包树。

司机熟门熟路,把我们拉到一处旷野,这里的确是近距离接触猴面包树的好地方,而且树的数量较多,像同类生命集中生息的部落。

地面是特意平整出来的,可以停车,也可以让游客只管抬头看树,不必留心脚下是否高低不平。从被踩得十分结实的地面以及纵横交错的车轮印迹看,来此观赏的人为数不少。但他们没有用围墙拦起来,更没有卖门票,非洲朋友比较厚道,鲜有对自然资源的过度开发。

猴面包树的树身粗壮,如欲丈量,需要几个人合抱,类似我们一些乡村村口的千年古樟,腰身横向发达得疑似畸形。其实,猴面包树的粗腰,就像一个巨大的贮水罐,据说一棵能储存几千千克水。它与樟树另一相似之处,也是"长寿树",在非洲的恶劣环境中,树龄竟有四五千年,让咱们的"南山不老松"相形见绌。

水是生命之源,猴面包树天生一整套不可思议的完善吸水、贮水、供水系统。院子里如果有这么一棵树,是不是就可以不用打井了?往树身上嵌个龙头,一拧就有自来水流出来?洗澡洗衣服都不成问题,我这样想。

就像胖子不容易显高,猴面包树看上去也不是很高,但其实并不是,猴面包树树梢离地面有二三十米,枝干倒不甚茂密,树叶也显得疏散,没有浓荫如盖的感觉。它属于大型落叶乔木,叶子宽大但比较稀疏,什么时候长叶、什么时候落叶,也是保护自己的必要措施,非洲天气炎热,虽然猴面包树是热带植物,但也要消耗大量的水分。尤其到了旱季,经常几个月天上不掉一粒雨滴,大地干得冒烟,为了减少水分蒸发,聪明非凡的猴面包树快速掉叶,节省水分"开支"。

——"和平方舟"号医院船援非纪实

物竞天择,适者生存,是达尔文进化论的核心,揭示了自然界生物进化的一般规律。由此看来,猴面包树是植物界适者生存的典型代表。

长寿说到底还是一种生存技能。长颈鹿长寿,为啥热不死也饿不死?就因为它在进化的过程中抻长了脖子,不但能吃到地上的草,在草都被吃光的时候,它还能吃到树上的叶。我听 CCTV 播的《动物世界》里这么说过。

猴面包树的果实很诱人,像青灰色的"法棍面包",一个个倒垂在枝头,随风摇摆。这种果实,除了含有大量的水分外,还营养丰富,维生素 C 的含量据说是柑橘的好几倍,可以生吃。我当然没吃过,不像非洲的猴子有此口福,它们非常喜欢这种美味的超级水果,既解渴还能提高身体免疫力。猴子是灵长类动物,森林里最精明的家伙,它们在树林里跳来跳去漫山遍野找食物,喜欢吃的东西一定是此地最好吃的东西。猴面包树由此得名。

我们看得入迷,不停地拍照。这时突然传来一阵曼妙的歌声,我像听西方歌剧一样,听不懂唱的是什么,只觉得音韵悠长舒缓,音质十分优美动听,很有专业的味道。循声望去,一位黑人女子站在不远处的一棵猴面包树下,姣好的面容、苗条的身材,裹着色彩艳丽的布裙,正在独自忘情地歌唱,还随着歌曲的节奏不停地舞蹈,她的旁边除了一个三四岁的小男孩在独自玩耍外,别无他人。我想,她大概是带着孩子来此游玩,面对广阔的田野,心情愉悦,便引吭高歌,自娱自乐。

仿佛天籁,无疑给我们的游玩增添了不少的快乐,此树、此人、此音、此景……一幅图画,赏心而悦目,让人沉浸和陶醉。

我们给她鼓掌,她却停止了唱歌,带点羞涩地朝我们挥了挥手,便领着孩子离开了。我们因为打扰到她而感到歉疚。可当我们登车准备走时,耳边又传来了她的歌声,还看到她站在另一棵猴面包树下朝我们挥手道别。

岁月的况味,有舞蹈便添了生动的灵性,有歌声便有长久的回甘。

第六章　友谊之树常青

晕船的滋味

"和平方舟"号医院船在大风浪中航渡

总有人问我:你晕船吗?

他们可能觉得我当了快一辈子海军了,一定很厉害,要么像电影里的英模人物,大风大浪里锻炼成长,高大伟岸,像挺立在波涛中的灯塔;要么跟高尔基笔下的海燕似的,希望"暴风雨来得更猛烈些吧"!很遗憾,我必须老老实实地承认自己晕船,一点都不希望在出海时倒霉地遇上猛烈的暴风雨。我在屋檐下待的时间,比在甲板上待的时间久得多,因此一直没能成为"海燕"。

这让他们很失望,我也一样,对自己很失望。

——"和平方舟"号医院船援非纪实

我第一次出海就晕得七荤八素,发现世界上比数理化更让我晕头转向的,是海浪。

有人说,没有天生不晕船的人,在浪涛中"风雨不动安如山"的"神人",都是后天挺过来的。

能体会到晕船的万分痛苦,才能发现不晕船的万分幸福。

今天,我们为了躲避大风浪,把船开得飞快,大约有 18 节,相当于 32 千米/小时。这速度,会让飞机看不起,你这是蜗牛爬行;也会让快艇不屑一顾,你这是龟速前进!可和平方舟的设计速度本来就不是为了在海上狂飙,而是为了医生能够在平稳的状态下做手术,以免在切阑尾时,船一晃,把膀胱给割下来。因此,它不像战斗舰艇那样,需要身手敏捷、左冲右突,行如猛虎,动如脱兔,海军术语叫"高速机动",说白了,就是有时候需要高速突击,有时候也需要高速撤离,速度与胜负、生命都关系密切。而医院船涂着红十字,按"国际法"规定,交战双方不可攻击,也就不必与炮弹导弹争分夺秒。

现在我们铆足劲与风浪赛跑,而风浪不受"国际法"约束,追击我们毫无顾忌,把和平方舟掀翻了它也不会受到国际社会的严厉谴责,倒是能满足美国政客的心中希望。可我们还是慢了一步,被它的"先头部队"追上,船剧烈摇晃起来,我放在橱柜里的瓶瓶罐罐已经发出叮叮咣咣的声响,并像被魔术师支配着一样自动地移来移去。船体扭动,吱嘎作响,令人惊心动魄。

下午还好,海面扬起的浪花,目测有 3 米。对抗这么高的浪我不在话下,最多感觉脑袋稍微有点沉,不影响吃饭看书,如果上甲板跑步,姿势会比较奇特,看上去像是在以扭秧歌的方式前进。这种状况下,船上有些人会吃不消,那些风平浪静时谈笑风生的家伙,这会儿声道都调到了静音状态,可能已在二层甲板的休息区表现出生无可恋的表情。

晚上在饭堂吃饭的人数骤减,在预料之中。没想到的是,打饭的人中间居然有"晕船女王"胡冕,不过看她铁青的脸色就知道,她是坚持着来吃点东西的。其实,抗晕船最好的药是意志和精神,最好的方法是吃不下也要吃,吃了吐,吐了再吃,老水兵都是这样从"旱鸭子"被锻炼成"海燕"的。

突然一个侧浪打过来,桌子上的调味品全哗啦啦地滑到地上,有人的餐盘也摔到地上了,惊叫声一片。

有关医学研究机构曾研制出抗晕船的药品,据说有些效果,副作用是吃了它让人昏昏欲睡。我怀疑是给坐邮轮的旅客研发的,如果让出海执行任务的官兵吃了会怎样?打起仗来先睡倒一片,醒来不是在龙宫做客,就是全当了俘虏。

晕船的滋味极其难受,我体会颇深,几十年过去了,还记忆犹新。我新兵时在潜艇当报务兵,每次出海都要经历晕船"三阶段":第一阶段是脸色发青冒虚汗,浑身乏力;第二阶段是胃部痉挛,不停地打嗝,似乎脑浆都随着潜艇的晃动在晃荡;第三阶段是开始恶心,感觉胃像荡秋千似的一下一下荡到喉咙口,终于食物不可遏制地喷薄而出,吐完食物吐苦水,吐完苦水吐血水,趴在垃圾桶上起不来,难受到怀疑人生。

有一次我晕船,瘫坐在舱内地板上,一只老鼠也晕得跑出来,在我眼前晃晃悠悠"打醉拳",我迷迷糊糊地看着它,它也迷迷糊糊地看着我,我没打算除掉这个平时讨厌的小东西,同是天涯沦落人,"相逢何必弄死谁"!人在晕船时好像容易慈悲为怀,其实是我当时手无缚"鼠"之力。

我们艇的厨师是个山东人,却是小个子,排队都站在队尾。他的眼睛大大的,像卡通漫画里的人物。有一次台风刚过,海面上浪很大,这是圆柱形潜艇最难对付的大浪,潜艇像根木棍一样被推来搡去,左右摇晃达20多度。他晕得爬不起来,不给我们做饭。平时很和气的艇长这时很生气,"卡通人物"知道后果很严重,但他又实在是四肢无力,就说出了一句后来流传在潜艇部队晕船界的名言:"艇长,你枪毙我吧,我不想做饭,也不想活了!"艇长拿厌掉的"卡通人物"没办法,只能让大家吃罐头。其实我觉得这时的卡通人物特别可爱,他不做饭我就可以不用吃饭,免得被班长逼着一把鼻涕一把泪地往下咽。可班长满腹牢骚,他不晕船,而且越晃他吃得越多,好像胃总也填不满,看他吃饭吧唧嘴的样子,太过可恶,我想如果自己此刻还有力气,必定照他圆滚滚的屁股上狠踹一脚。

晕船对某些特定的人是极其可怕的。我有个同年兵战友是天津人,如果全支队评选"晕船之星",非他莫属。晕船给他造成了极大的心理创伤,阴影面积无穷大。潜艇兵不出海时都住在岸上,通知第二天出海,他晚上睡觉就开始紧张恐惧,躺在床上,脸色苍白,如末日来临。更邪乎的是他还跟晕船一样呕吐,折腾得天翻地覆,我半夜爬起来给他送开水拿脸盆递毛巾。潜艇兵出不了海,等于当兵扛不起枪,他被调整到警卫连站岗。有几次我们经过岗哨,他老远见到我们就躲起来,穿海魂衫的人出不了海,是件很丢人的事。

讲晕船的经历,讲晕船的故事,每个海军官兵都能讲三天三夜。战胜晕船这一关,是水兵上舰的第一道门槛。

晕船不晕船,对军队能否打胜仗十分重要。我喜欢翻历史旧账。一代枭雄曹操,何等雄才大略,80万虎狼之师列阵长江赤壁,就是因为苦于手下官兵多为北方人,不谙水性,晕船会让战斗力大减,才听从了庞统别有用心的连环计,把船用铁索拴绑在一起,提高船体稳定性,结果被诸葛亮与周瑜这两个一辈子都在战场上寻找对手破绽的人,利用了这个机会,一把火烧了个精光。后来苏东坡夜游古战场时,幸灾乐祸地吟诗:樯橹灰飞烟灭。在赤壁对酒当歌、意气风发的曹操,本来对征讨江东志在必得,却为了克服官兵的晕船问题而功败垂成,如丧家之犬,落荒而逃,"铜雀春深锁二乔"的美梦破灭。

各国海军都为官兵克服晕船想尽办法。据说美军在二战时经研究发现,晕船是因为人的脑后有一根平衡神经在作怪。专家们顿时脑洞大开,把这根神经挑断不就行了?事情原来这么简单!美国人的特点是敢想更敢干,干对干错,先干了再说!他们选了一艘舰的官兵做试验,手术简单,不过举手之劳,效果还出奇地好,官兵出海遇到再大的风浪也没感觉了,战斗力大大提升。专家们欢欣鼓舞,觉得这是一次伟大的实验,一次伟大的突破,美国海军从此将天下无敌,还把这项实验当作绝密档案封存起来,生怕被其他国家的海军知晓,效仿了去。可是,官兵们回到岸上,聪明绝顶的专家们发现,官兵们都是歪着脑袋、斜着身体走路,进门能撞在门框上,立正都像稍息,站在操场上一个个东倒西歪,别提什么军人姿态了。专家们知道自己制造了一批残疾人,叹了一口气,宣布试验失败。

事实是否如此,我没有考证,当笑话听也行,说明晕船是各国海军都迫切希望攻克的难题。

闲话休提,回到我们和平方舟上来。晚上风浪加大,浪高5米,打开船身两侧的减摇鳍也无济于事,仍然左右摇晃得厉害,悬挂在船艏的铁锚砸在船体上哐哐响。我与于大鹏副指挥员等几个人一起打扑克,企图转移注意力,老是想着晕船会更晕,总是觉得难受会更难受。可没坚持多大一会儿,汗水已从脸上往下淌,也接二连三地开始打嗝,我感到大事不妙,"第三阶段"很快要到了,马上就要"一吐为快",于是扔下牌赶紧跑,回到住舱就躺在床上。我骂自己真是没用,至今抗不住 5 米浪,就像护士晕血、杀猪人怕刀,都不好意思跟别人说。躺在床上,天旋地转,汗水已把衣服都湿透了,竟然比我跑步半小时出的汗还要多,不知道是不是能治感冒。

我这时候特别羡慕那些不晕船的人,比如于大鹏,照吃照喝,跟没事人似的。他此时正哼着小曲从我房间门口经过,把我气得七窍生烟,把他揪住暴揍一顿的心都有。

躺了半个多小时,舒服了许多。别人怎么样了?特别是那些闻浪色变的医生、护士。这些白衣天使,在病房里飘进飘出是使命,在风浪里漂来漂去可会要他们的半条命。我得惦记着他们,不能因为自己晕船就扔下他们不管了。

船上有个"避风港",我将其戏称为"晕船者避难所",是底舱的咖啡厅,那里是全船最稳的地方,就像不倒翁的支点,上面无论怎么晃,那里都能保持纹丝不动。我下去推门一看,好家伙,早已人满为患。几个晕船最厉害的人,也在高谈阔论摆"龙门阵",看上去活蹦乱跳、不亦乐乎,他们以这种方式等待船早一点驶出风浪区。

我与他们交流晕船感受。有的说晕船比晕车难受,更没有盼头,因为晕车可以把车停下来,下车吹一吹风,眺望一下远方,等人舒服一点再走;可晕船不行,总不能让船停下来,也不能到甲板上吹风,否则不是被风刮走,就是被浪卷走,而且这风刮起来好像没完没了,不知道什么时候停止。有的说晕船比醉酒还难受,醉酒醉的是神经,只觉得天旋地转,控制不住自己,不影响大着舌头说豪言壮语,把胸脯拍得咚咚响;而晕船像是脑袋受到拳击,还被人抓住拼命摇晃,这种痛苦无以名状,恨不得给自己注射一针麻醉剂。还有人说晕船时那种绝望,让世间任何美好的东西都失去了诱惑力,品尝过晕船的滋味,才知道吃过的任何苦头都没有晕船苦……

也有人说晕船时要保持乐观的心态,否则心理容易受到创伤。有人建议风浪大的时候伙房能多做几种稀饭,让大家多少吃下一点。还有人提议咖啡厅不但要通宵开放,还要免费提供咖啡,这样会让晕船的人感受到组织的温暖,提高抵抗风浪的信心……

看来大家对晕船已经颇有体会,不过,听着听着我拔腿走了,不知道他们还能提出多少建议,我不能提供咖啡,能提供的只有比咖啡还苦的天气预报:大风浪还在后面。

夜泊马普托湾

在马普托湾看日落

一路狂奔的和平方舟慢慢减速,进入狭水道部署。

在狭窄的航道里穿行,就像车辆从高速路下来,收起速度与激情,慢慢拐进了一条狭窄的山路。

山路不好走,一不小心可能掉下悬崖,把人生摔到终点。

狭水道也不好走,一不小心可能撞礁,可能与过往的船擦碰,可能让船搁浅,与上岸的鱼没什么区别。

这时候驾驶室里的当值官兵不但要瞪大眼睛,还要竖起耳朵,专心致志地听从船长的指挥口令,谨慎操作,偏离航道的危险有可能是致命的。当然,船长和航海长早就把这里的风向、流速、航道等情况了解清楚并研究过,以多快的速度航行、如何处置所出现的情况等等也都做了周密的预案和部署。

但大海航行从来不能抱有万无一失的心理,而是要抱着一失万无的态度,提高防止百密一疏的警惕性。气象预报、海图这些东西是航行安全的重要保障,但不是绝对保障,就像不要以为你的手机下载了地图软件,就可以走遍世界都不怕了,粗心会铸成大错,万一手机没电了,死机了,信号消失了,系统出毛病了,地图出错了,那就玩完了。

我曾登上美国的"里根号"航母参观,舰长指着驾驶室的电子航海仪器说:"我从来不相信这些硬邦邦的玩意儿,它一旦出故障就是一堆废铁。我要求自己的手下必须手工标绘,人是最可靠的。"不得不说这舰长的脑子十分明智。我当时想,若美军的舰长都这么明智,对世界和平来说真不是什么福音。

电脑经常犯错误,过分相信电脑很可能会导致灾难。美国人最早鼓捣出电脑,在这方面体会也最深。比如,1979年某天半夜,北美防空司令部的一名值班军官突然发现,监视器上有200多枚苏联洲际弹道导弹正苍蝇般飞往美国,立即大惊失色,幸亏经过工程师检查,发现是电脑出错了,让众人长舒了一口气。此后不到一年的某一天,计算机又显示有数千枚苏联导弹飞向美国,这还得了,司令部迅速上报给白宫和五角大楼,时任国家安全顾问的布热津斯基脑袋里装满了敌人,对动武充满强烈的兴趣和向往,正要建议反击,万幸的是,在最后一刻被告知,是一个芯片误发了警报。全世界出了一身冷汗,核战争一触即发,万能的电脑差点儿毁灭了朗朗乾坤、芸芸众生。可见,人类生病不可怕,电脑生病可能贻害无穷,造成万劫不复的世界性灾难都未可知。

"小心驶得万年船",这句先辈从行船上总结出来的人生定律,说明航道上埋伏着许多凶险,认为有电脑就可以高枕无忧,不是幼稚就是愚蠢,麻痹大意不只有麻烦,还要出人命的。

"老船长"于大鹏这种时候会戴着一副墨镜,在驾驶室的高脚椅子上坐着,呼呼地喝水,晒得跟墨镜颜色几无差别的脸上一点表情都没有,像驾驶室里的所有人都欠着他一屁股债。船长郭保丰每下一个口令,都会不由自主地看他一眼,生怕下错口令而让于大鹏的脸色黑上加黑,出现暴风雨来临前的恐怖景象。有心理学家说,黑色体现稳重,脸黑可让人放心,小白脸往往容易降低人们的信任度。于是,政府官员坐的多是黑色轿车,据说这样能提高老百姓心理上的信赖度。可事实证明,若是心黑了,坐着最漆黑的轿车也不顶事。

作为军事指挥员,有时就需要有一张"包公脸",这种不怒自威的霸气,是业务精通产生出来的威严,严师出高徒。相反,如果师父嬉皮笑脸,徒弟就会油腔滑调。以后郭保丰坐上于大鹏的位置,也会是这样的表情。

海水的颜色越来越淡,而船舷两边的海面上,脸盆大的水母越来越多,随着波浪的晃动,像一朵朵漂亮的伞花盛开在蓝色的海水里,船来了也不降落。这些透明的浮游生物,在清澈洁净的海水里很少见,而经常出现在港口附近的水域,一般这种地方的水不太干净,微生物充足,给它提供了丰富的食料。

水母外表漂亮,但毒性大,经常把在海边游泳的人蜇得全身红肿,奇痒难忍,生无可恋。毒性最强的一种叫澳大利亚箱形水母,能让人一命呜呼,每只水母携带的毒液能杀死 60 多人。越漂亮越危险,水母如此,鱼类如此,蘑菇如此,植物如此,人也如此,据说褒姒、妲己、赵飞燕都很漂亮,"毒性"也大,把那几个好端端的朝代都"毒"倒了。

我更喜欢看见水母在餐桌上被切成丝的模样,躺在它的绝佳伴侣——醋的怀抱里,引人垂涎。这时候,脑子里涌出来的念头会让酒厂老板无比高兴。这样说出来有点不好意思,好像证明我不是个酒鬼就是个吃货。海里的生物基本上都会把自己活成人类的美味,饭桌上我们把水母叫作"海蜇",是鲜美脆爽的下酒菜,喜欢喝酒的人都有同感。其实,被海蜇刺伤后最好的治疗办法,也是用醋冲洗,说明醋的确与海蜇缘分不浅,是天然伴侣。

我们在水母的"夹道欢迎"中,慢慢驶入莫桑比克的马普托湾。

今天是 11 月 3 日,正式靠港访问的时间是 11 月 7 日,这是不能更改的日期。我们之所以这么早就到达,是因为要躲过一直尾随着的大风浪。

我们是被风浪"赶"进马普托湾的。

在海上,遭遇风浪就像我们走在大街上碰到熟人一样容易,冷空气、热带高压等,都能带来大风,刚刚还是晴空万里,顷刻间就乱云飞渡,天空真的翻脸比翻书还快。风是看不见的,能看见的是海面上波涛汹涌,海浪像大草原上成千上万匹奔腾的野马,向整个世界发泄嚣张的情绪,蹄声嗒嗒,云雾飞扬,都朝一个方向狂奔,没有任何东西可以挡住它们的去路。

我们运气不太好,一拐过好望角就遇到了一股冷空气。与它结伴同行、并驾齐驱显然不是好办法,无异于与狼共舞,"良"字前面加偏旁的东西大多不好相处,"非我族类,其心必异"。人类与风浪一直是天敌,在可以预见的将来也不见得会成为相亲相爱的好朋友。我们很清楚这一点,因此,为了甩开它只好加速航行,抢在它的前面进入马普托湾避风。大海生存法则与草原生存法则大同小异,有一群狼朝你扑来时,你只能跑得比它还快才能免遭其殃。

其实在我们开足马力争分夺秒时,风浪的先头部队已经到达,巨大的涌浪把和平方舟抛起又摔下,铁锚撞击着船舷,发出震耳欲聋的巨响,听着十分瘆人,如果对船不了解,或者第一次碰到这种情况,难免会担惊受怕。

有些医生、护士就有这方面的担忧,担心船被打碎了,下面的海水可是有五六千米深,而且鱼都饿着肚子,船若碎了,它们正好可以开饭。

海面上浪花成片盛开,对于晕船的人来说,海面最好不要那么美丽,这么壮美的景象虽然不是人人可见,也不是随时随处可睹,但不能用来陶醉,也不适宜陶冶情操,而是相当于灾难。海风越大,浪花越多;海浪越高,晕得越厉害。

就这样,我们像一只受惊的兔子,气喘吁吁地跑了两天两夜,一头扎进海湾,就像钻进了安全的兔子窝。有防坡堤的保护,风浪闯不进来。听到铁锚哗哗入水的声音,就好像一块石头落了地。

湾内果然平静。有人脑洞大,不知道怎么想出来的,把海湾的堤岸比作母亲的臂弯,还真是恰当。此时,和平方舟就是婴儿,在海湾的拥抱中显得恬静而安宁。

晚上能看到星星,与小时候在农村老家看到的差不多,很亮也很低,只是缺少一个讲故事的外婆和一片蛙声。

人生也经常出现一些不可预测的狂奔,当停下来时,发现自己竭尽努力,只是为了投入一片宁静。

——"和平方舟"号医院船援非纪实

讲中国话的大桥

和平方舟仪态万方地停靠在马普托货物码头,雄伟的卡腾贝大桥在不远处飞架两岸。

不知道是不是莫桑比克方的刻意安排,因为这座大桥由中方援建。

11月7日,"和平方舟"号医院船缓缓驶进莫桑比克马普托港,船艏前方便是卡腾贝大桥

这座大桥现在是莫桑人民热议的话题,国际媒体的镜头也对准了它,因为这座总长3千米多的跨海大桥一旦建成,将以680米长的主跨,成为非洲最大的悬索桥;还因为它是中国资金、中国标准、中国设计、中国工人建设,是"一带一路"的一项标志性工程。

在非洲,这是一项史诗般的伟大工程。

站在甲板上,大桥近在眼前,岸边是H形巨大的桥墩,高高的悬索塔吊直插云霄,在桥上施工的工人像蚂蚁一样微小,也像蚂蚁一样忙个不停。大桥即将合龙,只缺中间一块桥面未铺,像一道中间断开了的彩虹,但不影响它的壮观。

在国内这样的大桥不稀奇,舟山的跨海大桥,还有川藏线等地的跨江越谷大桥都能让世界上其他地方的大桥相形见绌,可以不看也罢。就像都登过珠穆朗玛峰的顶了，其他的雪山都是小儿科，不爬也罢。

虽然我们船上的官兵对眼前这类大桥司空见惯了，可是对非洲人民来说，大桥有着非凡的意义，他们至今过河渡海还基本靠船，要不然，水浅的地方就蹚过去，水深的地方就游过去，水急的地方就不过去。

11月7日，在莫桑比克马普托港码头，当地民众跳起民族舞蹈欢迎中国海军"和平方舟"号医院船首次到访

路好修，桥难建。修建桥梁耗资巨大，非洲国家的国库大都空虚，有钱也得先考虑把肚子填饱再说。建桥是技术活，要有专业的桥梁设计师，非洲这方面的人才比钱还匮乏，他们祖先最让人惊叹的过河技术，当然不是修桥，而是用一根长藤把自己荡到对岸去；会不会荡到一半就掉下来，要看本人的技术，许多非洲土著就是在半空中失踪的。建桥还需要许多特种材料，非洲人搭棚用的茅草、糊墙的这些材料显然不能担当建桥的重任。

而中国人自从20世纪50年代修建了南京长江大桥，让天堑变通途，建桥的事就不再是难事了。尤其是改革开放后，国家富强了，甩开膀子，"逢山开路，遇水架桥"更是易如反掌，动不动一座气势不凡的大桥就出现在某条河流之上、某座山谷之中，甚至城市与城市之间，数不清荣登过多少"世界之最"，填补多少个"世界空白"，让外国人眼花缭乱，因为不是什么新闻，现在报纸都懒得登了。

我想李白一定恨自己没生在当下，不用写什么《蜀道难》，感叹"蜀道之难，难于上青天"。现在上青天易如反掌，人都能去太空漫步了，蜀道这种地方早就交给了登山健身或者看风景的那些"驴友"。一辈子都在看风景的徐霞客，也不用像当年那么危险和辛苦，只怕两位大咖早没了旅游的兴趣，李白恐怕该这么写：五花马，千金裘，高速路上换汽油，与尔同看万人头。

中国人造桥是有天赋的，而且天赋异禀。比如隋朝那个名叫李春的天才，他建的赵州桥，距今都1400多年了，无论风吹雨打、冰侵霜蚀，还是洪水冲击，甚至经历了烽火硝烟，至今岿然不动。这样的建造工艺水平全世界找不出第二个，完全可以给只有200多年历史却总无缘无故骄傲自豪的美国当神话传说。

现在中国人到了南部非洲国家莫桑比克，帮助这个国家修建基础设施。短短几年工夫，马普托楼房林立，道路通畅，首都市民的住与行发生了翻天覆地的变化，而且带动了外国投资不断涌入，周边地区的居民大量进入城市寻找就业机会。马普托港也成为非洲地区最繁忙的港口之一，年吞吐量约1000万吨，是莫桑比克的主要经济来源。但经济发展带来人口增多的问题，城市容量严重受限，必须向周边拓展才行，而隔江的卡腾贝地区显然是最理想的选择。

就像当年的上海，要突破城市发展的瓶颈，就必须向浦东扩容，而一条黄浦江，几艘斑驳的渡船，不可能承担浦东大开发之重任，于是后来就有了南浦大桥、杨浦大桥等，浦东也被迅速打磨成一颗"东方明珠"，散发出熠熠光华。

马普托也是如此，一直以来，马普托湾的两侧地区的交通，也是完全依靠几艘破旧的渡轮来搞定的，码头上每天都拥挤着等待上船的车队和人流。建造一座大桥实现互联互通，成为当地政府和人民的愿望和梦想。

莫桑比克政府果断地把这个梦想交给了中国人民，中国路桥工程有限责任公司接过这个沉重的梦想，于2012年9月破土，把梦想的种子播了下去。

欧美总以狐疑的眼光看待中国在非洲的建设，心眼小得像芝麻粒，妄自猜测中国援建非洲背后的政治动机。其实，大桥建成后，无论怎么看它都只是一座大桥，可以跑莫桑比克的车，可以跑中国的车，也可以跑美国以及世界各地任何国家的车。

美国用"殖民思维"，把非洲当作"大国竞争"的战场，而我们只是把非洲当作建设基础设施的工地。

"和平方舟"号医疗服务分队为中国路桥公司员工进行
诊疗服务后,参观卡腾贝大桥,为中国公司点赞

莫桑比克第一大报《新闻报》说,大桥及连接线的建成,一是大大缩短了马普托至最南端旅游胜地黄金角之间的行程,促进了旅游资源开发;二是方便了马普托省与南非德班及周边地区间互联互通,商旅行人不必再绕道邻国斯威士兰;三是道路畅通后有可能促使国际物流公司更多地选择马普托港,港口经济腹地或将扩大。

一句话,大桥将给莫桑比克的经济插上腾飞的翅膀。

善莫大焉。现在大桥建造已经进入收尾阶段,预计明年上半年就能完工。这座看得见、摸得着的大桥,连通着两岸;同时,也有一座肉眼看不见的大桥,它连通着中莫两国人民的友谊,更连通着莫桑比克的今天与未来。

通车之日,莫桑比克湾,立起一座"讲中国话"的大桥。

微笑的马普托

鲜花盛开的马普托,展示着一座城市灿烂的笑容。

马普托是彩色的,有几种色彩一年到头都不变,蓝天碧海,绿树红花,白墙紫瓦,还有人们的肤色。

——"和平方舟"号医院船援非纪实

有些色彩一直在变化着,而且变得很快,比如枝头上的果实,热带草原气候下能够生长的水果,这里应有尽有,青的变黄,绿的变紫,白的变橙,因为丰富,所以多彩。比如海滩,本来洁白如雪,阳光一照,立即变成金黄色,潮水上来,又变成了宝石蓝……

置身于马普托,目迷五色,最能考验本地变色龙的快速应变能力。我要是它,恐怕会摸不着头脑,到底是变红变蓝变紫还是变成什么别的颜色呢?长时间犹豫不定,不知如何是好,应理解为业务素质不过硬,有被其他动物捕食的风险。

这里年平均气温最高30摄氏度,最低14摄氏度,四季如春。

春天不肯离开,马普托就有永驻的美丽、不老的青春。

自然历史博物馆

博物馆是一座白色的两层小楼,雅致的哥特式建筑,与周围的平房形成鲜明对比。院子不大,正中立着两米高的雕塑,一只雄鹰站在基座的顶端展翅欲飞。大门口两侧站着两头莫桑比克的国宝,左边是角鹿,右边是大羚羊,仿佛两位"迎宾小姐",欢迎世界各国客人光临参观。小院四周植满草木,花开得正艳,展示出一副热情好客的模样。

莫桑比克自然历史博物馆

馆内藏品异常丰富，分为鸟类馆和兽类馆。

兽类馆极其壮观，里面标本繁多，有狮子、老虎、犀牛、豹子、大象、野牛、蜥蜴、鳄鱼、长颈鹿等，个个身材高大，神态凶猛，栩栩如生，似乎只要你咳嗽一声，或者用手指头戳它一下，它就会立马朝你猛扑过来。

有一个精心布置的场景，可谓惊心动魄。一头皮开肉绽的野牛，正奋力与三头狮子进行生死搏斗，其中一头狮子已被牛角顶到一边死了，另一头也在野牛的前蹄下奄奄一息，随时可能"壮烈牺牲"，第三头狮子从后面发动进攻，凶猛地蹿上牛背，并狠狠咬住野牛的肌肉，爪子深深地插进了牛的体内。场景截取的是它们战斗的瞬间，看不出谁是最后的胜利者，但强悍的野性、充血的眼睛、残酷的搏杀，着实让人受到深深的震撼。

据介绍，这个场景取材于莫桑比克北部巍巍群山中的一个真实场面，人们复原它，意在告诉大家，这就是自然界的残酷状态。

兽类馆中最珍贵的是一组象胎标本，共13个，浸泡在泛黄的药水中，最小的2个月，最大的20个月，展示了小象在母体中逐月发育长大的情况。大象从怀胎到出生需要历时22个月，可能是因为大象今后要无一例外地长成大块头，需要在母体里把基础打扎实。

我们的美女医生朱焱居然看出了象胎上的血管，不愧是学过解剖的，眼睛跟CT一样；我就没看出来，只看到一堆有大象雏形的肉，白森森的像捏成象形的瓷坯。

鸟类馆也值得一看，基本上是在设置的场景中展出，比如海鸟追逐捕食鱼群，大雕正把一只倒霉的猴子摁在岩石上，鹰与蛇厮杀，秃鹫抓获了一头羚羊……生动逼真。更多的鸟类我没见过，也叫不出名字，上网查一查可能会知道答案，可是我不想查，查出来也没用，第一次见面也可能是最后一次见面，回到国内，经常见面的也就是麻雀。

海洋动物也展出不少。巨大的剑鱼，如果用于烹饪，够三口之家吃上一年；绚丽多彩的鱼虾，五光十色的贝壳和珊瑚，打造出绮丽的海底世界。莫桑比克前门看海、后门看山，独特的地理位置让她得天独厚、物华天宝，地球上大部分动物都愿意在此繁衍生息。

——"和平方舟"号医院船援非纪实

我也与动物一样喜欢这里。走在这些动物标本中间,不需要武松的胆量和本事,就能够仔细欣赏它们的毛色和躯体,甚至在直视它们的眼睛时,不用担心被它们当了点心。我曾在泰国的动物园里抱过一只小老虎,是真的活的小老虎,我之所以有胆抱它,是因为它只有几个月大,据判断,它除了奶瓶,对肉类尚不感兴趣。

我平时酷爱看中央台的《动物世界》,尤其为奔跑在非洲草原上的动物们着迷,看它们在旱季为寻找水源和青草跋涉几千千米,看鳄鱼在河流里伏击角马,看狮群追逐野牛,看毒蛇捕食田鼠,看猎豹咬翻骄傲的跳羚……想想自己拿工资吃饭,不用像它们那样成天提心吊胆过日子是多么幸福。

"毛泽东大道"

马普托的"毛泽东大道",是一条繁华的大街,如上海的南京路、北京的长安街一样,闻名遐迩。

一条路,以人名命名,本来就是要让人们记住这个名字,记住他的丰功伟绩,有纪念的意义,比如我们各大城市基本上都有"中山路",而且都是最宽阔繁华的街道,就是要让我们世世代代记住孙中山先生为中国革命所做的不朽贡献。在世界上,以我们开国领袖的名字命名的道路是不多见的,柬埔寨首都金边还有一条"毛泽东大道",都体现着一个国家的尊崇与人民的景仰,意义非凡,无不蕴含着深厚的感情、感激和感恩因素。

我作为"生在新中国,长在红旗下"的一代人,老家堂屋的正中几十年如一日悬挂着毛主席的画像,墙壁没换过,桌椅没换过,但画像每年都要换一幅新的,可以说我是在伟大领袖慈祥的目光里长大成人的,心里深藏着对他的万分热爱。因此,既然今天来到这里,是一定要去看看的。

"毛泽东大道"从市中心广场通向碧波万顷的马普托湾,长约4千米,也有说5千米的,反正不短,用脚步丈量需要1个小时;宽有40米以上,双向六车道。街道两旁长满枝叶茂盛的刺槐,中间有10米宽的绿化隔离带,干净、美丽又气派。

莫桑比克解放阵线在历时10年、艰苦卓绝的斗争期间,参加解放运动的军

马普托军事城堡

官们,打仗并不内行,经常吃败仗后找地方躲起来,后来在隐蔽的山洞里阅读《毛泽东论人民战争》等军事著作,如醍醐灌顶,茅塞顿开,颇受教益,尤其是学会了"敌进我退,敌驻我扰,敌疲我打,敌退我追"的运动战"十六字"诀,这下不得了,活学活用,打了许多漂亮仗;加上中国、苏联和古巴在物资上的倾力援助,终于把葡萄牙人赶回了欧洲,取得了斗争的最后胜利。

1975年,莫桑比克获得民族独立,为了表达对中国人民的感激之情,这条街道被命名为"毛泽东大道"。至今,两国国家领导人和两国人民之间都一直保持着兄弟般的情谊。

我一路走过去,门牌都是蓝底白字的葡萄牙文:"毛泽东大道××号",可惜我在这里没有亲戚或者熟人,不能像寻亲访友一样,大大咧咧地敲开一家进去串门聊天,饿了就揭开锅看看有什么好吃的。据说,在这里中国人敲门都会被热情地让进去,主人会与你拥抱并脸贴脸再亲吻,还会把各种当地的点心食物拿出来供你品尝。

这里的建筑也呈多样化风格,有欧式的,有中式的,也有不欧不中式的;有别墅,有高楼,还有平房,大小高矮错落有致,间以高大的金合欢、蓝花楹、棕榈等树木掩映,富有美感,应该是档次较高的居住区。

居住在这里的人,确实对我们中国人特别友好,有几个年轻的黑人朋友坐在路边聊天，见到我们主动打招呼："中国朋友，你好！"用的是中文，我们也予以热情的回应。估计他们的中文水平也就仅限于此，之后是一串葡萄牙语，我们听不懂，也只好微笑着说了一串中文，从他们的表情看也是一脸蒙。彼此彼此，这就扯平了。

路上还有一家"东方之龙"中餐馆，上面挂着红牌匾、红灯笼，一看就知道是咱们同胞开的。由于还没到饭点，门口无食客进出，我们也就没打算进去看。身处异国他乡，和平方舟的官兵们都被华人华侨当作尊贵的客人。如果我们一看到有中国美食，就两眼放光，嘴里流口水，做不到盛情难却，却能做到客随主便，显然非常不对。在"毛泽东大道"上有违毛主席他老人家"不拿群众一针一线"的谆谆教诲，极不应该。

凯莱大饭店

从海上看马普托，美丽又繁荣，高楼大厦鳞次栉比，最醒目的是凯莱大饭店，风格如同北京的长城大饭店，也有点像矗立在长安街的"八一"大楼，典型的中国式建筑，四平八稳，厚基宽体，庄严雄伟。

宏伟的凯莱大饭店是马普托的亮丽风景

中午，我们一行几人约好到凯莱大饭店吃中餐，点几个中国菜品尝一下，也顺便近距离参观一下这座给马普托刮起一阵"中国风"的高档饭店。

据我目测,饭店占地面积有上千亩,因为近视,我看不到附属建筑的尽头,所以目测往往不准,占地面积更大也说不准。广场上有花坛、水池和喷泉,30多根笔直的旗杆一字排开,彩旗飘扬,像到了联合国总部,最醒目的当然是中间莫桑比克国旗和中华人民共和国国旗。广场外面是宽阔的海滨大道,再往前是碧蓝的印度洋。

大楼全身呈米黄色,与碧海蓝天形成色差,在阳光下金碧辉煌,显示出至尊豪华的皇家气派。在马普托,它是完全可以摆出这副派头的,唯一的超五星级,谁都没它高大魁梧。去年10月开业时,总统钮西亲自来剪彩,700余名政、军、商界要员纷纷前来出席典礼,可以说贵宾云集,放眼马普托,无出其右。

这座给国人争光的大楼属于安徽外经集团公司所有,总投资2.5亿美元。酒店的大厅大得可以踢足球,我们进来时没看到几个人,显得有些寂寥空荡。酒店客房共计258间,亮点是所有客房都面朝大海,打开窗,印度洋就在眼皮底下翻滚。二楼有中餐厅、西餐厅、红酒雪茄吧、特色餐厅以及可以同时容纳800人就餐的大宴会厅,同时配套有一个可容纳2000人的国际会议中心和一个25000平方米的购物商城,当然并不都集中在二楼。

此时二楼有几个中国同胞在就餐,我虽然不认识他们,但认识他们桌子上点的菜,有清蒸石斑鱼、烤乳鸽、辣椒小炒肉、红烧茄子等,居然还有一盘只有我老家浙江才有的特色菜——炒年糕,让我倍感亲切。我估计他们是浙江人,一问果然是,浙江青田的,真是哪里有人哪里就有浙江人!看他们的装束很普通,不像有钱人,但以笔者对浙江老乡的了解,千万不能从衣装或者长相上判断浙江人的兜里是否有钱,路边一个衣着油渍麻花的浙江小贩很可能是个千万富翁。

这个大饭店的中国菜做得十分地道,可以肯定厨师也是国内来的。中国菜总是跟随中国人"走出去",然后落脚在世界的各个角落。占领一个地方的文化高地,总是先从占领餐桌开始。

正如总统钮西所说,凯莱酒店的建成,是莫桑比克旅游行业发展史上的一个里程碑,为以后在马普托举办会议、旅游住宿提供了更好的选择,将促使旅游行业对莫桑比克的经济发展起着巨大的推动作用。

其实，凯莱大饭店的背后是国家，是中莫两国投资合作的具体产物，也是两国建立和发展全面战略合作伙伴关系的助推器。安徽外经集团如今在莫桑比克从最初的简单工程承包，开拓至房地产、酒店、超市、餐饮、珠宝等多个领域，茁壮成长为一个综合性集团公司，就是两国合作不断推进和深化的明证。

饭店背后的山坡上，坐落着中国使馆，五星红旗高高飘扬。国家强，企业强；国家有实力，企业有活力。

朋从远方来

11月19日，"和平方舟"号医院船在坦桑尼亚海军舰艇的引导下，缓缓驶进达累斯萨拉姆港

在非洲，坦桑尼亚是咱们的"铁杆"老朋友。

沿着历史的足迹策马扬鞭，起码能追溯到遥远的唐代。唐朝在我国历史上是个神奇的存在，巍峨雄伟的大明宫，相当于十二个克里姆林宫，"秒杀"世界上所有建筑；长安城人口超百万，放眼世界，独一无二；不止长安，唐朝时有十几个城市的人口超过十万，端的是车水马龙、繁华兴盛；那时候，巴黎、伦敦、罗马相形见绌，才几万人口，现在，看到欧美人一副目空一切的样子，咱都不好意思揭他们的老底。唐朝也是大咖、牛人辈出的时代，李白、杜甫、玄奘……眼光和脚步都匪夷所思，不知道他们肩负着怎样的神圣使命，没有飞机、轮船、火车，却照样满世界转悠，一双草鞋走遍高山河川，哪里有美景去哪里，许多人还雄赳赳、气昂昂地跨过国境线，包括来到万里之外的坦桑尼亚。

11月19日，在达累斯萨拉姆港码头，当地民众跳起民族舞蹈欢迎中国海军"和平方舟"号医院船时隔七年再次到访

中国与坦桑尼亚成为好朋友是在1964年，两国建交，那时我还没有出生，不过打我记事起，便知道地球上有个非洲，非洲有个坦桑尼亚，与我国交好。这么说，不代表本人小时候脑子有多好使，一个时刻惦记母亲把糖藏在何处的稚童，还没有兴趣关注天下大事，何况还是个远在万里之遥的非洲国家。事出有因，有一幅宣传画非常出名，刷在大街小巷的墙上或者印在报纸杂志上，天天耳濡目染，效果便是妇孺皆知，当然也包括我这个当时是不是还穿着开裆裤但一定是吊儿郎当的小屁孩。画中一名非洲妇女与我们的女青年兴高采烈地把手挽在一起，她的黑皮肤使我觉得新鲜，激起了我的无限兴趣，附带也就记住了画下面印得醒目的一行红字："中非人民大团结万岁！"据说这个黑人妇女的原型就是坦桑尼亚人。那时候能在名称后面加上"万岁"两个字的可都不一般，说明"中非人民大团结"有着非同寻常的重要性。我那时太小，当然不知道坦桑尼亚是什么来头，也不知道该如何积极响应国家的号召，但我记住了坦桑尼亚。

——"和平方舟"号医院船援非纪实

"和平方舟"号医院船驶进坦桑尼亚达累斯萨拉姆港时，当地民众挥动双手用中文高喊"中国"欢迎"和平方舟"号医院船再次到访

没想到这幅画这么多年后唤醒了我沉睡在内心的记忆，和平方舟刚靠上坦桑尼亚的码头，我就感受到了一股友好的气氛，感觉特别亲切。

事实也是这样，云集在码头上欢迎的华人华侨特别多，敲锣打鼓，载歌载舞，红旗和标语招展……我还注意到，前来欢迎我们的黑人兄弟姐妹，团体舞蹈跳得劲爆，也十分专业，在强劲的鼓声中，舞姿整齐、粗犷有力，神态与姿态浑然一体，恣意地张扬着美丽的韵律，充分展示出非洲原始部落热情奔放的独特个性，一看就知道是经过严格、正规训练的那种，完全不是田间地头自娱自乐的野路子风格。大使告诉我们，坦桑尼亚非常重视我们的来访，调来了国家舞蹈团参加欢迎仪式。

原来是动用了"国家队"，细节体现真情，而真情可以温暖人心，认真可以加深友谊，坦桑尼亚真的很够兄弟。

"有朋自远方来，不亦乐乎。"孔老夫子不是一般人，是真伟大，2000多年前就把今天坦桑尼亚人的心情描述出来了。

感情的建立不是一朝一夕的事。毛泽东等老一辈国家领导人打下坚实的基础，进入新时代后，2013年习近平主席来访，确定两国全面合作伙伴关系，经

11月24日,"和谐使命—2017"任务指挥所领导与10名坦赞铁路建设和管理的坦方员工座谈交流,共话中坦两国传统友情

济贸易额逐年增加;国内援坦医疗队长年驻扎,两国关系经历60多年风雨,坚如磐石。

诚挚不可辜负,友谊需要延续。我们作为中国海军的友好使者,自然要多做些什么,添砖加瓦。于是,我们把活动安排得很充实,延长每天的诊疗时间,培训坦方医护人员,进学校与大学生交流互动,与坦军进行战伤救治联演,与民众开展文化联谊活动……在这7天时间里,医护人员多受一些累,多才多艺的官兵多吃点苦,任务官员把吃奶的劲都使出来了。

很遗憾,世界闻名的野生动物保护区就不能去了,因为游览观景不是我们此行的目的。虽然它是非洲最大的野生动物聚集地,"独此一家,别无分店",虽然走遍世界都难得一见,虽然我们错过这个机会可能一生不再有,虽然世界各地的人千里万里、排除万难也要特地赶过来一睹为快,而我们近在咫尺,坦方也有心安排……但是,我们毕竟不是旅游团,医生也不是兽医,难以向野生动物提供"兽"道主义援助。

这里的动物充满野性,它们生活在危机四伏的世界里,一生都要为食物而战斗,自力更生地解决温饱问题,与疾病抗争,思考如何对付天敌,稍有不慎就朝不保夕、生死难卜,是绝对可以吸引游客来观看的卖点。热心的华侨华人不无遗憾地说,不到野生动物保护区不算到过坦桑尼亚,虽然如此,我们也只能扫

220 / 非舟
——"和平方舟"号医院船援非纪实

11月24日,在援坦专家烈士陵园,中国海军"和平方舟"号医院船任务官兵瞻仰汉白玉纪念碑

大家的兴,不容分说地把同志们的满怀希望变成满心失望。

为了中坦友谊,我们只能得罪自己人。

说实话,我心里有几分内疚,似乎欠大家一个合情合理的交代,便想找出一个恰当的理由。可我还是小看了部队官兵们的觉悟,他们的可爱之处是识大体、顾大局,还有令行禁止,对我们不去野生动物保护区的决定表示坚决服从。

11月24日,坦赞铁路建设和管理的坦方员工代表饶有兴趣地参观中国海军"和平方舟"号医院船驾驶室

理解是无须多说的,用"顾全大局"此类的话显得虚伪,更显得多余。

当然,大家有点小心思是正常的,表情上冒出点不痛快也可以理解,我知道他们中好些人从国内出发时就有这个念头,路上把照相机镜头都擦了好几遍,清空了手机内存,孩子也在家期待着分享非洲雄狮的风采……但他们的郁闷很快就烟消云散了。

时光匆匆,给坦桑尼亚的朋友以更多的时间、更多的服务,这样的付出最宝贵,这样的友情最真挚。

孔夫子如果知道我们和平方舟官兵今天的义举,会不会说:有朋自远方来,不亦"爱"乎?

我们与坦桑尼亚,乘着新时代的东风,老酒新酿,老友新知,老树发新枝,谱写友谊的新篇章:

> 确有真爱堪回首,更有深情能追求;
> 相隔万里不算远,友谊绵迭长携手。

第七章　青春在航路上闪光

流动的营房有趣的兵

12月3日,中国海军"和平方舟"号医院船举办甲板趣味运动会。图为官兵进行吹乒乓球项目比赛

和平方舟是一座流动的营房。

这座营房为钢铁构造,高8层,内部"路况"复杂,上楼下梯,七弯八拐,初来者容易迷路,万能的地图软件在这里是"白痴";外走廊即是阳台,开门见海,一眼望不到边,看两眼还是望不到边;直升机起降平台可充当院子,能感受海风轻扬,能欣赏到壮丽的日出与日落,以及天上变幻无穷的白云,时而如万马奔腾,时而如群峰耸立,偶尔会有海鸥在头顶唱歌,鲸群在舷边伴航,不过这样的"待

遇"不多见,需要碰运气。营房里的人平时不出大门,因为在大门外能行动自如的都是长鳍长翅膀的家伙。如果没有海鸥飞累了落在桅杆上,或者一两条飞鱼意外地将功夫发挥失常,蹿上甲板,就不会有任何生物造访;边上没有邻居,不要期望有亲戚朋友笑意盈盈地拎盒你特想吃的点心前来串门。

现在,这座营房要从坦桑尼亚去东帝汶,中间横跨印度洋,劈波斩浪,披星戴月,计划历时18天。在陆地上,谁都不觉得18天时间有多长,不到三星期,如白驹过隙,何况中间还有4个休息日,可以呼朋唤友下馆子、看电影,或者随心所欲,惬意地把周末过得杂乱无章。

"这怎么过呀?"吐舌头的是海上医院的女护士,她没有长航旅途经历,从舟山到斯里兰卡,也不过11天时间。

12月3日,中国海军"和平方舟"号医院船举办甲板趣味运动会。图为官兵进行赶球过桩项目比赛

一个人,尤其是生龙活虎的年轻人,长时间生活在一艘船上,走来走去一条道,吃来吃去几个菜,看来看去那几个人,说来说去这些事,会觉得十分无聊,甚至产生窒息感。

大海虽然海阔天空,但四周仿佛有一道无形的铁壁铜墙,被禁锢的感觉挥之不去。大洋深处,一天到晚感受到的是同一节奏的摇晃,灌进耳朵里的是海浪拍打船舷的哗哗水声,极目所见是连颜色都一样的无垠海面,说生活不单调不无聊不寂寞,那是假话。而假话都是说给电话那头的亲人听的,真话都在心里变成坚持和忍耐。

水世界里,善游的活得自如,善走的活得勉强。船上没有人头攒动的大街,也没有琳琅满目的商品,只有几条走廊,旁边挂着的几幅照片也早被她们看腻烦了。最可恨的是没有网购,让她们不得不远离通宵血拼的战场。二层甲板上,倒是立着一个卖饮料的自动售货机,里边的东西存在时间只以小时计,顷刻之间便被她们一扫而空。其实,放在里边的不是什么稀罕宝贝,而是些方便面和饮料,商品根本谈不上多样化。让人不解的是,她们依然兴致勃勃地投钱购买,只有一种可能,她们对出售的东西并不感兴趣,但她们对买感兴趣。满足购买欲的心理需求,远远高于物品在生活中的实用性需求。

男人们喜欢小聚,在陆地上,召三五好友,围着一个热气腾腾的火锅,觥筹交错,喝个天昏地暗;家国天下,吹个海阔天空。可船上没有酒店茶肆,而且有禁酒令,别说火锅,就几颗花生米下酒也不行。喝茶也难喝出情调,只能自己泡一大缸,解渴可以,想优雅地弘扬一下我国传统茶道文化,没有合适的地点,也不是时候。咕咚咕咚灌下几大口,还不能忘了一定要把茶杯盖上,因为船上不明国籍的苍蝇也喜欢喝水,特别是香气四溢的中国茶水,它会毫不客气地与你分享,而且经常在心满意足之后,以泡澡或者游泳的方式在你的茶缸里结束余生。

生活空间小,乐趣就少,容易让人无精打采。

18个日夜里,面朝一堵硬邦邦、白森森的钢铁舱壁,情绪肯定好不了,生活的意趣都在麻木的神经里昏昏欲睡。

在甲板上,曾有位护士十分认真地问我:"不是说海上能看到海市蜃楼吗?我怎么一次都没见到呀?"我说海市蜃楼是光线折射出来的,是虚幻的,只有在特定的气象条件下才能出现。她说她知道那种景象是虚幻的,只是觉得看不到真楼看个假楼也不错。我说那你就求老天爷赏个能"投影"的好天气。

生活一乏味,一些稀奇古怪的念头就会不由自主地冒出来。这还算好的,最多算作带点小资情调和浪漫主义情怀的胡思乱想。

最不好的是情绪上受影响,长航所带来的乏味感,会让人心烦意乱,有些人的脾气会变得焦躁不安、敏感易怒,一言不合就大动肝火,难以自制自控,甚至出口伤人、动手干架,友谊的小船很容易说翻就翻。船上经验丰富的心理医生说,这是正常的心理和生理反应,没什么对症的药可治。

拿破仑曾说过:"能控制好自己情绪的人,比能拿下一座城池的将军更伟大。"我不好说此话是否有点言过其实,但可以说明管理情绪是件很重要的事。非洲草原上有一种叫"野马结局"的现象,说是吸血蝙蝠常常吸野马腿上的血,无论野马怎么跳都甩不掉,暴怒的野马跳跃狂奔,最后把自己折腾死了。动物学家发现,吸血蝙蝠的吸血量不足以致死,是野马的情绪失控才致自己死亡。

我们医学界的老祖宗早就在《黄帝内经》中说:"怒伤肝,喜伤心,思伤脾,忧伤肺,恐伤肾。"可见激烈的情绪也可以如刀剑一般伤人。

12月3日,中国海军"和平方舟"号医院船举办甲板趣味运动会。图为官兵进行集体跳绳项目比赛

有经验的老兵不会让自己闲着,闲得发慌就容易看什么都不顺眼,照新兵的屁股踢上一脚虽然很过瘾,但不是革命战士该干的事;现在的新兵,不甘忍辱也不肯负重,不是可以随便欺侮的,民主与平等意识教育早已初见成效,会立即一把鼻涕一把泪地去领导那里"控诉"。老兵当然知道兵龄不是豁免权,禁闭室的大门随时向违纪者敞开。因此,老兵们会把自己的业余生活安排得非常充实,最受青睐的场所是健身的地方。

船上没有专门的健身房,健身器械都摆在不碍事的走廊或者水线以下的船舱角落里,跑步机、自行车、哑铃等,不算齐全,质量也一般,与大城市健身房里的器材不能比,不过也勉强够用,热门的器械也需要先到先得。每天下午4点以后,能看到一群人在气喘吁吁、挥汗如雨地拼命"折磨"自己,有热火朝天、大干快上的景象。几个月下来,有些战士把胸大肌练得让人羡慕不已。

被官兵吐槽最多的是器材的质量,自行车没蹬几天就散架了。因为有人提意见,我就去看过,发现质量是差了一点,但骑车的小伙子劲头也太大了,运动起来有点朝自行车撒气的味道,把一身蛮劲全都发泄在一个器具上,连铁家伙都受不了。这也好,说明我们有一群"钢铁战士"!

囿于舱内场地又矮又小,比较受欢迎的运动项目是踢毽子,少时五六人,多的时候有七八人围成个圈,把一个毽子你传我、我传他,还好毽子无意识,若是有生命,一定会感觉晕头转向。平均主义在这里行不通,你不知道毽子下一次会落到谁的脚下,倒有点像商场生态,有时候好运总落到一个人身上,尽管这个人的经营理念、能力水平不一定高。踢得好的除了用脚外,还能用膝盖踢、用脑袋顶。这项运动不靠体力取胜,主要靠技巧,娱乐性比体育性要强,可想而知,女同志参与得比较多;她们热衷于这项运动,还符合她们的天性要求,不耽误说话聊天;还有就是不用比拼力量,像踢足球那样,抢球可能会撞个人仰马翻,有时候还需要腿上攒足劲把球踢出几十米开外。

最具喜剧色彩的是打羽毛球,船上天花板低,一举手就能够到,本来不适合羽毛球这种在半空中飞来飞去的运动项目,但航行期间甲板禁止活动,而且海风呼呼地刮,在甲板上打羽毛球相当于给海龙王送球,除非把羽毛都齐根剪掉,让羽毛球变成乒乓球,否则可以想象,打出去的球立即会像小鸟一样飞走。尽管如此,我们的战士总是让人佩服,有着无穷的创造力,可以把不可能变为可能,他们在舱内打羽毛球,上三路不行就专打下三路,这就创造了一种新奇的打法,球拍不过头,球都做超低空飞行。这项运动也只有女兵有耐心做到,男兵这样轻手轻脚、缓慢温柔地打上10分钟,估计会精神崩溃。

船上活动场地少,活动项目却不少,跑步、俯卧撑、仰卧起坐、乒乓球、瑜伽、体操、舞蹈……不一而足。男的以练肌肉为主,女的以减脂肪为重,各有所好,反正都不想让吃下去的食物转化成肥肉堆积在身上。

12月8日,执行"和谐使命—2017"任务的中国海军"和平方舟"号医院船举行竞赛性比武考核。图为官兵进行穿戴舰艇消防呼吸器和防火服比武考核

出海后,大部分同志都反映自己瘦了好几斤,多的瘦了十几斤,可谓成果喜人。许多同志以前习惯回家就把自己放进沙发,放松、舒服、惬意,把日子过成"葛优躺",葛优没胖,自己的腰身倒长上了"游泳圈"。在船上条件不允许,没有手机可玩,没有电视可看,没有沙发可坐,没有家人可陪,还有一条让同志们咬牙切齿、恨之入骨的规定,即非休息时间不能躺在床上。这就决定了业余时间只有锻炼身体和看书这两个选项。体育锻炼也有"逼上梁山"这一说,有些人就是这样被逼着去运动的。激发出锻炼自觉性和源动力的是:不找点事做实在太无聊。

指挥所好像很理解大家的需求,适时组织了一次甲板趣味运动会,鼓励大家踊跃参与。实际上也不是"理解",主要目的是通过体育比赛,排解大家的身心压力,说到底属于思想政治工作的一部分,相当于组织"集体谈心",寓教于乐,效果可能比谈心更好。

"运动会"项目不少,如50米折返跑、平板支撑、踢毽子、赶球过桩、吹乒乓球、跳绳、两人推手等等,突出趣味性。我自知当不了运动员,参加哪个组都只会拖后腿，天赋缺失让我意识到贵在"不参与"，于是只能去现场给运动员们加油助威。

船上的撤离平台成了"袖珍赛场"，场地虽然小得不能再小，在陆地上只适合给幼儿园小朋友开运动会；钢铁甲板还被太阳晒得滚烫，站一会儿就热汗横流，但这些丝毫没有影响大家的情绪，运动员们拼得很凶，啦啦队在旁边呐喊，极尽"煽风点火"之能事，从坏处想仿佛是迫切希望他们一个个都中暑倒下。在此起彼伏的吆喝声中，气氛热烈，好不热闹。

12月8日，执行"和谐使命—2017"任务的中国海军"和平方舟"号医院船举行竞赛性比武考核。图为官兵进行打绳结比武考核

平板支撑项目把运动会推向了高潮。这个项目我以前试过，最多支撑2分钟，起来走路时腿肚子发颤，像踩在棉花上，小腹还疼了好几天，看似简单的动作，想要长时间支撑住却很不简单。我们的战士非常了不得，到23分钟了还有两个战士在坚持，淌下的汗水都把垫子洇湿了。毫无疑问，他们的体力都已到了极限，这时比拼的是意志和毅力，是不服输的精神。不过，我担心他们这样继续无休止地拼下去，身体是没问题，但是耽误了大家时间，便要求裁判宣布结束比赛，两人并列第一，皆大欢喜。

性格安静的人会选择读书。船上有一个图书室，藏书不算少，有几千册，书架上花花绿绿的,摆得整整齐齐,但现在能静下心、认认真真读书的人的确少了。

12月8日,执行"和谐使命—2017"任务的中国海军"和平方舟"号医院船举行竞赛性比武考核。图为官兵进行平板支撑比武现场

毫无疑问,医生都是知识分子,在读书上没有"两把刷子",也考不上医科大学。在船上,我发现,业余时间找个清静的角落,趴在桌子上看书或者写东西的,绝大部分是医生。我也问过他们平时一般看些什么、写些什么,他们说基本上看专业方面的书,写的就多了,有写论文的,有补写自己所遇到的病例的,有写出海日记的,有写政治教育心得体会的,还有像眼科吴晋晖博士那样,皱着眉头在写诗的。

在甲板散步时,我问一名医生,觉得海上生活寂寞不?他说:"你们把时间安排得这么满,白天除了上课还是上课,晚上不是交班就是开会,哪有时间寂寞呀?!"话里有几分牢骚、几分调侃,我想想也是,二层甲板每天上午、下午都有课,我们美其名曰"海上大讲堂",各个单位每天晚上都交班点名,让他们体会寂寞的时间确实不多。

长航期间不把大家的时间安排满,全船"放羊",让大家自己琢磨些事来干,肯定不是好主意。人们通常是这样的,在自己想干什么就干什么的时候,大部分人会不由自主地"走神",把注意力投向自己的内心,不停地咀嚼单调寂寞的生活滋味,那可不是啃甘蔗,而是嚼黄连,越觉得苦就越容易回忆家里的甜,忆甜思苦,越想越郁闷,越郁闷越偏激,严重的还会焦躁到怀疑人生。这时候,人员思想状况的警灯开始闪烁,让管理者头痛的事可能就要发生了。

　　海军走向远海大洋,要想走得远,不但要靠舰艇的续航力,还要靠船上人员的精神力,一旦让大家感觉到无所事事,空虚和寂寞就会乘机损耗人的意志。

　　在被管理者的心目中,管理者总是不够"有趣",有时甚至觉得这些家伙,多管闲事,甚至有意找碴,面目可憎,但又无可奈何,有多少不满也只能憋在肚子里,暗暗嘟囔几句聊以自慰。其实,大海茫茫,能让大家觉得航途不寂寞,这是管理者修筑的一道"防火墙"。

　　管理者与被管理者永远是对立的,你日子过得不紧张,我就得紧张;你紧张了,我就不紧张。

　　我当然选择让你紧张。

　　写到这里,快让大家烦死的值班员又吹哨了:集合上课。

舌尖上的和平方舟

　　出海三件宝:吃好、睡好、工作好。

　　船的生命力在机舱,人的生命力在伙房。拿破仑说:"一支军队走多远,不

"和平方舟"号医院船炊事员自制"和平方舟"牌月饼

仅要靠脚,更要靠其胃。"

船在海上行驶,喝饱油就耐力无穷,轰轰隆隆地航行。船走耗油,人走耗食,人随着船走,胃跟着船动,食物消化得快,把饭吃饱吃好是第一位。

波浪起伏的海洋,看上去绿油油的,犹如农民种菜的土地,再被船舯一犁,一垄一垄地绵延开去,让人不由自主地想起平原上一望无际的黑土地。可海水里不长任何庄稼,草长到海岸就止步不前了。我们农业研究团队正在想办法在海水里种水稻,没准由此能扩大到蔬菜种植,那真是人类的福音。

时间一久,我们都忘了时蔬是什么味道。冰库里冷冻的蔬菜,存放5天仍然如豆蔻年华,鲜嫩欲滴;放10天如徐娘半老,风韵犹存;超过15天,就一副七老八十,萎靡不振的样子,做出来咬得腮帮子疼,送进嘴二两,有一两塞在牙缝里。这样耐嚼的蔬菜,像牛一样用以反刍最好不过。

方便携带而又容易储藏的要数猪脚和黄豆,而这两样又是炖在一起的绝配,猪脚主角,黄豆配角,视觉上互为补充,味觉上相互提高,感觉上像一对模范夫妻,一唱一和,和谐共处,配合默契。这道菜除了味道鲜美、营养丰富,非常下饭,理论上还具备相当高的美容功效,当仁不让地成为我们餐桌上的常见菜,跟随我们奔赴诗和远方,5个多月穿海越洋,一路芬芳。

口味这东西,不可能"放之四海而皆准"。和平方舟炊事班的战士接受过专门训练,做大锅菜的水平不低,煎炒烹焖烤蒸炖,同样的食材各种做法,菜谱可以一星期不重样,变着花样给大家改善伙食,试着满足来自不同地方之人的口味,可谓使出了浑身解数,希望大家吃饱吃好。可惜,巧妇难为无米之炊,他们也难以让"满头霜花""苟延残喘"的蔬菜"妙手回春";更可惜的是,咱们中国人的舌头受5000年饮食文化的熏陶,已不是一般的舌头,味蕾进化得十分敏感复杂,对于酸甜苦辣咸,对于蔬菜美好的青春年华,都有着高度的追求。

这一点,男同志比较好打发,本来就活得粗糙,填饱肚子第一,口味第二,营养第三,狼吞虎咽,放下碗筷就忘了刚才吃的是什么;女同志本来就善于演奏锅碗瓢盆交响曲,会做饭,更会吃饭,想让她们满意很难。

好在和平方舟上的女同志都是不难养的女人,明白事理,懂得放弃,知道食物储存不易,品种有限,炊事班的战士们已经竭尽全力,在海上不能要求过高。

因此，最多自己少吃一点，或者将就着泡方便面，也很少有人噘起嘴来抱怨，有的也就是提出多熬些稀饭、菜里少放些盐巴多放些辣椒等伙房力所能及的要求。

炊事班的战士既能干又细心，起早贪黑，辛苦不说，还得察言观色，看大家吃饭时表情如何，是开心还是皱眉，打菜时是手起勺落还是犹豫不定，哪个菜吃得多哪个菜吃得少，他们都记着；还在餐厅舱壁上挂上意见簿，听取大家的宝贵意见，以便改进食谱。

《舌尖上的中国》有句台词很经典："高端的食材往往只采用朴素的烹饪方式。"战士们反其道而行之，船上只有朴素的食材，战士们就采用高端的烹饪方式，比如把肉辅以各种佐料，裹上面粉，慢火蒸熟，做成粉蒸肉；比如把鱼腌起来，第二天放进烤箱烤制，香味扑鼻；馒头吃不下了，就做花卷或者烤面包等，这些都很受大家欢迎。

每停靠一个港口，后勤组的同志就四处寻找菜市场，主要是希望能买到充足的新鲜蔬菜。但在非洲，这是一项几乎不可能完成的任务，因为非洲兄弟有"饿死不种地，渴死不打井"的传统，他们身上的维生素来源都在头顶，也就是树叶和水果，而这两样东西遍地都是，不知道这算不算是自然界对他们的馈赠。

运气好的话，在华人华侨聚居的地方，多少能够补给上来一些蔬菜。听说和平方舟的官兵要补给蔬菜，他们还会把地里没长成的菜都拔出来送给我们。这就是同胞，血浓于水，吃一口满嘴都是爱国情。"爱国情"的味道十分鲜美，他们在当地买不到化肥农药，也就不施化肥农药，让蔬菜自然生长，虽然看上去棵棵发育不良蔫头缩脑，不中看但中吃，绿色无污染，且较少有虫眼，可能是非洲的虫子还不习惯蔬菜这种食物。

这么说吧，虽然现在任务尚未结束，还有 1 个国家要去，但我可以肯定，在国内 1 个月吃的蔬菜量，比环非 5 个月吃的蔬菜总和还要多，品种更不用提了。

行走在大西洋、印度洋，鱼类补给比较方便，种类繁多，新鲜生猛，还省钱，大龙虾是白菜价。我们有幸开了好几次来自大西洋的"洋荤"，每次海鲜味都能在舌尖上盘旋三四天。

民以食为天，军以食为健。军队非常重视官兵的饮食，近年来部队伙食费不断上涨,吃好也是战斗力;还将伙食喻为半个指导员,把肚子问题归属到脑子问题,还在政治工作的殿堂里占据一席之地,说明吃好饭是硬道理,舌头若是不满意,思想容易出问题,可能还会削弱战斗力。

远航最难办,所谓"最难办",就是办不到,就算把特级厨师请进厨房也办不到。我们努力想办到的是:好吃你多吃点,不好吃你多少也吃点。

我们开了好几次"思想骨干座谈会",让这些各部门推荐出来的"民意代表"反映一下大家有什么思想问题,有什么需要解决的问题,对指挥所有什么意见建议,请大家务必放下思想包袱随便说。结果,大家畅所欲言,意见五花八门,我的笔记本写了好几页,但中心思想如出一辙:能不能吃得更好一点?

今天,我们又开了一次座谈会,较为集中的意见与前几次一样,还是伙食的多样性问题。护士沈吉萍提出具体建议:能不能吃顿饺子?开座谈会的人居然一致附和。

我没听错吧?就这点要求?太简单了,可也太难为人了!

在船上包饺子,三个字:不方便。

我想,绝不是大家天天吃大锅菜把味觉吃没了,而是饺子这类食物更接近故乡的味道、家的味道,嚼一口都回味无穷,与其说是嘴里喜欢,不如说是心里怀念。

人心向背,要重视;民意所盼,不可违。

我们决定明天就包饺子,虽然工程量巨大,拌馅、擀皮、手工包,需要用人海战术;技术上也有难度,伙房里配备的大锅,煮粥很好,用来煮饺子很可能也被煮成一锅粥;可能性更高的是,会把一只只原本独立的饺子,煮成一整个热烈拥抱、不分彼此的饺子,吃一个饺子变成吃一群饺子。

对于漂流在大海上的官兵来说,舌尖可能品尝不出生活中的幸福滋味,但一定能品尝出军旅生涯、四海为家、青春无悔中的甘与酸。

艰苦,军人生活的应有之味。

想家的日子

在海上有多少日子，就有多少想家的日子。

家是船的港湾，只要是船，都想落帆靠泊。

甲板上，领导看到有人低着头悒郁不乐，或者站在舷边长时间地望着大海出神，马上就会神经过敏，警惕性倍增，仿佛发现了什么"苗头"，便会凑上去问，是不是想家了？

人家不过是站在舷边看鱼！

别怪领导经常让无微不至成为自作多情，想家的确是在阳光灿烂或者不灿烂的日子里，弥漫在每一个人心头挥之不去、招之即来的雾霭，有时候甚至是风暴。

如果有人因电话拨不通，急得直跺脚，抱怨"北斗"不给力，常会被人揶揄：怎么，想家想疯了？其实离家这么远、这么久，与亲人伴嘴吵架都没机会，不想家才可能真疯了！

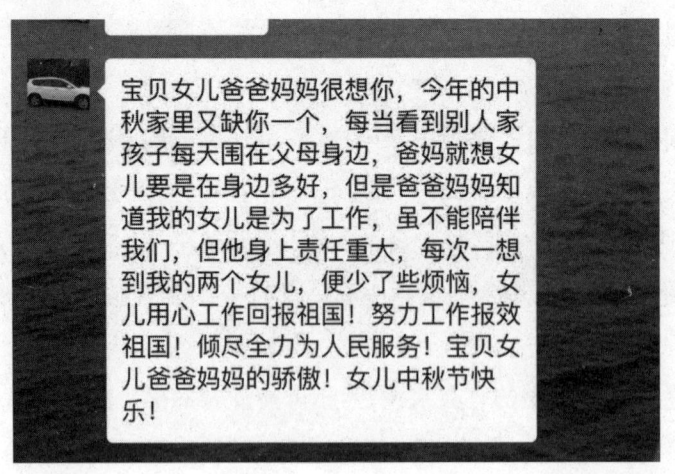

宝贝女儿爸爸妈妈很想你，今年的中秋家里又缺你一个，每当看到别人家孩子每天围在父母身边，爸妈就想女儿要是在身边多好，但是爸爸妈妈知道我的女儿是为了工作，虽不能陪伴我们，但他身上责任重大，每次一想到我的两个女儿，便少了些烦恼，女儿用心工作回报祖国！努力工作报效祖国！倾尽全力为人民服务！宝贝女儿爸爸妈妈的骄傲！女儿中秋节快乐！

战士张双晶微信截屏

家里总有许多繁琐的事，能为此操劳说明你存在。两地分居的军人，回到家便表现得很勤快，扫地、做饭、洗衣服，家务活抢着干，能帮上忙的立即帮一手,帮不上忙的也愿意插一手。这种弥补性的心理和劳动,实际是想证明自己是家中真实的一员。他要告诉家人,虽然不能随时随地为这个家遮风挡雨,但自己在尽力弥补亏欠。

没有琐碎事,意味着不在身边。离家千里,大海茫茫,亲人在水一方,不知道此时是吃饭睡觉,还是正伫立窗前望穿秋水;孩子是瘦了,还是又胖了;成绩是好了,还是差了;老人的病是减轻了,还是严重了……事事悬念,日日挂心。因此,对于远行的人来说,想家很平常,也正常,就像肚子饿了要吃饭,天气凉了要添衣,不饿不添的是"铁人"。

战士张双晶写给爸妈的贺卡留言

北方的大雁,南飞千万里,天稍转暖就拼命往回飞,就因为惦记着北方的那个老窝。就是风里浪里摸爬滚打了几十年的老水兵,夜深人静时也放不下对家的牵挂,时常无端地冒出一声叹息。只是,他们习惯了抛家别舍的生活,不会像新兵蛋子那样"没出息",有时候突然就会想家之情漫溢,茶饭不思、精神恍惚,甚至蒙在被窝里抽抽嗒嗒哭鼻子,第二天偷偷摸摸去晒被眼泪泅湿的枕巾。

非舟
——"和平方舟"号医院船援非纪实

有一种痛叫想家。

战士张双晶在岗位上值班

我不懂医,不能给想家做专业的描述,可觉得想家就像慢性疼痛,发作起来虽然不激烈,但心口隐隐像猫爪挠心一样难受,如果不回到家就难以治愈。不知道这比喻是否准确。

在陆地上,如果亲人相隔,但好在通信方便,想家了就掏出手机,拨打那一串能倒背如流的电话号码,感受一下熟悉得不能再熟悉、亲切得不能再亲切的声音。亲情热线,永远是演绎"双城记"的人耗掉电话费的大头,电信公司希望的源泉。

以前通信手段落后,靠鸿雁传书,一封信要从国家地图右下角的地址到达左上角的地址,需要经过长途跋涉,风雨兼程地走上个把星期时间不算长。邮电局门庭若市,业务员盖邮戳手心都盖出老茧,造就了一大批集邮的人,现在可称作供给侧效益。经常蹬一辆破自行车的邮递员,虽然背上没长翅膀,却被盼信心切的人当作可爱的天使,绿色帆布袋里存放着他们的期望。

互联网诞生后,迅速攻城掠地,占领了通信领域的半壁江山,偏僻的小山村都被网络覆盖。书信与笔墨一起放弃抵抗,举旗投降,让出书桌放电脑、手机,从此身影退避三舍,不再充当通信江湖里的龙头老大。许多邮电局撤出历史舞台,改头换面,摇身一变成了邮政银行;曾把自行车踩得飞快的邮递员,现在西装革履四处拉存款,得罪了不少亲戚朋友。在此战役中完胜的手机功能越来越强大,信息传情,倾诉衷肠,风雨无阻,昼夜不休,只要电池有电、卡里有钱,文字、语音、视频随便搞定,家人、恋人、亲人、友人……即使远在天涯,也如同近在咫尺。由是,年轻人很少想家,给老娘过生日发个虚拟蛋糕就OK。许多老娘也与时俱进,儿女在外,以前盼望邮递员摇铃,现在盼耳朵听到手机来信息当的一声响,满脸皱纹顷刻笑成盛开的菊花。

海上就没这般方便,现代通信常常不管用,天上云来云去,就是缺少信号飞来飞去;能听到风声雨声声声入耳,就是听不到手机悦耳美妙的铃声,让人与所有信息保持着物理上遥不可及的距离。原始通信手段也没有,海上无邮局,将信插满鸡毛也没人替你送出去,除非有一只童话故事里的小乌龟,从海里冒出来,自告奋勇充当临时邮递员。不过,恋人如果找这货送信,以我们现在所处之地与中国城市的距离,等它万水千山不等闲地把信送达,对方海枯石烂早变心了。

有些人想家想得揪心,躲在一边拨拉手机,他们不是异想天开找信号,而是看存在手机里的家人照片,早上"预习"一遍、中午"温习"一遍、晚上临睡还要再"复习"一遍,翻来覆去,读你千遍不厌倦,读你的感觉像在天外边。

一次,我见到一名女护士靠着船舷聚精会神地看手机,很奇怪,这里前不靠村后不着店,手机的通信功能丧失殆尽,已经沦落为照相机和计步器了。我就问她,看什么?她抬起头说,看女儿照片,想她了!我看她眼圈还红着,一副可怜巴巴的样子。女同志想孩子,硬生生被戳中泪点,一张照片就能掀起心海里的滔天巨浪、万丈波澜,滚滚眼泪比舷外印度洋的海浪还丰富,而且比海啸更难控制。

以为是"手机控",原来是"想家控",想家很难控。

当然,我们船上有电话可以打回家,这在船上都成了一景。在一层和三层舱内甲板,安装着公用电话,这里成为打电话者的乐园。

家里有军用电话的人,优势明显,直接拨号就行,通过北斗卫星连通,信号质量也不错,虽然远隔重洋,但语音跟在隔壁打电话差不多。要用地方线才能与家人通话的人,过程就要复杂得多,他们都办了"长城卡",输进一长串密码,有时候密码还没输完,信号就断了,再重新输,心急的人有时恨不得把电话机摔碎拉倒。我没打过地方线,只听说信号极不稳定,时断时续,声音质量也一般。不过他们也说,有总比没有强,挺乐观的样子。

和平方舟上的人,已经习惯了包容和谅解,这些事情统统被冠以"条件有限"来解释,包括吃喝拉撒睡,包括通信。

谁都想把自己的生活过得像诗一样,但军人的身影注定是一首写在远方的军旅诗,既雄浑豪迈,也苍凉辛酸。

蒋栋的妻儿为他送行时在"和平方舟"号医院船上的全家福

想家,是前方军人的专利,历来如此。题材丰富的唐诗宋词里,记着许多描写戍边将士思乡之情的名作名句,其中最著名的是唐朝李益的《夜上受降城闻笛》:"回乐峰前沙似雪,受降城外月如霜。不知何处吹芦管,一夜征人尽望乡。"苦寒之地,一声哀怨的芦笛响起,全体被俘军人"望乡"的动作像"向右看"一样整齐,写出了军人深切的思家念亲之情,可谓巅峰之作。

我唱歌跑调,如果站在印度洋上高歌一曲,调子说不定能跑到太平洋上去,但这不影响我记住那些经典老歌。20世纪80年代,《十五的月亮》《望星空》唱红大江南北,拨动了亿万人的心弦,至今仍在军营里流传。这说明想家是军人的常情,想家是军人牺牲奉献的现实写照。为国戍边,为国征战,什么情都没有军人的想家之情,能在平凡里体现崇高。

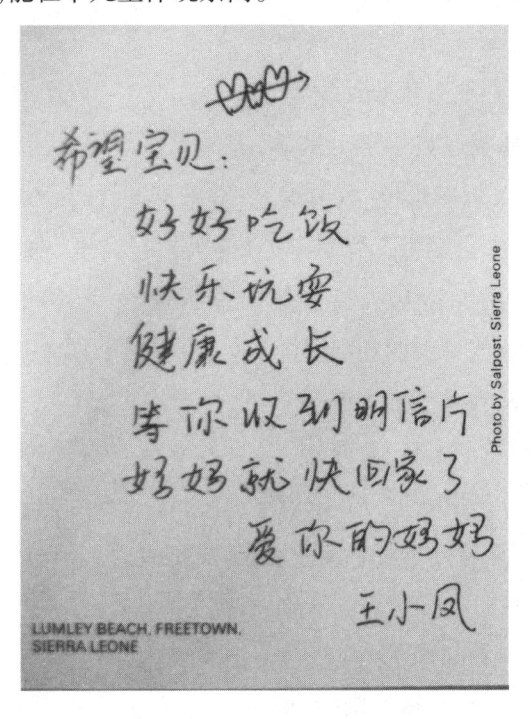

战士王小凤写给儿子的贺卡留言

思念是双向的,我们在海上航行,当然知道亲人也在无时无刻地思念着我们。"军嫂"这个词,除了带有含辛茹苦、独立坚强、负重前行、牺牲奉献的意味之外,还蕴含着分居两地的艰难与牵念,带有浓厚的悲情色彩。古人也写"军嫂"的思念,王涯《闺人赠远五首》:"远戍功名薄,幽闺年貌伤。妆成对春树,不语泪千行。"女为悦己者容,仔细化好了妆,却只能给眼前这棵无知无觉的大树看,只能失落忧心,垂千行辛酸泪。"洞房今夜月,如练复如霜。为照离人恨,亭亭到晓光。"能坐在房间里看月亮看到天明,而睡意全无的,也只因心中有无尽的思念。罗与之也写过《寄衣曲三首》:"忆郎赴边城,几个秋砧月。若无鸿雁飞,生离即死别。"还有无名氏的"打起黄莺儿,莫教枝上啼。啼时惊妾梦,不得到辽西。"句句动情，字字伤怀。这种思念，看似个人情感的生发，但因亲人都是肩负使命，为国出征，凭添了许多悲壮。

　　出海时间长了，在钢铁的"城堡"里生活着，心不会变得如钢似铁，而会变得更敏感、更柔软，更像无处安放。尤其在夜深人静的时候，思念像一只猫跑出来舔舐内心。

　　失眠最喜欢找心地柔软的人开涮。

　　在舰艇上，失眠是一件很苦恼的事，因想家而失眠更是一件烦闷的事。在陆地上睡不着觉，可以嗑瓜子、看电视、听音乐打发时间。如果不怕长胖，去消夜也是个好办法。天天消夜却肯定不是好办法，身体里不能储藏过多的油，那就给脾气好的朋友搞个恶作剧，打个夜半电话骚扰一下，哪怕聊聊天气，聊聊陈芝麻烂谷子，哪怕脾气好的朋友都变得不耐烦，被骂个狗血喷头，气得把电话线拔了，也比万人皆睡我独醒要开心……总之，有许多无伤大雅却可以转移注意力的事可干。在舰艇上不行，大部分人都住在集体舱室，住舱没有电视机，有也是"死机"，打开"雪花飘飞"；听音乐会出声响；看书要开灯也会影响别人休息；去走廊里打电话更不是明智的选择，会被值班员发现汇报给领导。这么大的人了还像幼儿园小朋友一样被数落，有伤自尊。

　　反正，在海上失眠那是苦海无边，把亲人换成羊来数，没人反对，却经常快把自己数成牧羊人了还无济于事，失眠这匹狼还在脑子里不停徘徊。没辙，自己没有《格林童话》里巫婆的本领，能把公主变成睡美人。

　　曾经有没出过海的人问我，住在舰艇上是不是特别想睡觉啊？被海浪摇来摇去，跟摇篮似的，晃几下就犯困。我只能回答，你如果嘴里还含着奶嘴，可能是这样。

　　我当新兵的时候，说自己想家会被老兵耻笑的，连队领导也教育我们"革命战士四海为家，为祖国站岗放哨，就要敢于为大家舍小家，想家是私心杂念在作怪"，把想家与是不是合格的革命战士放在一起衡量，谁都愿意为当革命战士而毫不犹豫地掩盖想家的事实。经常会在某个节日，走来一群人，那个一看就知道是"首长"的人，下来与我们小兵"打成一片"，与我们一起会餐，还会拍拍我们新兵肩膀问，小同志，想家吗？我们这些"小同志"就挺起尚未发育成熟的胸脯,违心地回答,报告首长,不想。然后领导和蔼地一笑,说,很好。并满意地表扬旁边的领导,你们的思想教育搞得很有成效嘛。留下我们这些新兵一脸惭愧,没有办法不严厉地自责,自己的"私心杂念"太严重了!看起来,我们肚子没首长大,思想境界也没首长高,只是想不到首长那么好糊弄。

战士王小凤在塞拉利昂泥石流灾民安置点教小朋友如何正确洗手

现在不一样了,首长们学历高了,知识储备明显丰富,也开明了许多,在思维的人性化方面,进步不小,能够觉得想家是正常的事,不想才不正常,不再把想家与"开小差""动摇军心"一同来对待。有人说人与动物的区别在于思想,我认为想家就包含在这"思想"里。其实动物也会想家,只是它们智商低,可能不会形成一种特别的情绪,还可能不会导致严重的失眠。

我小时候养过狗,小狗刚抱来的前几天,它会叫叫闹个不休,过几天就听天由命,好像知道抗议起不了作用,不如选择向前看,不再吭声了,跟在我后面狂摇尾巴,表明思想已经转变。狗的智商算高的,说明动物的想家持续时间不长,可以逐渐递减消退,不像人类的"相思病"会没完没了,愈演愈烈。离家的时间越长,想家想得越厉害。个别性格不够健全的人,严重的想家情绪会像"脱缰的野马",让人焦虑,甚至可能导致抑郁。

好在我们和平方舟上没有发现有这样的人,看来大家性格都很开朗,心智都很健全,能管理好自己的情绪。我们的人员主要分为两个群体,一个是舰员,这些年轻军人活力四射,经常出海,闯荡四大洋如家常便饭,平时闲不住,包括嘴巴,上下楼梯都哼着小曲,能吃能睡能工作,不会为想家垂头丧气、愁眉苦脸、郁郁寡欢。另一个群体是海上医院的医生护士,他们常年穿行在断胳膊少腿、不是打针就要吃药,甚至已经不再需要打针吃药的人中间。各种情况见多了,他们的内心早就被锤炼得十分强大,心理调节功能非常人能比,有高情商也有大格局,不能说可以做到"泰山崩于前而色不变",起码能做到生命崩于前而依然淡定自若。因此,也不必发愁他们会出思想状况。

不过,家家有本难念的经,人人心中有块垒。喜也罢,忧也罢,想家都是酸楚的。有一名机关干部出海前妻子临近分娩,现在已喜得贵子,天天拿着大胖儿子的照片看个没完,脸上春光泛滥。这种想家是幸福的。个别护士出海时孩子不到一岁,还没断奶,嗷嗷待哺,想想那咿呀学语的小模样就心醉,这种思念最为牵肠挂肚。还有的是父母长期重病卧床,却不能尽孝的,随船出海的画家石照东就是其中之一,他的母亲已是风烛残年,体弱多病(在和平方舟靠舟山港前不幸去世,天人永隔,石照东未见到她最后一面)。这种想家最为酸楚。

笔者的情况也差不多,父亲已在医院躺了近四年,气管切开,全靠输营养液维持生命,我出海前他已意识模糊,但尚能勉强睁开眼看我一眼,现在却不知情况如何。希望老人能像每次看到我回家一样,这次也能坚持看到我回家。

还有一些年轻同志想"人"心切,大多是新婚不久的,那种思念甜中带酸;还有推迟婚礼的,有名老士官已经推迟不止一次了,这种反复在盼望中失望、在失望中盼望的心情,不是当事人,恐怕都难以体会得到,可能一直期待着穿上婚纱的准新娘更是有苦难言。

一次在体能锻炼区,我无意中听到有人用手机放送歌曲《哭砂》:"你是我最痛苦的抉择,为何你从不放弃漂泊,海对你是那么难分难舍……难得来看我,却又离开我,让那手中泻落的砂像泪水流……"

我们把家称作"家园",追求生活的"美满",军人注定不能做一名能时刻打理这个家园的"园丁",生活上可以追求"美",却难以达到"满"。军人为人子、为人父、为人母、为人夫、为人妇,战时可能需要付出生命,平时可能需要付出离

身穿海魂衫的蒋鑫全家福

别的情感；付出生命只有一次，而付出离别的情感却有无数次，它像春蚕吐丝一样，绵绵不绝。

好男儿志在四方，当军人的脚步迈向边关、迈出国门时，情比行囊重，需要用心灵来背负。

军人的高尚之处，即是他们心中的最柔软之地。

美国海军官兵同样聚少离多，但在海外执行任务时，海军会专门把官兵家属于某时送到某地团聚，彰显人性关怀与温暖，让官兵的身心都可以得到调整和放松。他们的保障体系比较成熟。

我们海军刚刚走出去，许多地方做得还不够，连家属到码头送行都要自掏路费，自找住宿地方，自己解决吃饭问题。来送部队出征的领导致词，面对黑压压的家属孩子，甚至还有年迈的老人，也不知道在讲话里加一句对他们感谢支持、理解和致敬的话，让人觉得咱们的领导有着一副铁石心肠。

有侠胆也要有琴心，我们的官兵不是机器人。

据说，目前有的领导已经注意到了官兵的这种呼声，有关部门也行动起来，正在展开调研，说不定在不久的将来会出台一些改善措施。如果真能实现，无疑是一场及时雨。我们不但要用高大上的言词去激励官兵为国戍边，也要有小、暖、实的措施改善他们的生存状态。眼下看来，这起码是一个温暖人心的消息。而官兵们最担心某些好消息会成为一枚鞭炮，听到天空中一声响，接着是一地纸屑，然后就再没有然后了。

"无情未必真豪杰"，卫士卫国不惜身，想家保家不矛盾，英雄也有儿女情长。英雄的底色是凡人，铁骨铮铮也是血肉之躯。当年清军重兵压境，史可法明知势不可逆，自己必死无疑，仍然坚守扬州城，英雄末路，舍生取义，但他给家人捎去遗书，心中还惦记着太太、四太爷、大爷、三哥今后的生活，"肝肠寸断矣"！

铁的边关冷的血，军人家在后方，亲情像一根小小的火柴，轻轻一划，就能把军人的血液点得熊熊燃烧起来。

既然军人可以为大家而牺牲小家，作为大家也可以给军人的小家送上一缕春光，让这些为国为民敢于抛头颅、洒热血的勇士，能感受到自己被军队这个大家庭时刻牵挂并温柔地爱着。

我相信，行走在春天里，沐浴和煦的春光是迟早的事。

今天是你的生日

蛋糕、蜡烛、祝福、生日歌，一样都不能少。

高堂妻小、三亲六戚、新朋故友，一个都没有来。

告诉他们，他们也来不了；通知他们，他们也找不到。这样很让"寿星"郁闷，这下替好朋友们省下购买生日礼物的钱了，虽然非常不情愿，但既然做不到，也只能饶了他们。

和平方舟上的集体生日，道具该有的都有；出席的人物，除了战友，该有的都没有。

我不记得自己出过多少次海了，累计出海时间要用"年"算，可在海上过生日，却均未遇到。一年就那么一天，日子固定，雷打不动，先天自己说了不算，后天也不能调整。虽然，我与父母感情至深，一出生就被他们命名，并拥有全部的知识产权，他们对我万事都尽量做到有求必应，好说好商量，但是，唯生日不是一个能与他们商量一下就可以修改的日子。

当了大半辈子海军,当然有点遗憾。

有人第一次出海,就在海上过上生日,着实幸运。

其实,我本身对过生日没有太大的兴趣,经常忘到脑后,总是在妻子或者女儿询问想要什么礼物时才猛然想起来。当然,我不能忘记她们的生日,要是像忘记自己的生日那样忘记她们的生日,后果将比天塌下来还要严重。我不重视自己的生日,不是因为又年长了一岁而心生恐惧,而是觉得没有多少积极意义,自己对国家、社会、家庭所做出的贡献不多,倒是添了不少麻烦,为此十分惭愧。心有愧疚,也就不好意思呼朋唤友,以重温"难忘今宵"为名,隆重地庆祝自己的诞辰!

和平方舟每个月都组织一次集体生日聚会,挑一个相对清闲的晚上,把生日在本月的官兵聚集在餐厅,把不值班的官兵集合起来,把能够吹拉弹唱的文艺骨干派来,热热闹闹地举行一个生日Party。

"寿星"还真不少,每次都有一二十个。大部分是同月不同年,最悬殊的差30多年,一个长着老年斑,一个刚长青春痘;一个不知不觉走过了大半生,一个青春洋溢,岁月富饶。于是,生日聚会就成了叔叔辈与侄子辈的"派对",都是"寿星",同样都有"生日快乐"的祝福。

"和平方舟"号医院船当月"寿星"过集体生日现场

仪式很简单,因为没有能力搞得太复杂,船上不可能张灯结彩,也不可能摆下美酒佳肴,更不可能有人送上大束的鲜花。海里浪花倒是不少,但没有一朵是可以用来馈赠的。周围都是海水,可我们也不能把生日聚会搞成泼水节,将喜气洋洋的"寿星"们浇成"落汤鸡"。

海军舰艇远航,在海上组织集体过生日是传统。我们在船上倡导"一艘船、一家人、一条心"的理念,过集体生日正是为了加固这种亲情、温情、战友情。简单的是过程,俭朴的是物质,传递的却是集体的温度。

主持人宣布开始,由我和管柏林给"寿星"发贺卡,大家像领奖一样一一上前领取并合影。卡片是特别制作的,上面的照片,都是"寿星"们自己提前选好两张交给制作人的,大家一般都选一张着军装的工作照和一张穿便服的生活照,普遍性与特殊性相结合。卡片上有贺词,没有太精彩的词语,属于自助式格言,朴实无华;还有我和管柏林的签名,我们的字都很一般,不像明星的签名那样龙飞凤舞。

我们把贺卡像礼物一样郑重其事地发完之后,过生日的官兵会派出一位代表发言,不善言辞的人会激动得语无伦次,越是这样大家就越是起哄,让讲话的人脸红脖子粗,窘态百出;平时讲话头头是道的人,终于有了当众发言的机会,拿着话筒不撒手,天南海北滔滔不绝,这时大家也起哄,毕竟生日聚会不是报告会。

接下来是聚会的高潮,"寿星"们一起切蛋糕,仪式感还是挺强的。餐厅的灯光关闭,只有蜡烛朦胧地亮着,也不知道有多少支,都像挺立的小士兵一样,围成一圈,慷慨大方地把自己燃烧成灰烬。"寿星"们这时不再忌惮男女有别,都挤在一处,脑袋挨脑袋,同时鼓起腮帮子,呼的一声将蜡烛全部吹灭。这时灯光大亮,蜡烛完成了它的历史使命被撤了下来,大家一起操起刀,"一二三,耶",手起刀落,蛋糕被切成两半。江山等负责摄影和想摄影的人,就等着这一刻,相机、手机、摄像机齐上阵,闪光灯闪烁,快门噼里啪啦响成一片,加上一齐唱起《生日歌》,大家热情洋溢,欢乐爆棚。

最给力的要数炊事班的兄弟,做蛋糕自然不在话下。他们做的蛋糕真材实料,边上也像正规蛋糕店那样做得花里胡哨,而且巨大无朋,有十几斤重,需要两个人抬着上桌,像抬着一个磨盘似的。味道也着实不错,不比专业蛋糕师烘制的差。最关键的是上面特别标明"和平方舟"四个字,似乎在庄严宣告,全世界独此一份、别无分店。

下面的节目是吃蛋糕、喝饮料、看文艺演出,更重要的是互相祝福。与战友在一起和与父母在一起不一样,和父母在一起会有所拘谨,和战友在一起大家无拘无束,可以逗乐打闹,这样就有人出其不意地把蛋糕摁在"寿星"的脸上,满脸奶油的"寿星"乐不可支,咧开嘴傻笑,追逐"肇事者",萌得像舞台上活蹦乱跳的"小丑"。

真是印度洋水深千尺,不及战友欢乐情!

这个时候,我和管柏林就知趣地离开了,难得让官兵们有个"开心一刻"的时间和空间,我们在这里会妨碍他们尽兴。我们知道,只要不给酒喝,他们再闹腾也不会出格。

船外是波澜壮阔的海洋,船内是一片欢乐的海洋。

这样过生日,可能不够精彩,但足够让人难忘。

一棵草,安静地离去

多关注生活中的细节,就能把无聊的日子过得有趣。

我在房间里养了几盆花草,有朱槿、满天星、龙船草之类,全部加起来只花了5美元,身价低,不名贵,非珍品,属俗流,没有芍药的千娇百媚,缺少凤竹的绰约风姿,不具牡丹的国色天香,更无幽兰的花开富贵,也就是花草里的"普通群众",芸芸美女中的"村姑",但不影响它们每天悄无声息地暗香浮动,在视觉上给我提供一帧春天的画意,嗅觉上提供一丝春天的味道。

除此之外,我还按照一位加蓬志愿者传授的方法,把牛油果的婴儿拳头般大小的核四面插上牙签,剪了半个矿泉水瓶,倒满水,把果核泡在里边,安置在舷窗边,让它每天都能享受阳光的照耀。一星期后,牛油果核从中间裂开,下面长出白色的根须,顶部冒出绿色的嫩芽,细条条的,展示出生命的初始。

养花养草,倒不如说我养的是一种心境。

忘了谁说的:心怀幽趣,则风月自奢。

——"和平方舟"号医院船援非纪实

和平方舟浑身是钢,犄角旮旯里会长铁锈,却长不出花草,是绿色的荒漠。自从有了我这几盆花草,仿佛钢中现出了一点柔,冷颜中浮出了一缕微笑。而且,有几位在岸上就喜欢侍花弄草的人,也会时不时地来看看,并无私地给我传授一些宝贵的养花经验,比如,郑重其事地指出浇花要用淡水而不能用海水,放在烈日下晒久了容易蔫掉,等等,都是"真知灼见"。

横穿印度洋,18天的航渡,时光与航速一样缓慢,但有这些花草需要悉心料理,生活内容便丰富起来。

可能是有生存就有毁灭,那棵星星草日渐枯萎,我有几分心疼,也有些许失落。我买这盆星星草,完全是被她细碎如繁星的小花所吸引。我非常喜欢清代诗人袁枚那首《苔》:"白日不到处,青春恰自来。苔花如米小,也学牡丹开。"寓意很明确,就是小人物有大志向,符合我自己"位卑未曾忘忧国"的自持。星星草长得比青苔高不了多少,花开也是"如米小",自然属于花中的小字辈,可依然从容地展示自己的青春,焕发生命的光彩。这种气质,这种风度,这种恬静,是我所喜爱的。

从大西洋到印度洋,走过了几个非洲国家,它都好好的,生机勃勃;刚进入亚洲,就不行了,一副病怏怏、无精打采的样子,星星般美丽的小花也一朵朵掉落殆尽,生命垂危。

为什么一出非洲它就病了?难道它像艾青写的那样,因为对那片土地爱得深沉?

船上没有园丁,有医生。我把在甲板上散步的几名医生请来"会诊",指望通过他们妙手回春的医术,让星星草起死回生。我对他们治病救人的手段充满信心,也包括治病救草。

没一会儿,我的信心就发生了动摇。他们救人可以,救草却勉为其难,但他们仍然兴致勃勃地发扬了高尚的职业责任感,几个人围着小草,很认真地分析了病因,并贡献了几个馊主意。一人说,海水盐分高,摄入的钠太多,应该给它吃降压药;一人说,看它趴在花盆上直不起来,从临床分析,喝水过多,肾结石的典型症状;还有一人说,开花的植物属阴,应该看妇科……

没一个靠谱的!

我抢救过它几回,包括给它喝矿泉水,松土,放在舷窗口呼吸新鲜空气,搬到甲板上晒太阳……没少折腾,就差给它做人工呼吸了,都无济于事。最后我把它安置在厕所里,相当于进入"重症监护病房",希望潮湿的环境能救它一命。可惜采取一切救治措施,最后都宣告失败。

船还没进入东帝汶,它就"与世长辞"了。

我给星星草举行了海葬,出席追悼会的有印度洋上空的星星,星星惜"星星"。既然不肯漂泊他乡,那就让它借助洋流回到故乡。

它的故乡在加蓬。

我是在加蓬的街头买的星星草。加蓬属于热带雨林气候,插根筷子都能长出竹林,种花草自然不费劲。非洲许多兄弟虽然身体结实有劲,但喜欢干不费劲的事,做买卖也一样。因此,街头路边有许多卖花草的,一盆盆、一簇簇、一堆堆,密密麻麻,露天摆放着,任凭风吹雨打,岿然不动的却是老板。只有在有人来买时才肯露面,还摆出一副爱买不买的样子,生意做得有一搭没一搭。好在这些花草自幼习惯了自己生长,主人在与主人不在一个样,扎根、长茎、开花,自立自强,长势喜人,引来许多蝴蝶、蜜蜂盘桓其中。我掌握的花草知识有限,能叫上名的不多,更多的我不认识。反正也不贵,我就拣好看的买了4盆,给钢铁宿舍添几分生气,给单色调的生活增些许色彩。

侍弄花草,看似简单,其实是个技术活。我以前很羡慕别人家阳台上一年四季绿意盈盈、鲜花盛开,好似春天老是赖在他家里不走。于是,我没少从花鸟市场一盆一盆往家搬花草,也希望春姑娘能在我家的阳台上坐坐。不过,自己养花技术拙劣,基本上是擀面杖吹火——一窍不通,加上不爱找人讨教或从书本里学习,它们进了我的家门算是不幸,短的几星期,长的几个月,生命就基本上走到了尽头;有的被涝死,有的被渴死,还有的死得不明不白。就是生命力旺盛如吊兰、芦荟等,也没熬过一年,便精神萎靡,半死不活,最后只好让它们自生自灭。

好像我这辈子与花草先天八字不合。

船上没有花盆,公务员灵机一动,把船上的塑料垃圾桶底部钻个孔,又跑到码头外刨来泥土,把花草小心地栽进去。"花盆"做得虽然土了一些,没有青花瓷那般美观雅致,倒还像模像样。原先它们的根都是被黑塑料布包裹着,非洲人对待花草简单粗暴,现在它们生活在"花盆"里,如被好心人收养的流浪狗,待遇明显提高。

房间里有了植物,茶几上摆一盆,书架上摆一盆,卧室里摆一盆,体形较大的朱槿不便上桌,就摆在地上,气氛立马不一样了,有了蓬勃的朝气和活力。据说绿植能缓解眼睛疲劳,能清新空气,能调节心情,好处多多。这些我都没体会到太多,我只觉得房间里仿佛多了四个活物,它们陪着我喘气,伴着我看书,不说话也不捣乱,是对它们好不好都不提任何意见的朋友,相看两不厌。

花草怡情,我喜欢它既能怡情也很安静。与热闹相比,我还是喜欢安静,哪怕安静得寂寞,我也更愿意一个人待着。这时候什么都可以做,也什么都可以不做;什么都可以想,也什么都可以不想,身心都是自由的。花草有生命,但不干扰人类的这份自由。安静是一种素质,任何一种生命,无论是高大如树,还是卑微如草,都应保持安静,在安静中清静,在清静中笑看云卷云舒、花开花落。真正潜心于事业的大师,大多默默无闻。

人在安静下来的时候,才能体味到安静中的乐趣,看到自己的灵魂在舞蹈。

星星草安静地离去了。虽然生命短暂,但它在我生命的特殊日子里,无欲无求地陪伴过我。

而所有生活中的陪伴,或长或短,都留下了芬芳。

在退潮的海滩上"淘宝"

东帝汶是个寻幽探秘的好地方,山川海洋基本保持着原生态,这在东南亚国家很少见。

东帝汶也是多难之邦,几百年来被葡萄牙、荷兰、日本、印尼先后蹂躏过,结束战乱才15年,山河尚未收拾干净。

清水出芙蓉,美丽往往不加修饰。

车是我们租的,几辆车去不同的方向,人员自由组合。

我今天去的地方是基督山下的海滩,不是去山上朝圣。去海滩不单为了看

12月14日，中国海军"和平方舟"号医院船缓缓驶进东帝汶

海景，而是到海边走一走，实地察看东帝汉的地理状态，随便捡几块漂亮的石头。别小看了这些石头，其花纹、质地、颜色往往附着此地古老的信息。估计当地人对吹海风没啥兴趣，对捡石头这种行为也不一定"感冒"，他们只捡海滩上的活物，石头在他们眼里是死东西，不能吃，不能当钱花，还费工夫。他们越没有兴趣，好看的石头被捡走的可能性就越低，说不准就有我心仪的石头在等着我。

都说相遇是一种缘分，它们可能已经在东帝汶海岸默默地等我几万年了，想想都激动。

只需一刻钟，我们就到了布满大大小小石头的海滩。

东帝汶的海滩很漂亮，人迹稀少。阳光正在快速扫除海面上的雾气，视野开阔，远处的阿陶罗岛像碧玉浮在波浪之上，山头隐藏在缥缈的云雾中，如同仙山胜境。

我们正好赶在落潮的时候到达，只有几个小孩子在海边玩耍，也可能是在捡拾大海的馈赠，潮水总能把一些螺贝之类的东西送上海岸。这时的海滩像一幅没有经过人为修饰的风景画，空旷宁静，充满野趣。

虽然有些冷清，却着实让人喜欢。白花花的沙滩，踩上去非常松软，细沙摩挲脚底的感觉十分舒服。几棵粗矮的松树歪歪扭扭地长着。海边的树都这样，常年受海风肆虐，需要激烈抗争，时间一长，便似倒非倒，似立非立，其实根深枝

——"和平方舟"号医院船援非纪实

12月16日,从空中俯瞰阿陶罗岛沿岸,绿树成荫,海水透亮

硬;形状也是既丑得无所顾忌,又美得出其不意。

海滩上的石头很多,青苔已经被海水泡成褐色,基本保持着原始状态。还有那些裸露的礁石,被海水侵蚀得千疮百孔,许多海蛎子吸附在上方,斑斑驳驳;有人走近,一群觅食的小螃蟹飞快地逃走。这才是礁石真实的模样,说明这里的生态环境健康。

我有点遗憾,无所不在的中国游客为何单单把这么美的地方冷落了?

这也不奇怪,我们喜欢热闹,越热闹的地方越趋之若鹜,哪怕挤得走不动路。海边的旅游胜地中,最负盛名的要数印尼的巴厘岛,度假的休闲的结婚度蜜月的、黄皮肤的白皮肤的黑皮肤的、男的女的、胖的瘦的高的矮的……挤满了该岛,海滩上除了潮水外,还有像潮水一样撒欢的人群,移动的大腿密密麻麻,让人眼花缭乱、目不暇接。

东帝汶离巴厘岛不远,有湛蓝的海水,有银白的沙滩,也有五颜六色的鱼群,而游客很少。我想,可能是交通不便的缘故,唯一的一个小型机场起降不了大型客机。飞机少,机票就贵,游客是有闲人,但不一定都是有钱人。

基度山在帝力港的东边,是一个海角,山顶上矗立着一尊巨大的耶稣雕像,大约有30米高,看不出材质是铜铸还是铁铸的。他脚下踩着地球,双手向前奋力张开,像是要拥抱什么,又像是向全世界发表什么演说,也可能是传道。

有一个问题让人费解,这尊雕像既不面朝大海,也不面朝东帝汶,而是朝着苍茫的群山。

为此我专门咨询了当地人。原来,雕像是印尼入侵东帝汶时建立的,面朝印尼,就是引导东帝汶人民心向印尼。现在看来,这就是印尼侵略者一厢情愿。独立自主,才是东帝汶的民心所向,绝不是一尊雕塑就能改变的。

我没有忘记此行的目的。

漂亮的石头果然很多,我专挑那些花纹好看的捡,而且必须半大不小,拿得动才能搬得走。都说"精美的石头会唱歌",自然界的每一块石头都举世无双,上面的天然花纹更是大自然的杰作,颜色和线条搭配出不同的图案,恣放而流畅,随意而生动,像印象派艺术家的精心画作。当然,在似与不似之间看出图案像什么需要想象力。乐趣也在于此,有时候拿起一块石头,翻过来倒过去,仔细端详半天,在脑海里搜寻一切与此相似之物,一旦吻合,便欣欣然如获至宝。

寻找总会有收获,我用海水把几块石头表面上的泥巴洗去,图案赫然入目,我将其命名为"和尚面壁""鱼鹰""冰川""海岸"等。虽然谈不上石中珍品,也非出类拔萃,更不可与珍藏在博物馆内的奇石媲美,但放置于案头上,闲暇时供自己慢慢品味把玩,已经绰绰有余。

沙滩上的珊瑚也吸引了我的注意。这种珊瑚都是被潮水冲上岸的,个头不大,浸泡在水里很重,如果干透了会轻得出奇。珊瑚比较神奇,原是一种活的生物,由海里的腔肠动物珊瑚虫组成。它们一群群聚居在一起,捕食细小的浮游生物,然后分泌出石灰石,它们的生长繁衍过程,也就是珊瑚礁的形成过程。因此,珊瑚礁不像岩石那样永远长不大,它是有生命的,能够不停地成长,能长成礁,甚至长成岛,一座座向海面崛起。

说珊瑚虫是海洋里最伟大的建筑师,一点都不夸张。

可能是气候变暖和海水酸化的缘故,近年来导致珊瑚大量死去。一些从珊瑚礁上掉下来的珊瑚,被潮汐带到岸上,带到东帝汶基度山下面的岸上,带到我的手上。

珊瑚形状独特,乳白色的表面像布满了密集的"蜂巢"。如果把它挂在屋檐下面,没准能误导成群的蜜蜂,以为是自己的巢穴,采来花粉,酿出纯天然蜂蜜,咱们每天挖一勺吃,可以强身健体。珊瑚虫给自己构筑了华丽的家,现在它们都死去了,这里成为一座"故居",依然美丽绝伦。

中医说珊瑚有药用价值,主要用于安神明目。我没有讨教过怎么用,是熬成汤喝,捣成泥冷敷,还是烧成灰做膏药,反正中医用的药材,总是很神奇。至于珊瑚,我只觉得把这么漂亮的东西捣碎了或者烧成灰太可惜,远不如摆在桌子上更养心养眼。

早些年,南海水下有一大片"珊瑚王国",五颜六色,蔚为壮观,可惜的是,渔民们在不打鱼或者打不到鱼的时候,就下海挖珊瑚。资源再丰富,也禁不住狂刨滥挖,目前那里的珊瑚资源已经濒临枯竭,搞得"地主家的余粮也不多了"。

伟大的建筑师碰到拆迁队,只能自认倒霉。

不知不觉捡了一大堆珊瑚,这时海边来了一群当地人,他们对我捡的这些东西不屑一顾,可看到我兴致勃勃,也帮我捡了起来。他们不是来玩的,是到海边捡塑料瓶的,可以卖钱。这些人善于享受生活,无瓶可捡了,在海滩上支起一个小锅,架上便携式小瓦斯炉,咕嘟咕嘟地煮咖啡,香了一阵阵海风。

我把空矿泉水瓶子给他们,他们大方地笑纳了,并热情友好地指着冒热气的咖啡壶说了几句什么,我没听懂,估计是请我喝一杯。我对喝咖啡兴趣不大,摆手谢绝了他们的好意。

涨潮了,汹涌的海水将很快淹没这片海滩。

我把石头和珊瑚搬上车,满载而归。

咖啡王国

在国内未出发前,几位朋友来送行。你一言他一语,古道热肠地给我介绍非洲的风土人情,虽然他们谁都没去过。

当得知我们最后一站是访问东南亚国家东帝汶时,其中一位朋友像个地理学教授一样告诉我:东帝汶咖啡绝对好,可以多带点回来,兄弟我带上麻袋去码头迎接你!

话说得恳切,且发自肺腑,尤其是对收礼物绝非虚情假意。

我很佩服该朋友连籍籍无名的东帝汶都听说过。要知道这个国家人口只有100多万,没有名声响亮的旅游胜地,也没产生过惊天动地的大人物。我第一次听说东帝汶,还是因为咱们的国足0比0平了东帝汶足球队。我对朋友的话自然没有放在心上,因为这位朋友经营服装生意,是穿衣的专家,却不是吃喝的行家,专业与咖啡八竿子打不着,而且平常硬着头皮走进咖啡馆,也是问有没有茶的主。

12月15日,在东帝汶总统府,东帝汶总统卢奥洛(中)与"和谐使命—2017"任务指挥员管柏林(左四)、作者(右三)以及中国驻东帝汶大使刘洪洋(右四)等合影

现在到了东帝汶,在分别拜会总统和总理时,两位慈祥的老人都把咖啡作为礼物郑重地送给我们,而且也都谈到本国出产优质咖啡,自豪之情溢于言表。能让总统和总理挂在嘴边夸奖的物产,一定是本国经贸产业的龙头老大,老百姓可以依靠的经济支柱。

在大使馆做客,刘洪洋大使也盛赞当地的咖啡,主要出口欧美等国家,是东帝汶创汇的支柱产业。他的会客厅里放着半盆脱壳的咖啡豆,有豌豆那么大,肚子上有一条凹线,像刚做过剖腹产的一条刀口,更形似放大的青稞粒,闪着青灰色的微光。我的鼻子对吃什么比较感兴趣,除了闻饭菜的香味,对闻其他东西不太灵敏,但仍能闻到一股淡淡的清香。他说这半盆咖啡豆是咖啡种植园的华人老板送他的,质量上乘。

我准备听从朋友的建议,买些咖啡回去,口袋里还有一些美金,反正花不完回去也要交还给老婆,一如既往如泥牛入海,还不如满足一下朋友们的愿望。用麻袋装太夸张了,一人分几小袋还是可以满足的。

国内的朋友让在东帝汶开公司的吴磊接待我,陪我喝喝咖啡、看看风景、吹吹海风、吃吃烧烤什么的,总之,生怕我在东帝汶无所事事。吴磊是个四川小伙,30岁左右,英俊潇洒,一看就非常精明强干,来东帝汶已有五六年时间,对当地的风土人情十分了解。他经营进出口贸易,至于进什么出什么,我没有多问,我对不感兴趣的东西从不好奇,问了也记不住,还不如不问。

中午吃饭的时候我就问吴磊咖啡的事,我也搞不清楚自己一下子哪来那么多问题。我以为在东帝汶,没吃过猪肉,还没见过猪跑吗?没想到隔行如隔山,吴磊对咖啡的认知比我强不到哪里去,仅限于几种等级和分类,被我问得直挠头。"干脆,"他说,"明天我带你去一个华人的咖啡种植园,有什么问题你问他就明白了。"

我也正想看看华人在此地的经营状况,第二天坐吴磊的越野车直奔咖啡种植园。

路程比较远,需要1个多小时。路都是盘山柏油公路,与我们的省级公路长相差不多,可容两辆车相错而过,不像我想象中那样坑坑洼洼。其实,到了东帝汶,许多观念被颠覆,我以前总认为东南亚国家亲近的是西方,包括亲近澳大利亚,没想到东帝汶是例外;还有,国家基础设施落后,政府无所作为,城市治理不善,小乞丐追着要钱,成群的流浪狗在脏乱的垃圾堆里翻找食物……但东帝汶是另一番景象,独立才15年,是东南亚最年轻的国家,官员勤奋廉洁,比如总统的办公室,陈设十分简单,会议室的桌子是一块带有洞孔的大木板,像从旧船上拆下来的木料,在我们国内常被半大不小的老板用作茶台,却成不了会议桌;我还注意到总统用的手机,不知道用了多少年,外壳已经被磨破了边,颜色也早非本色。我吃惊不小,作为一国之总统,抗印战争中的领袖,开国的元勋,他不是换不起小小的手机壳,换成黄金钻石的都轻而易举,但他没有,从中也反映了他生活的俭朴和身上的平民作风。一个老革命家能如此以身垂范,必定能给政府官员树立很好的榜样。总理也是如此,会客室里坐10个人都非常拥挤,他们的一些部长只能站在走廊上与我们见面。还有一点让我们始料未及,这个国家的人民对中国人是出奇地好,这可能与我们第一个承认他们成为独立国家有关,也可能与我们多年的热情慷慨援助有关,也可能与他们舆论工具的友好宣传有关……总之,这是一个在东南亚国家中需要我们另眼相看并另眼相待的国家。

山高林密,车子在云雾中蜿蜒而上。我从小在浙东山区长大,走过的山道比平路多,对山有一种自然的亲切感。我喜欢春天山花烂漫,尤其是漫山遍野的杜鹃花,像披上一层火红的云霞,美丽至极;夏天山里凉风习习,鸟鸣深涧,流水潺潺,掬一捧甘洌的泉水滋润喉咙,沁人心脾;秋天层林尽染,野果飘香,眼福与口福俱享;冬天大山银装素裹,树上冰凌倒挂,分外妖娆,说不准还能在雪地上捕捉到出来觅食的雉鸡。东帝汶没有四季,青山常绿,少了些色彩的变幻,但这里因天气温热,草木成长得快,连岩石都被植被覆盖,非常适合野生动物的繁衍生息。

群山莽莽,难怪当年印尼军队使出浑身解数,也消灭不了东帝汶的抵抗游击队,反而被游击队打得不敢轻易进山。我在船上曾与东帝汶防务安全部部长索莫丘聊天,递烟给他抽,他礼节性地抽了一根。这个在枪林弹雨里摔打出来的人,历经九死一生,他说打仗的时候游击队每个人都养成了不抽烟的习惯,因为火光在山里容易被敌人发现,而印尼军队有很多人抽烟,所以有火光闪动的地方一定有敌人,只要用迫击炮朝有火光的地方发射,必定能消灭一大片,到最后印尼军队也不知道为什么游击队的炮弹是长眼睛的。我很佩服,只有打过仗的人才知道战场无小事,稍有不慎都可能带来灭顶之灾。

来不及过多感慨与联想,种植园就到了。其实就是个农场,院子很大,排列着几间平房,几朵不知名的小花在墙角恣意地开着,还有几条土狗不动声色地打量我们几眼,便扭头走开了,目光里看不到热情,也不太警惕,摆出一副事不关己、爱来不来的淡定态度,可能是经常有陌生人来参观,它们已经司空见惯、习以为常,觉得自己没必要像主人那样摆出一副热烈欢迎的模样。

真正的主人的态度却不是这样,他早已等候着我们,热情地把我们让进屋。

他叫陈丽松,云南人,不到40岁,相当于种植园的总经理。他说大老板在国内,这里由他负责打理。屋子里有一个办公室加接待室加展厅,除了办公桌,还有一排展示柜,里面陈列着各种各样的咖啡豆,还有东帝汶的其他一些土特产。

我感兴趣的还是他介绍各种品质的咖啡豆。品质上乘的咖啡豆颗粒饱满,呈青色,玉质感强,肚子上的凹线弯曲而不是一条直线。低档的咖啡豆颗粒小,呈灰色,缺少光泽。他说园子里的咖啡豆基本上都出口到欧美市场,最差的咖啡豆每公斤1美元,全被世界知名的×××公司收购,在我们国内卖几十元一杯,简直是暴利。这不能怪×××公司,他们摸准了我们国内消费者的心理,喜欢一本正经地坐在昏暗的灯光下喝咖啡的人,并不一定真正懂咖啡。既然舌头分不出优劣,就只能看品牌,哪种名声响亮喝哪种,哪种价格高喝哪种,反正都是苦的,喝的是面子,满足自己优雅的虚荣心,而品质和口感的好坏是次要的。

里屋是喝咖啡的地方,摆着一张很长的台面,堆满了瓶瓶罐罐,里边装的是磨好的咖啡粉。陈丽松手脚麻利,一会儿就冲了好几种咖啡摆在我们面前,他让我们品尝各种档次的咖啡,还不停问我们哪一种好喝。我如实回答:哪一种都不好喝。

喝了几杯,又听陈丽松现场指导,我稍稍喝出了一点名堂,东帝汶的咖啡有一点点石油味。陈丽松说它属于阿拉比卡种,这种味道在咖啡里较重,但现在已被欧美人接受,有的人甚至认为它是咖啡里最好的一种。

陈丽松拿出他的至尊极品——猫屎咖啡。这种大名鼎鼎的咖啡据说喝了一杯还想喝第二杯,不过很快会把口袋里的钱喝干净。因为价格昂贵,在欧美卖到上百,甚至几百美元一杯,只有不差钱的富人才能喝得起,一般老百姓闻闻猫屎味就行了。这么好喝的咖啡形状可不敢恭维,就是一段由猫粪把咖啡豆粘在一起的屎橛子,看了一眼都不想看第二眼,说实话,还有点让人恶心。我犹豫了一下,才拿起一段屎橛子放鼻子下闻了闻,没有一点味道,可能是因为干透了,臭味早已散尽。

我问了一个脑子进水的问题:就把这屎橛子塞进咖啡机磨成粉冲出来给人喝?陈丽松说这只是原料,还要经过清洗、脱壳、烘焙几道工序,保证最后的咖啡豆不带一点猫屎。

他还不无得意地告诉我们,这里的猫屎咖啡最正宗,是野生的麝香猫吃了树上成熟的咖啡浆果后,把屎拉在草丛里,本地的孩子每天漫山遍野地去找,但数量少,很难捡到。物以稀为贵,加上麝香猫吃咖啡浆果,都挑枝头上最成熟、颗粒最大的吃,浆果的皮肉在它们的肚子里消化后,剩下的果核被拉出来,就成了质量最上乘的咖啡豆,才被冠名"猫屎咖啡"。

近年来这种咖啡名声大噪,大有风靡天下的意思,印尼也有,咱们云南也出,价格很高,其实都是人工喂养的麝香猫,真正的野生麝香猫屎咖啡全世界每年不超过400千克。现在人们又开发出孔雀屎咖啡、骆驼屎咖啡、毛驴屎咖啡等。

尽管东帝汶激起了我对咖啡的浓厚兴趣,还惦记着给朋友们带点回去品尝,但不得不承认自己对咖啡的认知十分贫乏。陈丽松还在给我们讲解咖啡知识,为了让我们能更多地了解,他又分别泡了十几种咖啡让我们品尝,让我们判别品质高低优劣,其中还要挑出哪一杯是猫屎咖啡。他自己先示范,拿把小勺子舀上一点送进嘴里,像漱口一样咕噜了几声,然后吐出来,说要用舌根品味,好的咖啡有微甜和回香,猫屎咖啡带有一点酸头,香味比别的咖啡浓郁。

我也学着像青蛙一样,鼓起腮帮子咕噜,有几下没咕噜出味道就被咽进了肚子里,舌头也不争气,怎么也分不出谁好谁差,更别提哪一杯是猫屎的了,做这样的选择题我只能考零分。我说,让我分辨酒可以,是酱香型还是浓香型,这难不倒我,让我甄别咖啡品质,就像亚洲人看欧洲人的脸一样,长得都差不多。

陈丽松不再难为我们,转身带我们去看种植园和加工厂。咖啡果树不是很高大,类似樱桃树,枝枝杈杈间果实累累,树枝都被压弯,青色的未熟,红色的成熟,熟透了的呈紫色,颗粒也跟樱桃差不多大小。陈说,种植园有3000多亩地,规模还将扩大,因为供不应求。欧美人每年都一批批到来,很喜欢从他们这里进货,他们种植的是有机咖啡,绿色无污染,从来不用化肥农药,产量不高。

东帝汶经济比较落后,40%的国民还生活在联合国公布的贫困线以下,种植业还无法普及现代化。周围的农民主要经济收入来源也是种几株咖啡,全靠人工雨天一身泥、晴天一身汗的劳作,规模不大,一般摘下浆果就卖掉,经济稍好一点的家庭才拥有小作坊,也仅限于清洗干燥,买不起烘焙、研磨、去皮存肉的设备。只能粗加工，赚不到多少钱，因此，很多当地农民就成为种植园的雇工。

加工厂也是仓库，我以为能看到一袋袋成品咖啡豆堆叠成山，准备出货。结果仓库里空空如也，陈丽松说都在去欧美的船上。几台脱壳机也没有工作，寂寞地立在那里。看来加工的过程我今天是见不到了，不过看到空荡荡的库房面积有两三个篮球场大，我也为他们高兴，说明这里经常能出现热火朝天、颗粒满仓的丰收景象。

我们的中午饭是在种植园吃的，陈丽松让厨师烤了很多鱼，香味扑鼻。他很细心，特意在餐厅外走廊上让工人用人工烘焙机烘焙咖啡豆，异香入室，与鱼香混杂。他又沏上一杯用烘干的咖啡皮泡的茶让我们喝，这种茶让我从头到脚都爽透了。

我挑剔的味觉今天被完全征服。

我问陈丽松国内能不能喝到这里的咖啡，他遗憾地摇摇头，说物流太贵，运输成本居高不下，种植园里的咖啡豆没有一粒进入国内。

看来，我国国内的快递业已日臻完美，而国际物流服务还没有突破小而弱的瓶颈。欧美很早就建立起了物流产业，并在一战、二战中大量应用于战场。与其相比，我们的物流起步晚、效率低、反应慢，国际航运还有许多盲区需要填补。

联通大半个世界的"一带一路"，物流是供应链的基础支撑和保障，可以有效推动国与国之间的供需合作和联运发展。依赖别人的交通工具来运送自己的东西，总是十分被动。要建起这座畅通无阻的"桥梁"，我们还有很长的路要走。

希望能在国内尽快喝到东帝汶的咖啡。

甲板招待会

走过十国，我们都按惯例举办甲板招待会。东帝汶对我们如此友好，不能例外，我们得真诚地招待。

这也是我们此行的最后一次甲板招待会。

甲板招待会是海军特有的礼仪,让受访国军政要员来做客,像发一张外交名片,附带把自己对外展示一番。也有一些国家的海军将其称作"冷餐会",可能是因为甲板露天,热气腾腾的食物端上来被海风一吹,热的变成凉的,冬天能直接让牛奶冻成冰淇淋,干脆就叫"冷餐会"。这种冷餐会是西方人发明的,都站着吃饭,手里拿着一个装满食物的盘子,或者端起一杯酒走来走去。

"饭后百步走,活到九十九",冷餐会符合咱们中医养生理念,只是不讲次序,把两种不相干的事一块儿干了。

我总觉得,西方高贵的"绅士"们,虽然事事都要表现出高人一等的样子来,但对烹饪学的研究及其成果,实在不敢恭维,至今充其量尚处于饮食文化建设的初级阶段,直白一点说,就是准原始人阶段,以生食、手抓或者火烤为主流操作方式。看看他们的厨房就不难发现,比客厅还干净;吃饭的工具不是刀就是叉,叮叮当当,发出剑戟交鸣的声响,有冷兵器时代近身肉搏的野蛮味道,对付的却只是盘子里的一块牛肉。

当然餐具的配置不能说明问题,所谓美食,味道才是关键。我参加过加拿大海军的甲板招待会。他们十分重视那次招待会,为了让我们吃好,特地请了地方的大厨来烤制牛肉。那牛肉的确烤得漂亮好看,焦脆金黄,望之让人垂涎欲滴。美食面前,我自然禁不住诱惑,迫不及待地切了一块送进嘴里,却发现像嚼了一嘴纸屑。我很奇怪,加拿大人在宰牛时,是不是要杀两次,第一次夺去它的生命,第二次夺去它的美味?

说饮食文化,几集《舌尖上的中国》一播,顿时让世界各国人民的口水流了一地。原来菜还可以这样烧,食物还可以这样加工,味道还可以这么鲜美。中国人真是太神奇了,不想佩服都找不到理由!

但西方人有一点是值得我们学习的。西方人很少浪费食物,很多美国兵在吃完菜肴后,还会用一小片面包,把盘子里残存的油渍擦干净吃掉,体现出了对食物的尊重,也体现出了一种高尚的人文素养。反观我们,饭后经常杯盘狼藉,残羹剩菜堆积如山。咱们中国人,祖上都是农民,可就有许多人有意或者无意地忘了朴素节俭的美德,即使祖宗是大地主,有良田千顷、仓廪万斛,也容不得如此糟蹋粮食。

在甲板上聚餐,起源于什么时候什么场合什么人,已无从考证。不过可以想象,有这么几种可能性:历史上,统治西方的人,许多曾率领舰船在海上作战,刀尖舔血,没被刀剑捅死的就要庆幸,庆幸就要庆功,庆功就要狂欢,于是发明了甲板庆功宴。还有,西方的渔民中,最受尊崇的行业是捕鲸,把号称"白金"的鲸鱼油做成灯油蜡烛,卖给皇室贵族,以此获取财富;捕鲸不易,那家伙体形庞大,力大无穷,鱼尾就能把渔船拍碎,危险万分,有时候出海几年也只能捕获一两头,收获后自然要庆祝派对。还有一个可能是,长期以来,他们许多人对当海盗有着巨大的热情,战风斗浪杀人越货,只要敢于像割韭菜一样割脑袋就行,成本小获利快,分赃当然快乐,喝点酒可以迅速让良心安宁。如果真是这样,则可以推断这种甲板招待会与西班牙、英国、荷兰、美国这些昔日的海上帝国有关。他们能统治海洋,也能把自己的文化变成世界通行的文化,哪怕是曾经罪恶暴戾的文化。

不过,甲板招待会能以其独特的文化符号,在世界海军推广开来,还是很有积极意义的。

今晚,和平方舟撤离平台上面张灯结彩,方寸之地上搭起了一个供交流的平台。当地的政府、军方、商界人士络绎而来,有东帝汶总理阿尔卡蒂里、国务部长兼国家安全顾问奥尔塔,以及矿产资源部部长、外交部部长、防务部部长、卫生部部长、国防军司令和国民警察司令等,军政要员云集。还有华人华侨、中资机构代表,以及部分国家驻东的大使和武官,大约有150人,甲板上贵宾济济。最显眼的是各国武官,军装笔挺,皮鞋锃亮,互相致意,表现出职业性的彬彬有礼,大家在轻松友好的气氛中沟通。

总理亲自莅临,东帝汶政府对中国的友好与尊重,由此可见一斑。

我们作为东道主,要做到礼数周全,当然更要热情洋溢,把宾至如归的优良传统淋漓尽致地发挥出来。除了精心准备丰盛的美食外,我们还有一台文艺演出,节目充满中国文化特色,展示了海军官兵多才多艺的一面。

在许多外国人的印象中,咱们不苟言笑,早些年军装的风纪扣卡着脖子,现在不卡了,但表情还是显得谨慎保守,脸部肌肉跟钢板一样缺乏弹性,似乎生下

"和平方舟"号医院船甲板招待会

来就缺少微笑基因,经常把队伍排成一条线,像工厂流水线上生产出来的机器人。的确,我国军人走出去的时间不长,次数不多,交流有限,曾被西方媒体嘲讽成"兵马俑",显得自信不足,加上一级对一级总是不放心,内部规定事无巨细,多如牛毛,官兵生怕说错话,给国家和军队脸上抹黑,所以外交场合就表现得小心拘谨,做不到放松、大方和自如,与国外军人那种奔放张扬,刚见面就像失散多年的兄弟重逢一样兴奋的个性有很大区别。

现在好多了,尤其是海军大舰上的官兵,老外见多了,没有神秘感了。许多官兵说英语流利得像说家乡话,交流无障碍,在涉外场合还真有几分外交官的风度。

甲板招待会可不仅仅是吃吃喝喝、唱唱跳跳,不像在酒吧,捋起袖子拼酒量,看哪一国的军人更能喝。它其实是军队的一次小型外交活动,吃什么是次要的,喝什么也是次要的,说什么才是主要的,招待会本身也是一个宣传的窗口。今晚也一样,指挥员在招待会上致辞,坦率地阐述我方访问东帝汶以及提供医疗服务的高尚目的。

一些西方武官听得很认真,听中国将军讲话对他们来说可能机会不多。和平方舟是中国军舰第二次访问东帝汶,2016年515舰对东帝汶实现了首访。西方人的疑心病总是很重,对我们保持着非正常的警惕,即便是友好访问也会疑虑重重，然后忧心忡忡，好像中国军人都是居心叵测的不速之客。

来的都是客，今晚，他们都是和平方舟请来的贵宾，为了增进彼此的了解和友谊，我们把酒言欢。

"感谢中国海军和平方舟为我国人民送来健康，送来兄弟一样的情谊，干杯！"这是东帝汶总理在致辞中说的。他最近为国内选举奔忙，可还是抽出时间接见我们，今晚更是愉快地出席了甲板招待会。

"和平方舟"号医院船医护人员在甲板招待会上表演富有中国传统文化特色的节目

文艺节目体现着中国传统元素。开场是船上战士的狮子舞，跳跃腾挪，活灵活现，还不失诙谐，有点儿真功夫。士官王连生的唢呐吹得高亢激越。这家伙是东北人，长得高大英俊，不笑的时候一表人才，笑起来的时候嘴里"犬牙交错"，原以为他会因此不笑，可他偏偏老是笑，但这一点不影响他是个鬼才，什么乐器他都能玩两手，真不知道他这一口牙齿为何吹乐器还不漏风，这次执行完任务他就要退伍，"铁打的营盘流水的兵"，难免可惜。女战士邱明霞是从舰队军乐队抽来的，弹得一手好古筝，是童子功，指间飞出的音符悠扬空灵。由8名女护士表演的旗袍秀是最吸睛的，散发出中国古典美女的韵味。老外们纷纷掏出手机拍照，说不定从此当他的手机壁纸。最后一个节目总能让来宾们惊喜又惊叹,是舰上战士表演的沙画,一个小小的沙盘上在他的手下魔术一样演绎出了当地的著名景物、中国的名胜古迹、和平方舟的医疗服务,情景交融。这个节目,总能掀起高潮,收获来宾的热烈掌声。

"和平方舟"号医院船官兵在甲板招待会上展示书法、茶艺、古筝演奏等中国文化

说实话,比起文艺节目,整整齐齐地摆在长条桌上的食物稍为逊色。在我看来,无甚特殊之处,没有体现出中国的令人叹为观止的特色厨艺。当然,炊事员们真的尽力了,船上条件有限,食品仓库就那么点东西,材料缺乏,不好大展身手,毕竟不是陆地上的饭店宾馆,食材应有尽有。他们能在短时间内忙碌出一大桌食物,对于停靠在国外的一艘船来说已经非常不容易了。对于外国朋友们来说,一个水饺就能撩起他们无限的好奇心,他们吧唧着嘴问,这肉馅是怎么进去的? 我告诉他们是从天上掉进去的。他们知道我是说笑话,不过也竖起大拇指:OK,中国美食! 看到他们狼吞虎咽、大快朵颐,欢乐的招待会就成功了一半。

酒是必不可少的,就像世界通用的语言,碰杯就是语言的拥抱。我们一般提供红酒和啤酒,不喝酒的人可以自取其他饮料。船上提供的红酒不知道是哪家企业赞助的,就是一杯红色的水,有没有葡萄的成分颇值得怀疑,味道找不出词来恭维。我喝过一次再不碰这东西,不如喝杯鲜榨葡萄汁安全。不知道客人们喝过之后是什么感受,我也不好意思问,西方很多人喝葡萄酒是专家级水平,让他们违心说假话也不好。

这也不能怪船上的领导,现在军队一滴酒都不让买了,这一刀切得决绝,不留余地。对部队的禁酒令,我举双手赞成,因"感情深,一口闷"而引发的问题太多了,多到了严重影响军人形象,多到了破坏军队作风,甚至多到了削弱部队战斗力,不禁不足以重塑军队和军人形象。

但外事场合其实还是需要一些酒的,"无酒不成席",总部也实事求是地制定了规定,对的确是工作所需的,还是允许喝酒,比如甲板招待会。

与外宾举着饮料、白开水,或者一杯茶碰杯,终究有点不伦不类。我认为军人应该在两种场合可以端起酒杯:一种是外交场合,为了友谊,为了合作,为了相互理解;另一种是战场,"葡萄美酒夜光杯,欲饮琵琶马上催",为了国家,为了胜利,为了敢于牺牲。前一种的酒是黏合剂,拉近彼此距离;后一种的酒是催化剂,催生血性和勇气。当然,这两种场合都不能喝醉,前一种醉了可能丢国格,后一种醉了可能丢性命。

甲板招待会传递了中国海军的友好与热情。招待会结束时,我们立即收到了邀请,东帝汶外交部部长奥雷得奥·古特雷斯决定第二天晚上在外交部大楼宴请我们160名任务官兵。

有"回头餐",说明甲板招待会办得成功。

丢失一个秋天

按照计划,和平方舟于12月28日靠港舟山码头。

国内正值隆冬季节,东北已经泼水成冰,人们裹着厚厚的棉衣,走在结冰的路面上,走一步滑两步,嘴里喷出一团又一团雾气,想想都觉得冷。

我们像反季节大棚蔬菜,现在穿着半截袖的海魂衫,仍汗流浃背。屈指一算,出发与靠港,中间似乎穿过一条时光隧道,从三伏酷暑这一头进入,出来时已是寒冬腊月。

5个月在热带和亚热带地区航行,我们中间丢失了一个凉爽的秋天,这个季节就像一个文档,被时序的鼠标轻轻一点,便从我们生命中被彻底删除了,仿佛完成了一次小小的时空穿越。

　　想起那首春晚上唱响的《时间都去哪儿了》,感叹光阴飞逝好不可惜,感念人生易老、亲情最贵,唱哭了不少以孝为先、敬老爱亲的中国人。有感于此,我们是不是也可以唱唱"秋天都去哪儿了"? 出了趟国,把秋天走丢了,丢在了碧水波涛间,回头看看,再也不可能找回来。不过,感念一下天涯行旅,一路颠簸,体会万水千山都是情,也算是失之东隅、收之桑榆。

　　时间总是冷若冰霜,没有感情,水一般从身边悄无声息地流过,不像咱们的父母那般温暖慈爱,能千方百计地把我们爱吃的东西放在冰箱里冷藏,等我们回家后享用。岁月不居,时节如流,没有任何一种冰箱可以储藏秋天,而这个秋天在地球的表面存在过、美丽过,打动过无数人的眼睛,也激动过无数人的心,比如,一些形容秋天的词,个个美好:秋高气爽、层林尽染、金风玉露、蒹葭秋水、丹桂飘香、春华秋实、岁物丰成……但是季节不停留,像舞台上的演员,无论唱得多么娓娓动听、余音绕梁,观众多么喜爱,她唱完了跳完了,一转身消失在台口,只留下一个华丽的背影供人回想。

　　想起秋天,我就不免想起自己的家乡浙江,"八月桂花遍地开",秋光里最让人着迷的是盛开的桂花,秋风初起,一树锦绣,满城飘香,沁人心脾。因工作关系,我在舟山、宁波市区、东钱湖都居住过,三处宿舍的前后院都有高大的桂花树,有金桂,也有银桂,每逢花开时节,早晨推开窗户,便有桂香涌入,把一夜浊气扫尽,让人神清气爽。

　　有一次贪闻桂香,晚上没关窗,一夜秋风,把自己吹感冒了,鼻子像堵塞的下水道,好几天闻不到桂香,懊恼不已。

　　工作人员每年都会给我采些桂花。搜集桂花很简单,在树下铺上塑料布,将树身一摇,"桂花雨"从天而降,塑料布上立即积起厚厚的一层金灿灿的花;用水洗净后,送到周边炒茶的农家烘干,无成本、无污染、无添加的"三无"桂花茶就毫不费劲地制成了。在泡茶的时候,放上一小撮桂花,茶叶与桂花共同在沸水里舒展,玲珑剔透,纤毫毕现。茶香与桂香混合后产生独特且热烈的清香,随着袅袅上升的热气释放出来,立即弥漫满室。待茶微凉,捧杯于手,闻之绵香醇厚,品之润喉回甘,细啜慢饮,清心怡神。桂花是秋天的精灵,大自然的馈赠。不过,更多的桂花还是无人采撷,任其"零落成泥碾作尘",未免暴殄天物,十分可惜。

有人学习住在月宫里的吴刚,用桂花泡本地出产的黄酒,据说也是别有一番滋味。我没泡过,不是怕醉,而是怕喝上瘾。"花酒"太烈,不符合我的处世哲学;而与茶共饮,无论身居喧嚣繁华的都市,还是独处鸟鸣清泉的山间,都悠然淡然。

秋天的花比起春天的花来,少而金贵。除了桂花,还有菊花,都是饮品中的珍宝。秋天的果实,养活了人类其他三个季节;秋天的花朵,给人类更多精神上的收获。

今年的秋天我们无疑都丢了,"三无"桂花茶一无所有。杭州那个天下闻名的"满陇桂雨",去年我还驻足过,熏染了一身桂香,好不惬意;今年只能"相思在梦中",梦之外闻到的只有大洋浓烈的腥味。

我们出门时盛开的花朵,应该早已凋零;树上的绿叶已被秋风席卷,只剩下光秃秃的枝丫;水稻已经颗粒归仓;瓜果不是进了人们的肚子就是进了冷库;会唱歌的小虫已经噤声,与其他动物一起钻进地下冬眠……5个月,不长也不短,自然界一个金灿灿的成熟季节,消失在我们的视线之外。

秋天多彩,在每个人的眼里都不一样。汉武帝写过一首描绘秋天的诗,其诗风把秋天的况味提升了无数个层次:"秋风起兮白云飞,草木黄落兮雁南归。兰有秀兮菊有芳,怀佳人兮不能忘。"不得不说,汉武帝皇帝当得好,诗写得也好,皇帝也是人,触景生情,睹物思佳人,此诗虽非千古绝唱,但也在汗牛充栋的咏秋诗词里独领风骚,有感有叹,情景交融,气势不凡,活生生将"寒塘渡鹤影,冷月葬花魂"的秋天变得美不胜收,让人喜欢得不行。

光阴里总有许多故事,秋意上心,便为"愁"字,霜叶红枫,归去来兮,天高水长。单说秋天送来的节日,就有"七夕""中秋""重阳"等。没丢时不曾细想,丢掉了才发现我国的传统节日,下半年的都与家人有关,与亲情有关,与悲欢离合有关,满含浓浓的天伦情愫。老外婆早已故去,可她说的七月七牛郎挑着一双儿女与织女鹊桥相会的故事,还沉淀在我心中,好故事总有其顽强的生命力;中秋佳节"但愿人长久,千里共婵娟",赏满月、吃月饼、看花灯,是合家团聚的日子;"九月九"重阳节,佩插茱萸、登高祈福、尊祖敬老,弘扬传统美德。更有"国庆节","家是最小国,国是千万家",你守家,我护国,家国情怀,至高无上。

戍边卫国,军人的世界里有铁马金戈、爬冰卧雪,也有风花雪月、儿女情长,因此,军人最容易被牛郎织女的故事打动,那种万里奔赴,只为见上妻子一面的举动,戳中心里最柔软的地方。鲁迅先生说:"无情未必真豪杰,怜子如何不丈夫?"最温暖的亲情是陪伴,常年两地分居,纪念父母,牵挂妻儿,七尺男儿顶天立地,可在陪伴亲人与操持家务上鞭长莫及、无能为力。每当想起父母两鬓斑白、日渐老去,妻子含辛茹苦,以柔弱的肩膀撑起一个家,自己远在天涯,父爱无处安放,更可能错过孩子的成长,这种疚只能军人负,这种痛只有军人受,军功章可以掰成两半,而身体不能分成两个。

今年的"七夕",牛郎大概照例与织女相会,怎么算牛郎的一双儿女也该上千岁了,不知道是不是还要坐在竹筐里让他老父亲挑着。仙人的事咱们凡人不好猜,愿他们将爱情进行到底。我们的"七夕"有点特殊,没有浪漫,倒是有亚丁湾的海浪漫过船舷,与第26批护航编队相会,为官兵们体检诊疗。

但我们又的确发生了一个浪漫的故事。战士小田谈恋爱,对象原本也是和平方舟上的战士,"千年修得同船渡",可他们千年修来的姻缘终究要遵守部队的一纸规定,恋爱双方是不能在一条船上工作的,一方要调离。于是,女战士就被调到了另一艘船上,恰好该船正在亚丁湾护航。我们得知情况后,特意把女战士接了过来,让一对小恋人团聚。一座"鹊桥"搭在亚丁湾上。

我去看望他们,女战士古丽长得很漂亮,俩人正在有说有笑地包牛肉饺子,甜蜜恩爱。我说,你们是今天在亚丁湾的上千名中国海军军人中唯一团聚的一对儿,演绎了现代版的"牛郎织女"故事,故事背后意味着中国海军走出去了,走向了远海,走向了深蓝。

迢迢银河横际于夜空,新"牛郎织女"的故事越多,我们越骄傲。

中秋节天上产月亮,地上产月饼,月亮寄托着戍边军人的无限情思,"照着家乡也照着边关"。月饼你吃一口我却不一定能吃得上一口,同吃一个月饼对军人来说也是奢望。

"独在异乡为异客,每逢佳节倍思亲""人有悲欢离合,月有阴晴圆缺,此事古难全。但愿人长久,千里共婵娟"……中国古代诗人对中秋圆月情有独钟。

中秋夜也是思乡夜,军营是"重灾区"。

我们的中秋节是在加蓬过的,当天阴雨绵绵。晚上,甲板上空无一人,可能是白天医疗服务太累了,许多人已就寝,毕竟明天还有高强度的工作。也有几个不嫌累也不死心的人,到甲板上探了探头,见天上乌云密布,小雨淅沥,也就扫兴地回去了。其实没有月亮的中秋夜,对我们来说未必是坏事。"海上生明月,天涯共此时",有月有寄托,无月无牵挂,也就无所失落,月亮里那棵枝繁叶茂的相思树,没就没了,眼不见心不烦。

我白天只是拜会了总统,因此有足够的精力也有顽强的决心等待云开月出。到了晚上11点多钟,果然雨停云散,一轮大月亮被天空捧了出来,刹那间,银光泻在甲板上,把洁白的和平方舟照耀得晶莹剔透。

我担心月亮很快又会消失在云层中,赶紧掏出手机拍了几张照片,留作纪念,毕竟这是异国他乡的中秋月,见上一面不容易。果真,月亮只露了几分钟的脸,就钻进云层消失得无影无踪。已经很赏脸了,这个今晚天空的名角儿,没有辜负我这个苦苦等待了几个小时的"粉丝"。

国内今年的中秋节与国庆节"喜相逢",同在一个假期内,放假8天。可惜,我们今年无法与亲人团聚,也享受不到长假的快乐,许多人甚至连月亮都没看到,又一次演绎了"军人的牺牲岂止在战场上"。

月饼倒是有的,炊事班做了豆沙馅的,烤得金黄,还特意印上"和平方舟"的字样,模样不逊"稻香村",说明我们的战士很用心,手艺也不赖。我吃了半个,味道还不错。我对月饼本来兴趣不大,主要是不爱吃甜食。本来嘛,月饼不是用来填饱肚子的,是古人祭月、拜月的应景之物,纪念意义已大于食用用途。

我看到很多人给"和平方舟"牌月饼拍了照片,发在朋友圈里。相信他们能收获无数个"赞",可以想见,让朋友点赞的,不仅是这一品牌特殊的月饼,还有节日里"万里赴戎机"的人。

写了这么多,就是纪念我们"丢"了个秋天。和平方舟上的381人,把2017

"和平方舟"号医院船炊事员自制月饼,上面印着"和平方舟"

年的秋天,"丢"了个一干二净。也就是说,我们成了这个秋天的缺席者,没有和全国人民一起参与收获。

这种"缺席",花藏叶底,月隐云中,细品之下,又何尝不是一种奉献!

附："和谐使命—2017"赋

和平方舟者,海军唯一医院船也。初造衔命,救伤于海战场。皆因国强兵壮,四海波平;遂高举红十字,寰球辗转,蹈大洋,救死扶伤,声沸海外;跨大洲,怀仁扬善,名闻遐迩。其形也美,远而观之,若银燕翱翔碧波之上;近而视之,似雪山昂首层峦之巅。列阵铁骑,英气焕然,娇躯飒爽,须眉惜逊三分姿,巾帼唱输七分刚。

丁酉闰六月初四,方舟解缆舟山,受命环非造访。是时,骄阳炎灼,暑气蒸腾;亲友执手作别,千嘱万咐,依然热泪盈眶。鸣笛启航,惊起白鸥无数,若即若离,若送若恋,漫天徊翔。

出征者,三百又八十一人。医护百余名,皆拔诸四海之精英,尤以海医大为栋梁,然军装初换,多非谙海熟洋。及至穿台海,渡南海,越马六甲,踏印度洋,风烈浪狂,浩浩兮海天倾覆,令花容失色;滔滔兮波涌起伏,教搅胃翻肠。然军中儿女,人似浮萍仍志若磐石,身如轻絮却心比坚钢。万丈意气,千仞豪情,怀碧血丹心;两肩使命,一身肝胆,藐排山雪浪。弃家雀之志短,流连花间理羽梳妆;慕海燕之毅勇,翩跹雨中展翅昂扬,扶摇凌云,搏风击浪。

万里走单骑,朝沐曦轮[①]之煦辉,暮披星辰之清光。经南亚,泊科伦坡,华人华侨相告,探舟问医奔忙。走亚丁湾,会师护航官兵,战友手足情长,欢喜异常;并肩习搜救,联演砺兵锋,弯弓射天狼。靠吉布提港,背药箱,顶酷日,行赤地,钻陋棚,以中国最拔萃之医术,援东非顶贫穷之民氓,义薄云天,泽被洪荒。入红海,过苏伊士,进地中海,经停马拉加,憩之海岸,游于街巷,重整精神再启航。跨直布罗陀海峡,叹无敌舰队[②]之枭霸,未逃折戟沉沙之仓皇,一朝战败,帝国没落,蹶踣懊丧。抵大西洋,方舟南行,携萧瑟长风于舷杆,挽纷飞落霞于桅樯,步陌途路漫漫极目苍茫,拓新径风猎猎雄心浩荡。至塞拉利昂,多难之邦,才驱埃博拉之虎,又遇泥石流之狼,褴褛饥民,赤脚小贩,长街熙攘;方舟迎喜,诞和平宝宝,哭声嘹亮;念及天灾遗孤,白衣进山探望;嗟乎!方舟悬壶可解身上顽疾,医生妙手难开济世良方。行加蓬,总统莅身方舟,慰患赞医,极尽褒奖,致谢忱无以言表,托要员以授勋章,厚情状青山入霄,挚爱类绿水悠长。鞍马未歇,踏波几内亚湾,船靠刚果(布),眺草木之森茂,赏繁花之竞放;未承想,弹坑新绿掩疮痍,鲜衣华服藏旧伤;生民无计,难抑恶疾之横行;医者少药,苦缺长房③之竹杖④;华佗来,喜天降,倾青囊⑤,施岐黄⑥,海有岸,爱无疆。不日登岸罗安达,土肥地沃,物华天宝,西非明珠下受尽殖民之苦,溢彩流光中常忆黑奴之殇;方舟泊埠,万民蜂拥;扶老携幼,摩肩接踵;呼儿唤女,鼎沸盈汤;医护掖累,仁济苍黎⑦祛邪症,德达市井⑧获颂扬。方舟启碇,绕好望角,北上莫桑;诊医余暇,行诸美丽马普托,金合欢之都,蓝花楹之乡,自然馆里赏标本,毛泽东路参画廊,神若逸云之飘飘,心若长风之爽爽。续战坦桑,传统友好,欢聚甲板,联谊广场,唱劲歌如迎兄弟,献热舞似聚邻坊;更有坦赞铁路,四十载延情不止;专家陵园,几代人续援未旷;至方舟归去,总统亲临送行,忆及先辈,念兹在兹,情绵绵山高水长,意悠悠云阔天广。自此非洲行终,方舟驰骋,横跨印度洋。至东帝汶,白衣天使,剂药解忧愁,圣手护健康;孤岛留身影,口碑镌市巷。

方舟之行,曜目光芒;佳节盛期,未曾错享。逢国庆,驻加使馆设筵,官兵举觞,淡水做玉液,清茶胜琼浆,共祝祖国母亲,春秋安泰,万年永康。遇中秋,浩空月朗,千里婵娟清辉冷,万家灯火思无量,念桂香,泪潸然,自难忘。最喜党开盛会,方舟满旗张灯以庆,官兵击鼓喧乐而贺,心澎湃同洪波汪洋,血沸腾共虹霞炫煌。

传友谊,涉三洋,踏破十万里⑨风浪;播仁爱,历五月,祛除六万例⑩疾伤;行大道,走三洲,收获十国家荣光。慷慨军中儿女,虽无鼙鼓催鞍之铿锵,亦少仗剑御敌之豪壮,然胸怀慈心善德,行舟不辞天涯远,悬壶当念海角近;纤手织就和谐网,挚诚添得侠骨香。

有道是,银河耿耿,昭华夏医者仁心;碧海迢迢,鉴中华大国担当。

——"和平方舟"号医院船援非纪实

注：

① 曦轮：早晨的太阳。

② 无敌舰队：中世纪西班牙王国国力的最高象征，曾经所向披靡，16世纪末征战英伦失败，西班牙从此跌下世界第一海上帝国的宝座。

③④ 长房、竹杖：费长房，相传得仙人医术真传，手持竹杖，悬壶行医济世，竹杖可驱疾鞭鬼。

⑤ 青囊：相传华佗被杀前，为报一狱吏酒肉侍奉之恩，将医书装在青囊内相送，狱吏读后成医，"青囊"从此成为医术的别称。

⑥ 岐黄：中医的别称。黄帝与大臣岐伯坐而论道，内容记载于《黄帝内经》。

⑦ 苍黎：普通老百姓。

⑧ 市井：一般市民的代称。

⑨ 十万里：本次航程2.7万多海里，相当于5万千米。

⑩ 六万例：本次任务诊疗逾6万人次。

后　记

认识非洲这块遥远而神秘的大陆,最早是在地图上。它形状像一筒冰淇淋,也像一支火炬,悬在大西洋与印度洋之间。如果用经济学家的眼光看,非洲的经济像冰淇淋一样寒冷,贫穷落后,是一片待开发的土地;用气象学家的眼光看,非洲是火炬无疑,因为非洲大部分地区一年到头阳光灼热,暑气腾腾。

"世界那么大,我想去看看"。撩开非洲的面纱,看看那块神奇土地上的真实状况,是每个人的梦想,我也不例外。

但非洲的面孔依然模糊,我认知的来源只是报纸、电视、书本,还有各种传闻。非洲给我的最初印象是,各种疾病横行,疟疾、霍乱、艾滋病……还有埃博拉病毒等。想象中的画面是这样的:可怜的人们拄着竹棍,病怏怏地走在尘土飞扬的土路上,走不多远就可能突然倒下;民众生活处于准原始状态,民智尚未完全开化,房子是泥土加茅草,许多土著人下身围几片棕榈叶,举着长矛在茂密的山林里快速出没,上树越坎如履平地,把各种野生动物撵得屁滚尿流;吃饭不用筷子也不用刀叉,而是不管有多烫都用手抓,或者用手撕,有一副雪白的并能把动物骨头嚼得嘎嘣脆的好牙口;饥饿的孩子们吮着手指头,东张西望,努力寻找一切可以果腹的东西;一些地方战乱不止,政府军与反政府军、部落与部落之间,一言不合就干仗,战士们驾驶着武装皮卡车,飞一般横冲直撞,打得你死我活、生灵涂炭;街上抢劫偷盗猖獗,动不动就有人把枪顶在你的脑门上,让你掏出钱来;天气炎热,空气仿佛划根火柴就会熊熊燃烧起来,人们汗流浃背,每一个毛孔都像泉眼一样,汩汩地直冒汗;广袤的大地,是野生动物的天堂和乐园,拥有地球上最多最狂野的豺狼虎豹,它们瞪着血红的眼珠四处转悠,并经常到村子里寻找食物,有时候反成为村民的食物……

　　亲历非洲,才知道根本不是那么回事,我们的印象存在许多被误导的成分,有些现象只是表象,或者只存在于个别地区,或者是出于个别人的偏见。

　　我们的非洲之行一共381人,大部分同志从未去过非洲,是非洲的陌生人。而正因为对非洲的几近无知,让我们获得的对非洲的印象都是第一印象,由此,也不同程度地推翻了早先间接从外界获得的印象与想象。还有,我们此行的任务是提供人道主义医疗服务,能接触到高层的政府和军警要员,更多的是能接触到人民,也就是最底层、最普通、最贫穷的民众。正因为与各个阶层都有零距离接触,所以我们所看到的状况应该是比较客观的状况,获得的信息也应该是比较真实的信息。尤其在我们重点服务的西非国家,我们的共同感受是,这是一片古老神秘的土地,她身上有许多被殖民留下的伤疤,有许多先天不足造成的缺陷,有许多因社会动荡带来的痛苦,但她正在苏醒,正在现代文明和全球化经济发展大潮中逐渐睁开眼睛,正在慢慢伸出双臂拥抱整个世界。

　　本书便是基于自己的所见所闻而完成,绝大部分写于航途中,回来后略作删改,主要是删去了自己对一些国家的认知、看法和观念。原因有二:一是本人有自知之明,不是时政评论员;二是自己停留的时间短暂,个人的看法与见解自然容易有失偏颇。说错了显得轻狂草率,不负责任,不如不说;说对了人微言轻,毫无作用,同样不如不说。

　　因此,这本书如果其中有所想有所思,也不针对非洲,不针对任何国家,都是联想到国内的一些现实状况而发的感慨。

　　另外,这不是一本表扬好人好事的书,虽然我们和平方舟的全体官兵都是好样的,为圆满完成任务付出了艰苦的努力,尤其是海军军医大学的医护人员,刚刚从陆军改制到海军,大部分见过海而没有出过海,可以说十分陌生,但他们成为此次任务的主力军后,克服了许多难以想象的困难,第一次出征海上便实现了"开门红",任务完成得非常出色,让人无比敬佩。当然,此次任务的全体同志都恪尽职守、各尽其责,表现出了军人的品格和素质。出得了海,意味着受得了累,遭得了罪。比如,航途漫长,辛苦劳顿,抛家别舍,与亲人别离近半年之久,航迹有多长思念就有多长;还要克服高温炎热、失眠焦虑、食不合胃等生活难题，更要承受任务艰巨、工作量大、语言不通、管理严格等多种压力。但是，本书对这些都只是浮光掠影、一笔带过。原因很简单，此行涌现的好人好事，国内媒体都做过连篇累牍的报道。

在此，需要特别感谢任务指挥员，也是我的搭档管柏林，不仅工作中大力支持，生活上也给予我像老大哥那样无微不至的关心。还有副指挥员于大鹏、孙涛，海上医院院长钟海忠、政委马德茂，医院船船长郭保丰、政委刘仲荣等人，合作得十分愉快，互相信任，互相补台，相处融洽。特别要感谢的是随行摄影记者江山，他热情开朗，工作勤勉，新闻出彩，劳苦功高，也为本书提供了大量精彩的照片；此外，在船上他还是陪伴我最多的人，业余时间当我打乒乓球的陪练，以他的真本事，拿出三分之一的技术就能把我打得落花流水，却一路品尝只能输、不能赢的痛苦滋味。还非常感谢长海医院中医科的李伟红教授，她医术高明，桃李满天下，已两次随和平方舟执行任务；在本书完稿之前，她特别在百忙之中帮着校对，找出书中许多错别字，像给病人看病一样体现出高度的耐心、细心和责任心。当然，生活在同一条船上，帮助过我的人很多，我在这里不一一点名。同舟共济，甘苦与共，和平方舟的铁甲板上不长花草，却生长出比花草更美丽、更葱郁、更珍贵的战友情，让偶然的遇见和结伴同行成为人生中美好的回忆。

由于海上没有信号，无法连接互联网，手头也很少有资料可供查阅。如此一来，仅凭脑子里储存的一点知识，对一些国家的认知、历史知识的掌握，以及对他们风土人情的了解，便十分有限，书中显然会有许多浅薄和疏漏之处，敬请原谅。

2019年9月于宁波